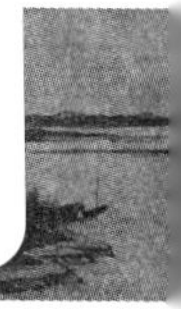

王維詩傳

董乃斌题

王志清 著

河北出版传媒集团
河北人民出版社

图书在版编目（CIP）数据

王维诗传 / 王志清著. —石家庄：河北人民出版社，2016.12（2018.5 重印）
ISBN 978-7-202-11326-4

Ⅰ. ①王… Ⅱ. ①王… Ⅲ. ①王维（699—759）—唐诗—诗歌研究②王维（699—759）—传记
Ⅳ. ①I207.22K825.6

中国版本图书馆 CIP 数据核字（2016）第 193955 号

书　　名	**王维诗传**
	WANGWEI SHIZHUAN
著　　者	王志清
责任编辑	王　静　王　岚
美术编辑	李　欣
封面设计	九易装帧
责任校对	张三铁
出版发行	河北人民出版社（石家庄市友谊北大街 330 号）
印　　刷	石家庄天荣印刷有限公司
开　　本	787 毫米×1092 毫米　1/16
印　　张	13.5
字　　数	212 000
版　　次	2016 年 12 月第 1 版　　2018 年 5 月第 2 次印刷
书　　号	ISBN 978 - 7 - 202 - 11326 - 4
定　　价	30.00 元

序

我很少为人写序作跋。这几年写得更少。主要因为自己实在写不好这类文字，且年近八十，精力大不如前，又还有一些研究计划未完成，时间对我来说很宝贵，所以早在几年前，已将论文答辩一类事都谢绝了。虽然如此，志清的《王维诗传》即将付梓，来电话要我作序，我还是愉快地答应了。

是对王维诗歌的共同爱好，将我与志清联系到了一起。我五十年代在北大中文系念书时，就对王维诗歌产生了浓厚兴趣，后来陆续出版了《王维集校注》《王维新论》《王维论稿》《新译王维诗文集》《王维孟浩然诗选》等书；2002年初，志清将他新出版的专著《纵横论王维》寄赠给我，这以后我们即联系不断，或书信往还，或电话交流，2008年，志清又出版了《纵横论王维》的修订增补本，2015年，出版了《王维诗选》，志清在王维研究上突飞猛进，不仅发表了大量研究论文，还出版了研究专著，在王维研究上做出了不少贡献；记得自2006年至今，我与志清共见了三次面，每次都相谈甚欢，特别是2014年，他在南通大学主持中国王维研究会第七届年会暨国际学术研讨会，我应邀前往，在会上得到他的热情接待，至今印象深刻。

我很欣赏志清的性格，爽朗率真，虽然年龄也不小了，却很有朝气，学问也做得生龙活虎的。志清的研究，不是学院派的那种，他似乎不愿在文献整理上使力，而多哲学美学或阐释学的解读。他的文章，思想活跃，语言活泼，敢于说真话，提出新问题，他的《王维诗传》就充分体现了这种特点。

在《王维诗传》中，志清提出了不少新见，也颠覆了不少旧说。非常值得赞赏的是，他严肃的研究态度与扎实的考辨功力。虽然是传记类的文字，虽然值传记类作品虚构风大盛之时，但志清却不虚构，更不戏说，立足于诗之文本，重在对诗之文本的细读，以诗证史，诗史互证。志清认为："诗化的人生，人生的诗化，王维本身，就是一首魅力四射而惊艳千古的诗。"因此，志清基本上靠王维的诗来说话，靠王维的经历来发言，给我们展现了一个立体多面的王维，具有历史的真实、艺术的真实和文化心理的真实。

我在1990年出版的《王维新论》中曾说过，在社会安定的时代，随着劳动者文化素养的日益提高，王维的诗歌"或许还会赢得更多的读者"；2009年，我对王维诗歌的发行量做过一些统计，在当年召开的王维研究会第五届年会开幕式上曾说过，近几年王维诗的发行量大增，现在看来这种现象有增无已，如《王维集校注》前后已重印七次，自2012年至2015年，每年都重印一次，又如志清的《王维诗选》，曾在商务印书馆2015年销售前十名里排第二，2016年又第二次印刷。这些都是王维所赐，说明王维诗的魅力，同时又与王维研究者的努力分不开。像《王维诗选》的畅销，就说明志清的研究受到比较广泛的好评。相信他的这部《王维诗传》，将会获得更大的成功。

是为序。

陈铁民

2016.6.24于中国社会科学院文学所

目　　录

前　　言　1

一　解褐之前

若有谶验的“维·摩诘”　7

孤身走长安　13

少年游侠的风光　17

二　初官太乐

往来尽成“车笠交”　25

“公主”就是他自己　29

诸王待之如师友　34

三　被出济州

微官易得罪　39

谪去济川诗纪行　42

穷边徇禄的日子里　47

四　行止不明

此时游吴越才无扞格　57

西游曾经到巴蜀　61

因孟六归田而受诟　66

五　擢官拾遗

何以诗干张相　73

显贵圈内左右逢源　79

终身思旧恩　87

六　出使河西

出塞应该不是受打压　93

大漠看射雕　95

报国莫敢自邀勋　99

七　知南选行

使至岭南潇洒行　105

从此深膺南宗　109

过襄阳的心境　112

八　仕隐自若

我家南山下　119

谈笑岂可无还期　122

深恐有负明时　124

九　宠辱无心

凭什么让李白看不起　129

未必想傍李林甫　133

当代诗匠以诗取友　137

十　巅峰时段

忙于侍奉与应制　145

邀游天机清妙人　149

高产辋川庄　154

十一　丁忧前后

丁母忧柴毁骨立　161
天下朋友皆胶漆　165
归来才及种春田　169

十二　陷贼之灾

乱中的不俗表现　177
共传归“庾信”　181
自陷忏悔深渊　185

十三　向善而终

含章之人其词大　191
惜别大有离世之恸　196
观世从今得无生　199

后　记　207

前　言

一

造物主真是太偏爱王维了，什么美誉都让他一人囊括：一代文宗，山水诗巨人，文人画之祖，音乐超人，园林巧匠，造诣高深的佛禅大师，儒雅风流、性情懿美而极具生存智慧的世间高人……

王维的天才创造与深远影响，主要还是在诗上。

如果从诗的纯粹性上比，唐代最杰出的三大诗星的排列顺序应该是：王维、李白、杜甫。王维主韵，李白主意，杜甫主法。

诗是诗人情感的历史，心灵的历史，是一种有痛痒可感、有脉动可触摸的历史。古人写诗，大多有“纪”的成分与意图，即便是王维，也是“纪”的写法，纪行、纪实、纪事、纪心。王维的不少诗，简约到不能再简约，然结合其身世经历来细玩，也还是能清晰寻见其“纪史”的影迹的。以“纪”而论，王维偏于精神，李白偏于情感，杜甫偏于思想。

因此，王维的诗最难编年。

因此，读王维的诗需要精神上的知遇与把握。

二

王维，旷古罕见，真可谓不可无一而不能有二也。

王维一生，早岁丧父，三十丧妻，膝下无子，“人生四悲”他得其三矣。然其孝顺悌睦，感情极其专一，丧妻不娶而三十年孤居，守母孝而哀毁骨立，堪为道德高人矣。他平交王侯，风光拾遗，三度出使，官至四品。他的一生也有险象环生的时候，二十遭贬，十余年赋闲，六十前后竟两番险遭杀头之祸。可他亦仕亦隐，无可无不可，洵为千古罕见之大智慧者也。“王维的灵魂是天蓝色的，他好像同一切自然之美，结不解之缘。他给我的印象是一个素有宗教涵养的人物，他的上帝不是严父而是慈母。”[1]而且，“王维始终是这样的温文尔雅，从容不迫，无论宠辱，无论穷达，无论忙闲，没有因为被出济州而销蚀，没有因为得宠于明相张九龄而变异，甚至也没有因为陷贼被诬而扭曲。他既不孤僻，又不狂热；他既非放荡不羁的野马，又非墨守成规的驯驴；他长期官居要职，却没有丝毫踌躇满志的骄横腐气；他仕宦如鱼得水，却没有任何官场狡诈；他仁人爱物，却不在口头上自我标榜；他虔诚耽佛向善，却不在诗中大讲佛禅义理；他道根深甚，又非道貌岸然的道学先生；他处世宽厚和善，却不会谦恭做秀和矫揉虚伪……”[2]诗化的人生，人生的诗化，王维本身，就是一首魅力四射而惊艳千古的诗。

按理说，诗传中的王维，应该是个立体多面的王维，应该具有历史的真实、艺术的真实和文化心理的真实。而笔者只想充当个王维诗歌的导读者，引导读者读诗，按照诗人的生平经历读其原诗，而不想通过虚构和想象对历史事件进行重新选择、安排和表现，以至于“让他的历史人物从口中说出‘故事性’的言论和对话来使这些人物戏剧化”[3]。此诗传特别想做到的是，一切都主要由其诗来言说，进而佐以史证，进而成为“诗传”性质的“史传”，进而让读者认识一个诗性而又真实的王维。

三

明万历年间的礼部主事屠隆，博学多才，王世贞说其诗天造之极，文尤瑰奇横逸。他在《鸿苞集》卷十七说：“人但知李青莲仙才，而不知王右丞、李长吉、白香山皆仙才也。青莲仙才而俊秀，右丞仙才而元冲，长吉仙才而奇丽，香山仙才而闲澹。独俊秀者人易赏识耳。”[4]此谓：王维也是仙才，与李

---

[1]吴经熊：《唐诗四季》，辽宁教育出版社1997年版，第17页。
[2]王志清：《唐诗十家精讲》，商务印书馆2013年版，第98页。
[3]汤因比：《历史研究》，曹未风译，上海人民出版社1996年版，第56页。
[4]吴企明：《李贺资料汇编》，中华书局1994年版，第101页。

白同样都是仙才，只是李白易识而王维难识也。

王维确实不易识。我们至今仍然难以真正认识他，有很多的问题至今没有圆满的解答，有的问题甚至于至今无人问津。

我的研究是偏于诗性审美的一种，坚持文学研究的诗性精神，坚持学术研究的情性参与的自觉，在研究的过程中强调主体审美激情、悟性和灵视的积极介入，追求与诗人性情的相接与沟通[1]。我的王维研究，在很大程度上得益于西方的近现代哲学、美学，“在解读、描述王维及其作品的同时，不断地与哲学、美学上的一些理论相互印证、发明，从而使这样的解读、描述即呈现出极为独特的研究风貌”。[2]

然而，进入《王维诗传》的写作，我则发现，我的研究思路发生了变化，即特别重视文本细读，而从文本中获得“以诗证史”的历史真实，进而作“以史证诗”验证，力图在“诗史互证”中实现与古人“同情”的客观真实。我原先对“诗史互证”的诠释方法并不以为然，以为诗与史乃两种思维。而《王维诗传》的写作，我则立足于诗之文本，而在诗与史两边游走，交界模糊，一方面以诗为史料而补证史乘，一方面则以史为鉴而通解诗意，诗史互为发生，也互为验证。

研究思维与研究方法的改变，让我进入了前所未有的深度，看到了不少我原先没能看到的景观，也解决了此前研究中没有涉及或者没有解决好的问题，或者说我也颠覆了不少的已见与他见而提出了一些新说。

我有了一种超越自我的沾沾自喜。

四

《王维诗传》写作最本初的出发点，主要还是想让尽可能多的人爱上王维，爱上王维的诗，而使王维与其诗获得应有的公正待遇，而不至于让人读低甚至读歪。

《红楼梦》第四十八回里，林黛玉教香菱写诗，推荐的第一个人就是王

[1]王志清：《文学批评性情参与的学理依据》，《江海学刊》2002年第2期，第190-194页。
[2]吴相洲：《王维诗歌的独特解读——读王志清〈纵横论王维〉》，《南京理工大学学报》2004年第3期，第24-26页；另见《王维研究》（第4辑），辽海出版社2003年版，第412-416页。

维："你只听我说，你若真心要学，我这里有《王摩诘全集》你且把他的五言律读一百首，细心揣摩透熟了，然后再读一二百首老杜的七言律，次再李青莲的七言绝句读一二百首。"林黛玉为什么首先要教人读王维？这是非常耐人寻味的。林黛玉推崇王维，也就是曹雪芹的美学趣尚，这是曹雪芹在借林黛玉之口说话。顾随先生曾经比较王维与杜甫说："摩诘不使力，老杜使力；王即使力，出之亦为易；杜即不使力，出之亦艰难。"[1]顾随乃著名古代文学学者叶嘉莹教授所非常敬仰的恩师，他还有一句名言："欲了解唐诗、盛唐诗，当参考王维、老杜二人，几时参出二人异同，则于中国之旧诗懂过半矣。"[2]顾随先生认为读诗要"参"，即提倡参入其间的琢磨领悟。读王维的诗，特别强烈的感受就是，其诗中所有的一切都是变动不居的，都是空幻不实的，都是美不胜收的。读王维似乎更需要"参"。也就是说，对王维的这种镜花水月之空幻美的阅读，需要改变我们的阅读思维，尤其需要一种妙悟感受，即以一种"非理知思辨"的妙悟，而以期进入"悦神"层次的审美愉悦。而这种"悦神"愉悦，"是感性的，并停留、徘徊在感性之中，然而同时却又超越了感性。将来或者可以从心理学对它作出科学的分析说明；现在从哲学说，它便正是由于感性的超升和理性向感性的深沉积淀而造成的对人生哲理的直接感受"[3]。

一个十分偶然的机缘，我走向了王维。二十余年来，我已经在各种学刊发表王维研究文章40余篇；2000年出版专著《纵横论王维》，2008年修订再版；2014年又应商务印书馆之邀做成《王维诗选》。

写罢《王维诗选》后，自感留有不少遗憾，留有许多不尽之言，或者说激生出许多新见，我于是迅即投入到《王维诗传》的写作。

自从进入写作角色后，时有一种柳暗花明的转机，且有一种类似禅悦的大欢喜。我沉浸在从未有过的愉悦中，活在盛唐，与王维同行，在王维的精神里行走，整个过程都充满了幸福感，都是一种享受的快意。

我又来到了王维景观的新景区。或者说是，我进入了王维研究的深水区。我仍然以西西弗斯的沉勇与坚韧，蹀躞而奋行。尽管我感到，王维是走不近的。

呵，走不近的王维。

---

[1]《顾随诗词讲记》，叶嘉莹笔记，中国人民大学出版社2009年版，第91页。
[2]顾随：《顾随文集》，上海古籍出版社1986年版，第727页。
[3]《李泽厚十年集》第一卷，安徽文艺出版社1994年版，第364页。

一

解褐之前

王维，旷世奇才，盛唐盛世所特有的“这一个”。

王维取名“维·摩诘”，应该绝非偶然。

王维一生中最为惊艳的生命时光，似在其解褐前。这种当红与荣耀，成为当时及后代文士追风逐雅而永远心仪的人生之梦。

王维十五岁自山西蒲州走出来，独身一人走入长安城，迅速地融入这个超级繁华的大都市，全面接受了长安对他的特别眷顾与热情塑造。

王维，世称其人清贵，以超逸之品而发超逸之音，而成为诸王驸马豪右贵势的座上客，让他们待其如师友。

约摸六七年时光，长安造就了一个王维，王维也深刻影响了一个长安。

❶ 若有谶验的“维·摩诘”

公元701年，是中国诗坛最值得炫耀的年份，差不多都是在春天，诞生了两个超级天才诗人，他们就是王维与李白。

王维出世了，非常平淡，非常平静，似乎没有任何异常征象，至少是没有什么异常征象的记载，没有像李白那样从出生开始就被“仙化”，而有“仙化”的记录。

李白，字太白，小名长庚。这个非常神乎的名字，最先的文字诠释，也许出于李阳冰之手吧。李阳冰乃李白的族叔。李白晚年穷极潦倒时，投靠了这个时任当涂令的族叔。不久李白辞世，李阳冰将李白诗文编成《草堂集》十卷，其序中云："神龙之始，逃归于蜀，复指李树而生伯阳，惊姜之夕，长庚入梦，故生而名白，以太白字之。世称太白之精得之矣。"李阳冰也是个才华杰出者，李白《献从叔当涂宰阳冰》诗就骄傲地赞曰："吾家有季父，杰出圣代英，虽无三台位，不借四豪名。激昂风云气，终协龙虎精。弱冠燕赵来，贤彦多逢迎。鲁连擅谈笑，季布折公卿。"诗中特别盛赞其族叔的篆书与词章，"落笔洒篆文，崩云使人惊。吐辞又炳焕，五色罗华星。秀句满江国，高才掞天庭。"可是，这么有才的族叔，也没见过像李白这样的天纵之才。也许是为了诠释这个超人何以这样不可思议，李阳冰序在李白降生上大写了一笔，不仅"认同"了"长庚入梦"说，并以老子（伯阳）、寤生（郑庄公）的降生传说来佐证，意思是大凡超人降生都不同于常人。李阳冰序，强化了白乃"长庚入梦"而生之说。中唐的范传正撰《唐左拾遗翰林学士李公新墓碑并序》也写道："公之生也，先府君指天枝以复姓，先夫人梦长庚而告祥，名之与字，咸所取象。"宋代欧阳修、宋祁等人合撰《新唐书·李白传》中也说："白之生，母梦长庚星，因以命之。"后来元人辛文房撰《唐才子传·李白》更是照抄前人曰："白字太白，山东人。母梦长庚星而诞，因以命之。"

言其"母梦长庚星而诞"，即是说李白乃太白金星下凡也，至少说其乃"太白之精"者也。从"太白星说"到"谪仙人说"，再到"入水捉月说"，最终"骑鲸升天，归于星位"，李白的神仙化，构成了一个传说的整体系统，其"仙化"人生充满了离奇的浪漫色彩。

王维其名，也肯定有故事，肯定有来头，只是没有记录，或者记录没有被发现、没有被"炒"而已。然而王维的名字，从来就没引起过什么特别的注意。我们遍寻文献史料，或官修或野史，终不见有一鳞半爪的记载。今人比丘明复编的《中国佛学人名辞典》，说王维出生时，其母崔氏梦见维摩诘走入室内，故为其取名摩诘[1]。就是说，维母梦维摩诘而诞维。这与白母梦长庚星而诞白同。此说也属推见，没有任何出处。

王维，字摩诘，其名字合而为"维摩诘"。神通广大的维摩诘长者，乃

---

[1]比丘明复编：《中国佛学人名辞典》，中华书局1988年版，第59页。

是深受释尊所敬重的大居士，是著名的在家菩萨。维摩诘，意译为洁净无垢、没有染污的人。维摩诘原为古印度毗舍离的万贯富翁，其虔诚修行，处相而不住相，对境而不生境，得圣果而成就为诸大菩萨之代表。文殊菩萨曾与维摩诘菩萨互斗机锋，论说佛法。其义理深奥，妙语连珠，听呆所有在场菩萨与罗汉。《维摩诘经》是禅宗公认的一部“不可思议解脱经”，是对中国佛学界影响最大的一部经书，专说般若智慧。王维取名“维摩诘”绝非偶然，虽然名字只是个符号。王维本来就与李白一样而不是凡人，其名与其超凡善根及智度或明或暗地有所关契照应。也许真是一名成谶，印验了王维的一生，其出世时起就已与佛教结下了不解之缘，一生居家修行，如在家菩萨维摩诘，而后世则奉他为诗佛。

初盛唐，是个祥瑞崇拜的时代，甚至以祥瑞迎合朝代改元。所谓祥瑞，就是上天降示。而大凡解释具有超人特质的人，也以神仙祥瑞以发明或对应。譬如文章写得好而被朝廷录用为大官的人是文曲星下凡。而如王维，乃艺术全才，顶级诗家，想必不是一般人也，就像人们从李白名字里读出了仙的关系一样，我们则从王维名字里读出了佛的关系，深感其中有玄机，虽无实证之史料而不能作出定解，却宁可信之。顾随先生对王维诗深得于心，他比较杜甫说：“姚鼐谓王摩诘有三十二相（《今体诗钞》）。佛有三十二相，乃凡心凡眼所不能看出的。”（顾随：《驼庵诗话》）[1]所谓“三十二相”，佛陀所具有的庄严德相，由长劫修习善行而感得。其他修行人可具有某些庄严特征，但只有佛陀及真正意义上的转轮圣王（即金轮王、银轮王、铁轮王和铜轮王这四轮王）才能具足三十二种胜相。顾氏认同古人的说法，王维诗如世尊如来多变的妙相，其所以举重若轻，了无痕迹，臻于化境，且变化多端，而不像老杜显得吃力相，即在于王维的佛性。其实，这也正是王维佛陀转世说的委婉说法。

王维的生卒年，一直是学术界的公案。20世纪以来，关于王维的生年主要说法有四种：701年说；692年说；694年或695年说；699年说。日本学者入谷仙介即持699年（圣历二年）说[2]，并提出了“兄生弟后”的疑问，引发学术界的一系列争论。美国学者宇文所安则认为：“王维一生的确切日期引起了许多学术争论。他生于699年或701年，卒于759年或761年。几种主要的传记资

[1]《顾随诗词讲记》，叶嘉莹笔记，中国人民大学出版社2009年版，第91页。
[2]入谷仙介：《王维研究》（节译本），卢燕平译，中华书局2005年版，第5-10页。

料相互矛盾，不过699至761的日期似乎最有根据。”[1]两唐书本传皆说王维享年61岁。《新唐书》说其“上元初卒，年六十一”；《旧唐书》说其“乾元二年（759）七月卒”。清赵殿成的《右丞年谱》成于乾隆元年（1736），采信王维卒于上元二年七月说，并根据王维卒年61岁推算，得出其生于武后长安元年（701）。赵殿成毕其一生之力而研究王维，据说在其生命的最后一个晚上，还在梦中见到王维。赵殿成非常严谨，仅是修改《王右丞集笺注》就用了八年时间。赵说得到学术界的普遍认可。王维研究的权威学者陈贻焮和陈铁民二先生均沿用此说。陈铁民曾有《王维生年新探》[2]等专论而考辨，坚信赵说不误，而其所做年谱[3]中关于王维的生卒年，依据赵殿成本，可谓比较权威的一种。我们亦采信赵、陈《王维年谱》，定王维生于长安元年（701），卒于上元二年（761）。

王维的籍贯，也有争议。姚合（779-855）所编《极玄集》说王维为河东人。张彦远（815-907）《历代名画记》说其为太原人。《旧唐书》说王维祖籍“太原祁人。父处廉，终汾州司马，徙家于蒲，遂为河东人。”比较可靠的说法是，王维出生于太原祁（今山西祁县），其幼年时迁家蒲州（今山西永济）。王维其弟王缙官至宰相，两唐书中对宰相都有特别详细的记载，王维的家谱也主要因此而得以保存。《旧唐书》说王缙是河中人；《新唐书》说王缙本是太原祁人，后来客居河中。因此，我们说王维为“河东人”也不无道理。蒲州，又称“河东”或“河中”。唐武德元年（618）于桑泉县置蒲州，故治在今山西临猗县临晋镇。三年后移治原蒲州城。唐玄宗天宝元年（742）改名河东郡，乾元三年（760）升为河中府。所谓河东郡辖域，主要为黄河以东偏北、霍山以南、太岳以西的地区，约相当于今之运城与临汾，其核心地区即在晋西南运城一带。唐后“河东”之名也历久不废。可以基本肯定，王维少年是在蒲州度过的，就像李白少年是在蜀中江油度过的一样。

应该说，蒲州对于王维的影响是深刻的。蒲州，或曰“中州”，是华夏腹地，蒲州故城相传为尧、舜帝故都，中华民族发祥地的核心区域，司马迁在《史记》中称之为“天下之中”。蒲州地处今山西省之南端，位居晋秦豫交汇处，黄河中游那个近乎直角的拐弯处，与陕西、河南两省隔黄河而相望，北

---

[1]宇文所安：《盛唐诗》，三联书店2004年版，第33页。
[2]陈铁民：《王维生年新探》，原载《文史》第三十辑，后收入《王维论稿》，人民文学出版社2006年版。
[3]陈铁民：《王维集校注》，中华书局1997年版，第四册，第1324页。

与临汾毗连，东与晋城接壤，同邻省的渭南和三门峡一起构成黄河中游“金三角”。蒲州的地面，即昔日“中都”地域。蒲州以“扼陕洛之要枢”“居两京之间”的军事战略地位，成为连接长安、洛阳两都的中介，是唐朝的发祥地和北方的边防重镇，又作为连经首都长安和朝廷重地太原的要地。蒲州的士族与唐代政治关系密切，与李唐王朝中央政权的兴衰休戚相关，有唐一代蒲州先后出现了许多进入中央政治权力核心层的贤相名吏，河东裴氏一族就出现了17位宰相。《新唐书·后妃传》：“玄宗贵妃杨氏，隋梁郡通守汪四世孙。徙籍蒲州，遂为永乐人。”王维与杨玉环也是老乡。据陈寅恪考证：“蒲州为当日之中都河中府，去长安三百二十四里，洛阳五百五十里，为东西两京交通所常经繁盛殷阗之都会也。”蒲州的文化非常发达，佛教、道教也非常发达，堪称河东道的文化与宗教中心。《蒲州府志·蒲州府城图》里对其昔日盛况则有详细的描绘：蒲州的行政机构健全齐备，如学宫、典史、贡院、廖阳宫、钟楼、鼓楼、都司署、协镇府、道署、府治、县治等；祭祀场所也名目繁多，如祭天有玉皇阁，祭地有先农庙，祭舜有薰风台、虞帝庙，祭禹有禹王庙，祭文有文庙，祭武有关帝庙；拜佛修禅的则有普救寺、万固寺、栖岩寺，礼道有五老峰、真武庙，祭河有河渎神祠、西海神庙等。作为公元八世纪最繁华的国际化大都市之一，唐蒲州人口密度高，人口增长一直呈上升趋势，到天宝末年达到最高峰。王维家迁居蒲州，显然，是为了积极靠拢中央政权及官方文化，寻求更好的发展。事实上，王维及其兄弟良好素质的形成以及日后仕途或艺术上的超群发展，确证了其父选迁蒲州的英明。

隋唐虽然否定了按门第选官的九品中正制及等额推荐的察举制，实行分科考试、差额录取的科举制，但依然是身份制的社会，世家大族在社会上享有崇高的威望和地位。唐代的“五姓七家”成为中国封建社会最后的贵族。这“五姓七家”是：博陵崔氏、赵郡李氏、清河崔氏、范阳卢氏、荥阳郑氏、陇西李氏、太原王氏。其中李氏与崔氏，各有两个郡望，所以又称之为“五姓七望”。“郡望”是“郡”与“望”的合称。“郡”是行政区划，“望”是名门望族，“郡望”连用，即表示某一地域范围内的名门大族。“五姓七家”，恃其族望，耻与诸姓联姻，傲慢地限于内部通婚，以保持高贵的血统。初唐堂堂宰相薛元超曾叹曰：此生所遗憾者，未能娶五姓女！薛家已属以韦、裴、柳、薛为成员的“关中四姓”之一，尚且如此仰望“五姓七家”。据说文宗皇帝向宰相郑覃求婚，也曾碰了一鼻子的灰。文宗希望郑覃能把孙女嫁给皇太子，但郑覃宁可把孙女嫁给时为九品官的崔某。文宗有点自讨没趣地说："民间修婚姻，计官品而尚阀阅。我家二百年天子，顾不及崔、卢耶？"无论是北魏时，还是唐朝时，天下士族，崔氏始终排在第一位。据说高宗时宰相李义府也因不属"五姓七族"之望族，为其子向崔氏求婚，而遭拒绝。王维的父母联姻，太原王与博陵崔结姻，即是大姓加大姓，非常显赫。据王维《请施庄为寺表》记载，其母崔姓，乃"五姓七家"之一的博陵崔。而太原王氏，奉2500多年前的周灵王太子晋为始祖，也曾封侯拜相，出将入相，有其"王而不王，不王而王"的显赫。王维的高祖王儒贤，官赵州司马；曾祖王知节，官扬州司马；祖父王胄，官协律郎；其父王处廉，官汾州司马。虽然其祖官职皆不高，只是从五品下到正六品下的官，但毕竟是大姓贵族。王维"出生在帝国最有权势的两大家族中"。"从社会声望方面看，王维的家庭背景是盛唐重要诗人中最高的"（宇文所安语）。应该说，王维的幼年乃至其一生，最有优越性的就是他贵族大姓的门第。此语似乎是套借过来的。欧洲谚语说：一代只能出个富人，三代才能成就个贵族。意思是说，贵族，不只是富有而显贵，更需具有良好的教养，生成高贵的气质与优雅的行举。贵族门第出身，决定了王维与他的兄弟们必然会受到极其良好的传统教育，亦必然会经受与其家庭背景相称的严格训练。从《新唐书·宰相世系表》中得知，王维有四弟缙、繟、纮、紞，均才艺过人，在官场或文坛而有不俗表现，其大弟王缙官至宰相。天宝年间著名书法家窦臮《述书赋》中赋赞王维曰："诗入国风，笔超神迹。李将军世称高绝，渊微已过；薛少保时许美润，英粹含极。"其兄窦蒙为《述书赋》注曰："右丞王维，字摩诘，琅琊人，诗通大雅之作，山水之妙，胜于李思训。弟太原少尹缙，文笔泉薮，善草隶书，功超薛稷。二公名望，首冠一时，时议论诗则曰王维、崔颢，论笔则曰王缙、李邕。祖咏、张说，不得预焉。幼弟紞，有两兄之风，闺门之内，友爱之极。"中唐朱景玄撰《唐朝名画录》，在"妙品上八人"中列入王维，说其"兄弟并以科名文学冠绝当时，故时称'朝廷左相笔，天下右丞诗'也。其画山水松石，踪似吴生，而风致标格特出"。顾起经《题王右丞诗笺小引》则盛赞王维"其为诗也，上薄骚雅，下括汉魏，博综群籍，渔猎百氏。于史、子、苍、雅、纬候、钤决、内学、外家之说，苞并总统，无所不窥"[1]。这个明代学者诗人，王维研究的先驱者，从王维诗中读出其博大深厚的超凡学养。我们从王维的全才、超人、全面发展的素质上也可以推断，

[1]转引自赵殿成：《王右丞集笺注》，上海古籍出版社1984年版，第518页。

其童年时代，一定是用过狠功的，其刻苦与精研的程度，是绝不在骆李杜韩之下的。冯贽《云仙杂记》，是五代时一部记录异闻的古小说集，记录名士、隐者和乡绅、显贵之流的逸闻轶事，其中说王维苦吟以至走入醋瓮，想必也不全是杜撰也。

我们开篇就从王摩诘的名号说起，意在阐释这个旷世奇才所以为旷世奇才的不解之谜。就像世人不能解释仙才李白而将其仙化一样，我们也宁可相信王维并非凡人。然而，即便王维具有超人禀赋而天生丽质，却不可或缺其贵族家庭的后天教养之功，虽然关于王维的神童少年只有“九岁知属词”（《新唐书》）一句记载。

❷ 孤身走长安

《旧唐书》本传：“维以诗名盛于开元、天宝间，昆仲宦游两都，凡诸王驸马豪右贵势之门，无不拂席迎之。宁王、薛王待之如师友。”王维游长安而深受王公贵族之热捧，靠的是其超人的诗画才艺，更是其非凡的气质风度。

同样是谋发展，作为同龄人，王维于京城已平交王侯时，而一生奢望平交王侯的李白尚隐身山野。

开元三年（715），王维十五岁，独自一人离家而去长安发展，真可谓艺高人胆大也。蒲州距长安三四百里地，王维一路上赏景赋诗，不知不觉间，已是长安在望。

在距长安五六十里处，横亘着一座四方锥形的墓冢，引起了王维极大的兴趣。那墓冢如突兀拔起的山岭，陵南紧靠骊山，陵北面临渭水，这就是王维曾在古书中读到过的秦始皇陵。据《史记·秦始皇本纪》记载：“始皇初即位，穿治郦山，及并天下，天下徒送诣七十余万人，穿三泉，下铜而致椁，宫观百官奇器珍怪徙臧满之。令匠作机弩矢，有所穿近者辄射之。以水银为百川江河大海，机相灌输，上具天文，下具地理。以人鱼膏为烛，度不灭者久之。”曾经不可一世的始皇，竟也尸骨横陈于幽暗却壮丽的地宫里，王维面对这长满野草的庞然古墓，沉浸于冥思遥想之中，不由地感慨莫名，五律诗冲口而出：

古墓成苍岭，幽宫象紫台。星辰七曜隔，河汉九泉开。
有海人宁渡，无春雁不回。更闻松韵切，疑是丈夫哀。

《过秦皇墓》是王维诗集里的第一首诗，此前的诗或者已经失传，或者是因为稚嫩而不屑收入。从此诗可见，王维自小是受过严格训练的，诗律严谨，技巧纯熟，受到过来自宫廷诗歌写作的训练。诗人少年老成，感深喟重，而非一般性的对秦始皇的批判，更多的是包含了对人生对历史对荣华富贵对功名权势的思考。诗下原注为“时年十五”。《文苑英华》作时年二十。王维集中注明写作年纪的诗只有十首，题下标明写作时间的，均为其少作，最早的是十五岁，最晚的是二十一岁。二十一岁以后的诗不再注明年纪。这也是一种很特殊的现象。

这种特别注明年龄的做法，非常耐人寻味，给人以很多的猜想。宇文所安就认为：“他的教养和背景使他足以胜任文学侍臣一职”，“他的诗集显示他完全可以熟练运用所有流行于当代的诗歌风格”，“王维在八世纪四十年代被称许为‘诗名冠代’，他的诗歌技巧来自宫廷诗歌写作的训练”。[1]宇文所安还比较王维与李白的不同，说李白：“他十分博学，却未受过修辞训练；他的作品里看不到任何形式训练和控制的痕迹，而这种训练和控制可谓王维的第二天性。对李白而言，这是一种自由，使他得以用前所未有的方式写作。”[2]

王维带着亲人的期待，抱负着对前途的巨大希望，离乡背井走向京城，来到了一个异常繁华而陌生的地方。“秦中自古帝王州”（杜甫《秋兴》之六）。隋唐以前，曾有十一个王朝先后在这里立都，这里是所谓“世统屡更，累起相袭，神灵所储”的“帝王之宅”。长安地区南背秦岭，北对北山，又有潼关诸塞环绕周边，这样的自然地理形势，在古代地缘政治角逐中具有明显的军事优势，而且该地区便于繁衍民生，养殖五谷，具有突出的经济地理优势。就地理环境而言，关中地区也非常适宜建造都城。长安都城是什么模样的呢？唐太宗《帝京篇十首》开篇即写道：“秦川雄帝宅，函谷壮皇居。绮殿千寻起，离宫百雉余。连甍遥接汉，飞观迴凌虚。云日隐层阙，风烟出绮疏。”诗中呈现出来的是秦川函谷的雄奇地貌与帝宅皇居的壮美景观，洋溢着诗人主宰天下的豪迈情怀，充满了文治武功的理想情怀与英雄主义崇高感。初唐诗人袁朗[3]的《和洗掾登城南坂望京邑》为长安写照，诗的开篇描写关中的雄强形胜，进而写宫城佳构与都市繁荣。从“万国朝前殿”开始，全诗重心由皇城推

---

[1]宇文所安主编：《剑桥中国文学史》，三联书店2013年版，第346页。
[2]同上书，第348页。
[3]袁朗：生年不详，卒于贞观初年，乃雍州长安人，非常擅长以长诗纪实。

向宫殿，渲染君臣议政的端庄肃穆之场面。而“透迤万雉列”以下数句，则从皇城推向外郭城，展开繁华而生动的市井生活画卷。诗人依据宫城、皇城、外郭城的方位、功能，依次描绘长安的建筑风貌及人文内涵，营造出多层次的审美形态，呈现出丰富的审美境界。

诚如骆宾王所言：“不睹皇居壮，安知天子尊”（《帝京篇》）。王维走入皇城长安，走入大唐帝国政治与生活的中心舞台，深受震撼而深为感动，他抖落干净身上外省走来的尘土，很快地就融入上流社会，几乎全方位地接受了长安的洗礼。然而，要能够在长安立足，而且是凭才艺立足，谈何容易！张彦远《历代名画记·叙画之兴废》所说：“圣唐至今二百三十年，奇艺者骈罗，耳目相接。开元天宝，其人最多。”著名诗人中如骆宾王、陈子昂、孟浩然、李白、杜甫等，不能不算是才艺超群者吧，可是，却难以有近身高族而显山露水的机会，甚至还难免人格蒙辱，而有程度不等的心灵伤害。杜甫曾经以“高人”盛赞王维，而以“飞扬跋扈”来戏谑李白，从二者的气质风度看，杜甫的评价是极其精准的。王李二者，洵属两个极端。我们虽然不能将李白为权贵所弃置的原因完全归咎于其性格风度，但是，我们却可以肯定地说王维的性格风度在其与上层社会的交际中则受益甚多。王维闻名于京都，走红于当下，成为宁王、岐王、薛王、玉真公主乃至整个上层社会追捧的明星，在京城高层社交圈子里如鱼得水，这除了他非凡的艺术才华外，还有他特别高贵而儒雅的仪表风神。李肇《唐国史补》卷上称王维“立性高致”。冯贽《云仙杂记》说王维“性好温洁，地不容浮尘”。风姿气度，一定程度上反映了一个人的品质和灵性，以及他的精神面貌与文化品位。自古评价王维与王维的诗，均少不了一个“雅”字，如儒雅、尔雅、大雅、闲雅、幽雅、冲雅、精雅、隽雅、秀雅、典雅、淡雅、清雅、浑雅、温雅、疏雅、安雅、醇雅、高雅，还有雅逸、雅正、雅意、雅词、雅调、雅驯等等。虽然这些“雅”字评语，有不少是指向其诗的，实际上也触及其人儒雅风流的气质风度。王维《德政碑》里写人道：“明眸白皙，玉润珠耀，美秀备于仪形，风流发于言笑。行之方也，留如守司；智之圆也，速若发括。量包群有，思入无间。”王维取人，也多用雅的审美自觉，非常推崇那种温良恭俭让的气质风度，即所谓的“清范何风流，高文有风雅。”（《送张舍人佐江州同薛璩十韵》）可以肯定地说，王维的风流儒雅，也是他立足长安、交好权贵的重要条件。

王维十五岁就走出家门，到二十二岁贬出济州，这七八年的时间都是在京城长安度过的。这是王维博得盛名而名动京师的七八年，是大为诸贵所钦瞩而深受热捧的七八年，是红极一时而风流倜傥的七八年。

皇都长安，不仅使王维迅速地都市化了，而且迅速地使他成为都市诗人的典型与核心。

日本学者丸山茂有一篇《王维的自我意识》的文章，开头就这么写道：

> 有这样一个背影：一个人坐在奢华的椅子上，从放在扶手上的左袖中，露出像女人一样白皙的手腕，纤细的手指轻轻地伸展着，这就是《晚笑堂画传》中的“王摩诘”像。这位熟知王维诗和“为人”的画家富于智慧，他通过描绘背影，把王维的真实面貌留给读者想象。王维的面貌，因看这幅画的人的资质、素养、年龄等不同而千变万化。[1]

《晚笑堂画传》的作者是康乾画家上官周，福建长汀人，善画山水、人物。其《晚笑堂画传》刻画了古代120位著名历史人物，功夫老到，各具神态，其中还有李白、杜甫等唐代著名诗人的画像。日本学者非常欣赏其为王维造像的智慧，他在描述此画意时，突出了画中人物的那只白皙的、纤细的、像女人一样的手，而且认为，这就是画家将“王维的真实面貌”留给了读者。而丸山茂又说：“王维的面貌，因看这幅画的人的资质、素养、年龄等不同而千变万化。”似乎话中有话，似乎其“想象”中的“王维的面貌”，也不同于此画。

《晚笑堂画传》中的“王摩诘”，应该说是一幅名画，是一幅画王维而比较有影响的画，但未必是一幅能够将“王维的真实面貌”留给读者的画。这是王维吗？这就是王维风流倜傥的气质与风度吗？这样形象的王维也能倾倒长安而为盛唐王孙贵族“无不拂席迎之”吗？真不敢苟同也！故而，我们只能这样解释：这是清人笔下的王维，要么就是垂暮时的王维，而肯定不是风华正茂而魅力四射的王维，也绝不是盛唐画家笔下的王维。看来这位清代画家并不“熟知王维诗和‘为人’”也！

王维秉性温良，处世谦恭，生活简朴，持论公允而不偏不倚，具有深受儒家经义熏陶而合规中矩的娴雅一面。随着阅历的深厚，王维也世事更加洞明，其道家虚静和佛家空净的外表也更加彰显，即便是内中不平而哀怨萦怀，也表现得从容安详，醇厚端庄。他对现实政治具有合乎时代要求的基本认同，

---

[1][日]丸山茂著：《唐代文化与诗人之心》，张剑译，中华书局2014年版，第240页。

而对世俗生活方式又持有个性鲜明的独特理解；他既不为平交王侯而踌躇满志，也不为久不升迁而伤心懊恼；他既不是汉儒的那种恪守经典而绝对信仰的思想方法，也不是魏晋人的那种孤傲任情而乖戾怪诞的处世方式。纵观王维一生，真鲜有出言不逊而金刚怒目的行止，却也不像画中王维那样孱弱阴柔，比女性还要女性化。此画夸张了王维的阴柔面，给人的感觉简直是弱不禁风，甚至气息奄奄，而绝不符合盛唐的时代精神与美学取向。

因此，我们敢肯定，大为诸贵所钦瞩的王维，其形象神态绝非上官所写照的那种。王维十五岁走出家门，走入皇都长安，王维被长安迅速地都市化了，王维也以其卓绝才艺与高雅风度迅速地征服了长安。

❸ 少年游侠的风光

少年游侠，乃初盛唐的一种社会风气，成为王孙公子富豪子弟们逞权比势、竞豪显奢的一种生活方式。游侠中有不少“富二代”“权三代”，他们乃国戚勋臣之后人，或乃巨富名宿之子弟，权势灼手而轻财好施。游侠中也不乏有少年英杰之辈，而以游侠的方式结纳豪杰，行侠仗义，以博取声名与功业。这类少年游侠题材诗中很有代表性的，如王翰《饮马长城窟行》：“长安少年无远图，一生惟羡执金吾。麒麟前殿拜天子，走马西击长城胡。”又如崔颢《游侠篇》：“少年负胆气，好勇复知机。仗剑出门去，孤城逢合围。杀人辽水上，走马渔阳归。错落金锁甲，蒙茸貂鼠衣。”再譬如刘济《出塞曲》：“将军在重围，音信绝不通。羽书如流星，飞入甘泉宫。倚是并州儿，少年心胆雄。一朝随召募，百战争王公。”这些诗歌，生动刻画了少年游侠豪气干云、逍遥恣肆的英武形象，热情歌颂了重诺守信、救急振弱的侠义精神，也表现出少年有为者保家卫国、马上建功的崇高理想。

开元初期的整个社会处于战争狂热之中，时代弥漫着尚武尚勇尚建功的精神气息。十五六岁时的王维，也是个勇决任气的少年有为者，定然也是这种少年游侠的理想状态，定然也加入了这些少年游侠者中，他的《少年行》（四首）其实就是他侠义风骨的自我写照，诗中听得见这位热血青年的脉动心跳，充满了飞动厉扬的飒爽英气。此四诗属于乐府旧题。郭茂倩《乐府诗集》中列于乐府杂曲歌辞《结客少年场行》后，其卷六六引《乐府解题》云此“言轻生重义，慷慨以立功名也。”四绝句中的任何一首都可单独来欣赏，而四首又是一个不可分割的整体。四首绝句，属于组诗写法，仿佛电视连续剧一般，迤逦而来。豪饮、征战、攻伐、庆功，一首一侧重，完整地塑造了少年游侠的精神面貌。四绝句以酒起，也以酒收，完成了对于游侠少年形象的完整塑造，把个游侠少年写得威风八面而神勇超凡。游侠少年的那种出生入死、为国而战的英雄主义精神，以及其无所不能、无往不胜的必胜信念，具有强烈的鼓舞人心的正能量。诗中那种功名唾手可得的自信，那种"孰知不向边庭苦，纵死犹闻侠骨香"的豪气侠风，大类"天生我材必有用"的自诩。四首诗中，又以第一首最脍炙人口：

新丰美酒斗十千，咸阳游侠多少年。
相逢意气为君饮，系马高楼垂柳边。

相逢论交、使酒豪饮，非常精准地勾勒出少年游侠的性格特点与豪迈气质，表现出时代青年重义轻财、奋发有为的襟抱和才情，活现出激昂风发的豪气英迈的精神面貌。林庚《中国文学简史》说："在盛唐解放的高潮中，王维主要的成就，正是那些少年心情的、富有生命力的、对于新鲜事物敏感的多方面的歌唱，那也就是当时诗歌的主流。"[1]此中的"少年心情"，与林先生所定义的"少年精神"同，都是一个时代的美学取向，是盛唐盛世的诗歌气象，而不是实指少年。我们不能因为其题为《少年行》，便判定其一定是写于少年，或者就是写的少年，甚至诗中的那个"少年"就是王维自身。王维的作品编年，一般都将此组诗定在早期。"意气二字，是少年人行状。"（黄生《增订唐诗摘钞》卷四）陈铁民先生认为此诗"疑作于早年，具体时间不详"（《王维集校注》）。此说比较委婉，留有余地。细读此诗，玩绎诗意，我们以为，此诗写于王维少年时，或者说，我们宁可认为写于王维少年时。整个诗篇豪气逼人，青春浪漫，真实而生动地记录了王维少年游侠的行迹与心路历程，反映了青少年时期王维的那种过于理想化的精神状态，那种飒爽超迈的精神面貌，以及其建功马上的人生价值取向。

《洛阳女儿行》自注为写于"十六岁"，一作"十八岁"。王维早期的诗，似乎都有将年龄提前的嫌疑，这也许与其弟王缙的编辑有关，意在说明其兄早慧。此诗充分反映了王维早年就具有高超的诗歌驾驭能力，其技巧之成熟，其思想之深邃，也是很惊人的。古人叹曰：人道是"王摩诘七言古未为深

[1]林庚：《中国文学简史》，上海古籍出版社1957年版，第275页。

造，然《洛阳女儿行》一首，殊是当家。”（宋徽壁《抱真堂诗话》）王维青年时期擅歌行，多古体，似乎年龄越大诗也越短小，以绝句为主，且以五绝取胜。王维的《洛阳女儿行》属踵事增华的写法，铺丽摛文，写洛阳女婚礼与日常生活之排场，末二句则联想到越女西施：“谁怜越女颜如玉，贫贱江头自浣纱。”纵然西施天生如玉丽质，然出身寒微而无人爱怜，而有江头洗纱的委屈。沈德潜评曰：“结意况君子不遇也”（《唐诗别裁》卷五）。然亦况自身不遇也。王维时处繁华京城，为王公大臣座上宾，风光无限，也荣耀无比，何来西施之怨？殊不知，王维游京城有其不凡抱负，而不是想来做个供皇族欣赏的职业艺人的，故而绝不满足于献艺公子王孙的红极一时。王维借洛阳女儿说事，是因其宏愿未遂，而生怀才不遇的感慨。其诗以“哀而不伤”而自喻况，让古人比作“三百篇”也。

这些写作于王维十八九岁的诗歌，给我们提供了极其宝贵的王维早期活动与思想的信息，又譬如王维的《李陵咏》。诗题下原注：“是年十九。”李陵事件，是一个著名的历史事件。这个历史事件纠结着太多的大命题：家和国，军人和文人，背叛和守节。李陵的命运也连接着若干重量级人物：汉武帝、李广利、司马迁、苏武。八百多年前，李陵兵败，太史公替李陵说了几句公道话，因此而遭受宫刑之灾；八百年后，王维又凭血性之勇而继续为李陵辩护，也是为太史公辩护。继续做这种“辩护”，王维用意何在？这很有研究的意义。此诗的感情色彩极强，以诗来演绎一个历史的悲剧，寄予一种特有的同情，表现一种特定的情绪，表达了一种渴望理解而终被误解的深深无奈。故而，古人评曰：“子长（司马迁）尚不能理，子卿（苏武）安能相理乎？写出无可奈何，足令鬼神饮泣。”（黄周星《唐诗快》卷四）此诗为深深的无奈情绪所笼罩，着重表现“引领望子卿”的李陵徒有对汉室的忠贞而却无人理解的痛苦，对其“深衷欲有报，投躯未能死”的遭遇深表同情，这正成为我们研究王维早期思想的生动材料。诗人对李陵的人品与才能，竭尽赞美之能事。尤其是他饱含崇敬和同情之心，把美丽撕碎给人看，真可谓感泣鬼神。诗的字里行间，尽写李陵的无奈，暗接太史公的无奈，是否也就是诗人王维的无奈呢？九叶诗派的代表诗人郑敏在《诗人与矛盾》中说：“凡是诗，都是诗人的感性和知性的经历的记载。”[1]无论如何，这让我们看到了一个血性王维，一个具有正义感与是非心的真实王维。

[1]郑敏：《诗歌与哲学是近邻——结构—解构诗论》，北京大学出版社1999年版，第45页。

《桃源行》题下原注："时年十九。"这也就是明白地告诉读者，写作这首诗时王维才十九岁。此诗取材于陶渊明的《桃花源记》，这是唐诗中最早以桃源为题咏的。此后，韩愈、刘禹锡、武元衡、王安石等都写过此类题材的诗，命意谋篇，各不相同，"争出新意，各相雄长"（宋人评语）。清人王士祯评曰："唐宋以来，作《桃源行》最佳者，王摩诘、韩退之、王介甫三篇。观退之、介甫二诗，笔力意思甚可喜；及读摩诘诗，多少自在，二公便如努力挽强，不免面红耳热。此盛唐所以高不可及。"（《带经堂诗话》卷二）翁方纲也极口推崇道：这首诗"古今咏桃源事者，至右丞而造极。"（《石洲诗话》）才十九岁的王维，就有如此不凡出手，让人惊叹不已也。王维早期的诗，多乐府歌行，或者说集中写作了一批乐府诗，还有如《老将行》《燕支行》《早春行》等，也许与其太乐丞的工作有关。以《桃源行》观，这首三十二句的七言歌行，充分发挥了古体诗的长处，又吸收了今体诗格律而"运律入古"，形式灵活，骈散相间，自由转韵，节律流畅，语言浅近而华美，带有清新活泼的民歌风味。我们所最感兴趣的不是其艺术上的精湛，而是十九岁的王维为什么要取材陶渊明的《桃花源记》。从诗之描写内容看，王维《桃源行》对《桃花源记》有所改造，诗化叙事，简略去那些纯粹交代事件的细节，将陶渊明所描绘的逃避现实的世外桃源，描写成了一个带有虚无缥缈色彩的神仙境界。"初因避地去人间，及至成仙遂不还"二句很有意味，表现出桃源中人的深刻"变化"。桃源中人不仅身份变了，由凡人变成了"仙人"，而且其思想变了，由原先之被动性的"避地"到如今之主动性的"不还"。这种变化，正是王维此诗的高明处，是其思想的深刻处，是诗的主题的光彩处，强调环境对人的改造，也渴望有好的环境，反映了诗人非常理想化的美政理想。

王维这么年轻就到长安寻求发展，虽然类似于当下的"北漂"，但他在京城的日子却很风光，很潇洒，也很滋润。而做一个职业文人，在长安过一辈子清客生活，这也不是长久之计。因此，背井离乡，孤身在外，寄人篱下，时间一长，其思乡之情便时常来袭，而每到节日时，这种思乡念亲之情尤甚，其《九月九日忆山东兄弟》就是诗人体感深切的佳节思乡的情感倾吐。其诗云：

独在异乡为异客，每逢佳节倍思亲。
遥知兄弟登高处，遍插茱萸少一人。

诗题下原注："时年十七。"这不仅告诉读者，十七岁的王维，已经离开故乡离开家人的时间不短了，而且告诉读者，他在京城也不太顺心、不太安心。诗情全由“独”引发，以“独”领起，也在“独”上落实。首句一“独”字管带二“异”字，直接破题，直切主题，不经任何迂回，迅即形成高潮。三四句之“续”，曲折有致，转出新意，再起高潮。作者不直接言说是自己忆念家人，而以“遥想”来呈现所忆念者的形象；不写自身的异客处境，而以“登高”与“插茱萸”写对方的欢会情景。诗用“遥想”以设想对方，好像遗憾的不是自己，反倒是兄弟，是兄弟欢会因为没有自己的参加而遗憾，诗意萦纡，诗情曲婉，忆念愈烈，乡愁难熬矣。沈德潜叹曰：“忆山东兄弟即《陟岵》诗意，谁谓唐人不近三百篇耶？”（《唐诗别裁》卷十九）虽然是思乡的诗，但不仅让我们听到了诗人孤独不安的灵魂诉说，而且多少已经让人读出了诗人来自生活压迫的忧患，诗歌笼上一层薄薄的阴影。诗人小小年纪，远离亲人，无依无靠，凭着不凡才艺而混迹花花世界，真是多么的不容易啊。

这首思乡诗虽然不是乐府，却具有很强的乐府元素，其音乐旋律与情感表现，特别适合传唱。王维与李白杜甫的一个鲜明的差别就是，其诗中飘浮着一种若有若无的宫廷气息，特别是他的早期诗歌，这也明证“他的诗歌技巧来自宫廷诗歌写作的训练”。因此，他写此类的诗，非常的得心应手。或者说，他自觉不自觉地就把诗写出了这种情味。王维写于此时期的《赋得清如玉壶冰》，是一首应试诗，原注：“京兆府试，时年十九。”何为“赋得体”？就是摘取古人之成句为题所写的诗，题目冠以“赋得”二字。科举时代的“试帖诗”，多采用此种作法。胡震亨《唐音癸签》卷十八《进士故实》云：“唐进士初止试策。调露中，始试帖经，经通，试杂文，谓有韵律之文，即诗赋也。”南朝的鲍照有一首《代白头吟》的诗，开头二句连用两个比喻：“直如朱丝绳，清如玉壶冰。”二句直译为：正直得像琴上朱弦，来不得一丝弯曲；清白得如冰存玉壶，容不得半点污垢。诗写君臣朋友夫妇之情也难常保的寒心，确证自己的正直高洁，廉洁自守。王维“赋得”诗题用鲍照“清如玉壶冰”句，五言排律共十二句。考试似乎没有限韵的要求，此诗用“鱼”韵。诗之开篇的第一句即点题，接着围绕题目来生发主题，通过比喻与反衬来描绘藏冰玉壶的物性，大赞冰清玉洁的高洁情操，最后的“若向夫君比，清心尚不如”二句导向鲍照的诗意与题旨，感叹真情难有，表现出对世间“玉壶冰”样真情的渴望。这种起承转合的写法，成为后世赋得体诗的一种类似八股式的模式。王维凭此应试之诗而夺魁。这首赋得体诗虽然算不得王维的代表作，也肯定不是千古名作，但出于十九岁少年之手，出自拘限甚严的考场，而以试帖诗的规定来衡量，确可作为其“诗歌技巧来自宫廷诗歌写作的训练”的实证，也充分表现出其驾控此类诗歌的杰出才华。

开元五年（717）七月，十九岁的王维，赴京兆府试，凭此赋得诗而高中解元，亦即京兆府举人考试中的第一名。根据唐制规定，士人赴进士试，需先向府州求举，经府州考试合格，方可解送尚书省而受吏部试。因此，千万别小看这个京兆府试的不起眼的解元！也就是说，王维因此而获得了京城会试的资格。而京兆府考区，应该是当时全国最强考生集中的考区。在京兆府录取的十名举人中，即使再不济也多半会考上进士的，而王维是这个考区的第一名。

少年游侠的王维小试锋芒而大获成功，然主要不是靠游侠成就也。王维所展露出来的是他那无人可及的禀赋才情，而赢得了长安的喝彩，成为长安城里炙手可热的都市诗人。

二

初官太乐

王维长大成人了。

长安三两年的时光雕塑，使王维出脱成为一个人见人爱的翩翩美少年。王维的身上以及其诗画中，散发出一种雍容高雅的迷人气息，尤其在上层社会极有人缘而左右逢源。

幸运女神将特别的眷顾给了特异才艺的王维，让其刚过“弱冠之年”便进士及第而大魁天下，一步登上大唐皇宫殿前阶上的巨石鳌头。

王维不久也便走上仕途而开始了他的仕宦生涯。

也许是因为王维有其“大为诸贵之所钦瞩”而平交王侯的殊荣，其登第与其解褐，总让人作浪漫想，杜撰出合乎“常理”的美丽故事。

王维为官太乐丞的日子里，却是有些蹊跷的不解之谜的。

❶ 往来尽成“车笠交”

王维二十一岁登第而解褐，实现了他少年游侠京城的入仕之梦。

据说，王维高中乃至为官，都有贵人相助。

不过，王维在京城的上层皇族中人缘特好，这倒是事实。除了“诸王”特别眷顾他外，其他的皇族子弟也与之交厚。譬如李遵，他乃唐太祖景帝七世

孙，肃宗“蜀郡灵武元从功臣”，封郑国公加太子少保。王维陷贼而入狱，旋自狱中出，即受到李遵派来车马而隆重迎请的待遇，大有为其压惊之意。王维非常感动，写了一封感谢信给李遵，即《与工部李侍郎书》。王维在书中说到自己与李遵的关系：“维自结发，即枉眷顾，侍郎素风，维知之矣。宿昔贵公子，常下交布衣，尽礼髦士，绝甘分少，致礼以饭。汲汲于当世之士，常如不及，故夙著问望，为孟尝平原之俦。”从此表述看，王维与李遵乃莫逆之交也，其自初成年时就得到李遵的爱重，二者笃交少说也有二十余年矣。李遵不仅没有因为王维陷贼而疏远他，反倒存有一种特别的同情与尊重。

京城的世族子弟中，与王维有“车笠交”的也不少。“车笠交”典出自《太平御览》引晋周处《风土记》，以乘车的人和戴斗笠的人结交，比喻不分贵贱贫富的友谊；也比喻不因贵贱的变化而改变深厚友情的朋友。以王维与韦氏兄弟之交观。韦氏兄弟，即韦陟、韦斌，其父韦安石，乃武后、中宗、睿宗三朝宰相。韦陟生于697年，略长王维，“与弟斌俱秀敏异常童”，十岁即授职温王府东阁祭酒、朝散大夫。而王维时尚未解褐，只是个独闯京都而寄人篱下的“北漂”。《旧唐书·韦陟传》载：“开元初，丁父忧，居丧过礼。自此杜门不出八年，与弟斌相劝励，探讨典坟，不舍昼夜，文华当代，俱有盛名。于时才名之士王维、崔颢、卢象等，常与陟唱和游处。广平宋公见陟叹曰：‘盛德遗范，尽在是矣。’”广平宋公乃开元贤相宋璟，唐开元十七年（729）拜尚书右丞相，与姚崇同心协力，把一个充满内忧外患的唐朝，改变为政治、经济、文化、军事处于世界领先地位的大唐帝国。宋相欣赏韦陟但与才名之士王维等人游处，即不滥交。王维约715年入长安，韦陟其父韦安石714年去世，韦王之交，正是其丁忧期间。韦陟其人极其高傲简慢，很少有人让他放在眼里的。且韦陟高调从事，生活奢侈，衣着讲究，车马华美，其与人通信所用信纸也是特制的五色彩笺，而其签名“陟”字形状极像五朵飞云。因韦陟曾承袭“郇国公”之爵位，时人便称之为“郇公五云体”。但是，这并没有妨碍他与王维成为至交。韦陟深为张九龄赏识而擢为中书舍人，正五品上，与孙逖、梁涉“并司书命，时号得才”。韦陟与王维，交于“结发”，而情谊维系终身，福祸彼此，休戚相关。天宝五载（746），李林甫构陷刑部尚书韦斌，贬其为巴陵太守，其兄韦陟“以亲累”。《新唐书》本传载：“李林甫恶其名高，恐逼己，出为襄阳太守，徙河南采访使。”王维赠诗《奉寄韦太守陟》云：

荒城自萧索，万里山河空。天高秋日迥，嘹唳闻归鸿。
寒塘映衰草，高馆落疏桐。临此岁方晏，顾景咏悲翁。
故人不可见，寂寞平陵东。

陟出为襄阳太守，而襄阳亦非边地，王维知南选时经过此地，而有“襄阳好风日，留醉与山翁”的流连忘返。但是，如今好友分别而有此行，诗人一时难以接受这个事实，而将韦陟所去之地写得肃杀荒凉，其诗之所有景致物象皆着秋之“萧索”色。诗中可见二人之交厚，否则不会因韦陟贬出京城而让王维有“万里山河空”的失落，而有“寂寞平陵东”的怅恨的。韦陟乃王维的诗友，也许他对诗才超群者也特别爱重。安史之乱后，韦陟辅弼有功，深为肃宗欣赏。据说他因疏救杜甫而入相之事泡汤。至德二年（757），杜甫因上疏为房琯辩护，触怒肃宗，罢左拾遗，推交三司审讯，由韦陟、颜真卿等三人主审。韦陟冒死上书解救杜甫而忤肃宗之意，肃宗由是疏之。韦陟生未能入相，死后则由代宗皇帝追赠为尚书左仆射，是谓文官居荣衔之极致也。

王维与韦斌的关系乃“车笠”加“患难”之交。韦斌与兄韦陟齐名，然性格则与其兄迥异。史称其“容止严厉，有大臣体”，即很有大臣风范。天宝十四载，安禄山反，陷洛阳，斌为贼所得，迫授黄门侍郎，忧愤而卒。王维在乾元元年所撰《大唐故临汝郡太守赠秘书监京兆韦公神道碑铭》中提到，安史之乱中他与韦斌同时陷贼，而在危难关头仍得到韦斌的悉心照顾。碑铭文最后说：“维稚弱之契，晚年弥笃。”意思是，我与他自幼就意气投合，而越到晚年关系越好。因此，我之为其撰写碑铭，乃“吾实知之能言者”。

韦氏兄弟，出生华族，才艺出众，非清要显达而绝不交，然却特别爱重王维。尤其非常难得的是，韦氏兄弟与王维，不仅一时胶漆，且能终身结好。可见王维在社会高层中的人缘。世代显贵的韦氏家族中，韦陟的堂弟韦抗也曾经辟举王维。据说开元十四年（726）春，王维离开济州，来到洛阳候选，当时刑部尚书韦抗知选事，辟举他到朝廷任职。《新唐书》卷122载：韦抗“所辟举，如王维、王缙、崔殷等，皆一时选云”。但是，天不作美，韦尚书死于当年，否则，王维会有个更好的仕途发展。也有人说其举荐成功，王维在秘书省做了个校书郎。

也许真是鼎助王维的贵人太多了，这在唐人中就有了些美丽的传说，唐人小说《集异记》中还编造了一个岐王助王维得“解头”的故事。

岐王入曰："承贵主出内，故携酒乐奉宴。"即令张筵，诸伶旅进。维妙年洁白，风姿都美，立于前。公主顾之，谓岐王曰："斯何人哉？"答曰："知音者也。"即令独奏新曲，声调哀切，满座动容。公主自询曰："此曲何名？"维起曰："号《郁轮袍》。"公主大奇之，岐王因曰："此生非止音律，至于词学，无出其右。"公主尤异之，则曰："子有所为文乎？"维则出献怀中诗卷呈公主。公主览读，惊骇曰："皆我素所诵习，常谓古人佳作，乃子之为乎？"因令更衣，升之客右。维风流蕴藉，语言谐戏，大为诸贵之钦瞩。岐王因曰："若使京兆府今年得此生为解头，诚为国华矣。"公主乃曰："何不遣其应举？"岐王曰："此生不得首荐，义不就试，然已承贵主论托张九皋矣。"公主笑曰："何预儿事，本为他人所托。"顾谓维曰："子诚取解，当为子力。"维起谦谢。公主则召试官至第，遣宫婢传教，维遂作解头而一举登第矣。

《集异记》里的这则故事，后见于《唐才子传》《唐诗纪事》等史籍。我们以为，公主助王维而得解头的故事，也许是受公主助李白而得授翰林的启发。李白的忘年交魏颢记云："白久居峨眉，与丹丘因持盈法师达，白亦因之入翰林，名动京师"（《李翰林集序》）。那个神通广大的"持盈法师"，乃玄宗的亲妹妹玉真公主。既然李白可因其而得入"翰林"，王维何以不能因其而取得"解头"呢？然李白得公主之助为实，而王维得公主之助则为虚。虽然这个故事今人多持怀疑态度，然而世人却不时地借此说事。胡适也说过："这个时代的君主提倡文学，文学遂成了利禄的途径，如《高适传》中说：'天宝中，海内事干进者注意文词。'《集异记》说王维少年时曾因岐王的介绍，到贵公主宅里，夹在伶人中，独奏他的新曲《郁轮袍》，因此借公主的势力得登第。此说是否可信，我们不敢断定。但当时确有这种风气。"[1]日本学者入谷仙介在《王维研究》中也全文引用这段故事，他分析说："暂且不考虑它的真伪，我以为不论对了解当时的科举状况，还是了解青年王维的风貌，都有丰富的暗示意味。"他又推测说："京兆府解头在当时的长安是备受公众瞩目的热门话题。十九岁的多才多艺的美少年、社交界红人王维，一举取得了这个头衔，为笔记传闻作者提供了绝佳的素材。……于是解头的事被载入野史，及第诗也广传于世。"因此，"王维在这样的圈子里无疑能够充分展示自己的文艺

[1]胡适：《白话文学史》，东方出版社1996年版，第202页。

天赋，关于这点虽然没有可信的资料，但是，上文所引的《集异记》的故事，却在某种意义上传达出诸王爱重王维风姿的信息。有没有发生过为使公主推荐而未雨绸缪的事这点另当别论，这段逸事里的王维，的确是一位有着音乐天赋的可爱的天才美少年，用自己的才能赢得了显贵者的眷顾。这个形象广为世人所知，是这则逸事的创作前提，否则故事凭空悬想是难以创制的。”[1]这样的分析也不无道理。

看来王维多得贵人相助，即便是有点虚构的成分，也绝非空穴来风。笔记故事突出了王维神奇不凡的才艺，同时也突出了他超群出众的形象气质，似乎还是因其“风姿俊美”“风流蕴藉”而“大为诸贵之所钦瞩”，帮了他入仕的大忙。因为王维年轻俊美、多才多艺，且又有“游历诸贵之间，尤为岐王之所眷重”的经历，这些因素综合起来很容易让笔记家们合理虚构。这样的虚构，不仅仅迎合了上层社会的接受趣味，也充分反映了王维身上所散发出的青春光芒与迷人风韵。用接受美学解释，正是因为王维的儒雅气质和出尘风度，迎合了统治者阶层的审美情趣，此故事也获得了虚构的合理性。

❷ “公主”就是他自己

《集异记》里关于王维走公主路线而拔得头筹的故事，写得极富现场感，也极富感染力，迷倒了古今无数读者。非常滑稽的是，当下的学者们竟然还在争论故事中的“公主”到底是谁。呜呼，原本虚构的故事，而成为历史的真实了。

关于故事中的“公主”是谁，有三种说法：一是太平公主说，二是玉真公主说，三是九公主说。

太平公主说，绝对没有这种可能。从时间上看，太平公主死时王维才十二三岁，这肯定是不好拉扯上的。太平公主是唐高宗李治的小女儿，唐中宗和唐睿宗的同胞妹妹，极受父母兄长尤其是其母武则天的宠爱。她在协助李隆基政变除掉韦后之后，便也与李隆基争权。其时太平公主的势力特强，朝中宰相多为其党羽，文武百官也多依附于她。先天二年（713），李隆基先发制人，诱杀了左右羽林将军和宰相，最后赐死太平公主。

[1]入谷仙介：《王维研究》，第7、9、17页。

玉真公主说，应该也不可能。玉真公主此说，还流行过一时。说是玉真公主，也确容易取信于人。其一，玉真公主是玄宗的同母妹，深得三哥玄宗的宠爱，如果她真要帮王维，是完全有这个能力的。其二，玉真公主就曾帮过李白。据说李白得入翰林，就是她在三哥玄宗面前的一句话。玉真公主出家做了女道士，在终南山建有别馆。李白第一次得以谒见玉真公主，就是在她的别馆里，而献诗《玉真仙人词》，把玉真公主夸成九天玄女。但是，玉真公主不吃他这一套。受到冷落的李白一连写有《玉真公主别馆苦雨赠卫尉张卿二首》《别馆苦雨》等诗，发了一通牢骚而怅然离去。此后，李白通过天台道士司马承祯的路子，打通了玉真公主的关系。司马承祯何许人也？此乃当时的道家领袖，写得一手好篆，诗也飘逸如仙。唐玄宗曾将他召至内殿，请教经法，还为他造了阳台观，其胞妹玉真公主也随他学道。也就是说，司马承祯是个备受恩宠的道士，是玉真公主的师傅。为什么《集异记》中的"公主"不可能是玉真公主呢？李隆基是玉真公主的三哥，而岐王李隆范，乃唐睿宗第四子，即玉真公主的四哥。岐王小玄宗李隆基一岁，景龙元年（707）进封岐王，拜太常卿，兼左羽林大将军。唐玄宗诛杀萧至忠、窦怀贞等，李范因功，加实封满五千户。开元初年，任太子少师，复迁太子太傅。岐王与玉真公主是兄妹关系，至少是平起平坐的关系。而从《集异记》的描写看，岐王待公主恭谨如待长辈，而公主则视岐王如晚辈，竟至于有"何预儿事"之责。显然，此"公主"也不可能是玉真公主。

九公主说，还是不可信。辛文房《唐才子传·王维》卷二曰："维将应举，岐王谓曰：'子诗清越者可录数篇，琵琶新声，能度一曲，同诣九公主第。'王维如其言。"辛文内容亦从唐人笔记中来，就是将其中的"公主"写成了"九公主"而已。周绍良笺证认为：此九公主即指睿宗女玉真公主[1]。然李剑国在其《唐传奇校读札记》中却考辨认为"九公主"是"如仙媛"。"如仙媛殆为玄宗父睿宗生前所宠嫔妃，名如仙。之所以称九仙媛、九公主，盖排行第九，而称公主者，自非封号，盖玄宗后宫称呼，言其地位尊如公主也。"[2]故而，有学者采信此考，忽来灵感，将《集异记》中的那个"贵主之强，不可力争"的"公主"敲定为九公主。认为如此解则《集异记》故事中几

[1]周绍良：《唐才子传笺证》，中华书局2010年版，第245页。
[2]李剑国：《唐传奇校读札记》（二），见《文学遗产》，2010年第5期，第36-43页。

个人物的身份、神态、口吻都合情合理了[1]。将《集异记》之公主说成是九公主，这是最新研究成果。九公主既为睿宗皇帝的爱妃，从辈分上看，她应该是玄宗的长辈，也就是岐王的长辈了。就故事本身而言，此“公主”乃“九公主”，似乎是没有什么破绽的。

然而，故事，毕竟是故事。这是一则美丽的故事，是一则神化王维的故事，是一则破绽明显而难以自圆的故事，大家都忙于考证故事中的“公主”究竟是谁，也就是将故事等同于事实了。我们以为，这样的考论，首先是其前提错了，将戏说的故事，完全等同于历史事实了。

王维一举登第，有贵人出以援手是无疑的，但是，应该说主要还是凭他自己的真才实学。助王维的“公主”，就是他自己。

然而，最让我们困惑不解的是，翻遍王维诗集，其中竟然没有他写进士及第的诗。

进士及第，对于文人士子来说，可谓鱼跳龙门，风光无限，前途无限。自七世纪初产生科举制以来，这1300年的时间里，进士及第者成为中国政治的主角，成为庞大帝国有效运转的主持者，这在世界历史范围内是绝无仅有的。据考，从宪宗到懿宗七朝，共有宰相133人，其中104人是进士出身。傅璇琮先生在其名著《唐代科举与文学》的序言中说：“有哪一项政治文化制度像科举制度那样，在中国历史上，如此长久地影响知识分子的生活道路、思想面貌和感情形态呢？”进士科制创建于隋朝，历唐高祖、太宗、高宗、武后各朝而日益趋于成熟。唐科举分制科和常科。制科主要试对策，科目繁多，据说有一百多种，比较常见的有直言极谏、贤良方正、博学宏词、才堪经邦、武足安边等科。制科为特旨召试，而让怀有一技之长者皆能够找到进取之路。现任官吏也可应制科考，且可以一再应试，如同当下的在职读研。常科也有几种，还有童子（限十岁以下）举。常科以明经、进士二科为最重要。明经科主要试帖经，以测试应考者记诵经书的能力，主要是记问之功，相对易于应付，三十岁考中的人已经被看作“老明经”了，其地位自然不如进士科。而进士科中，诗赋是主要的考试内容。隋朝的进士科仅试策，唐太宗时加试经史，唐高宗武后时加试帖经、杂文与诗赋。天宝年间，一度专试诗赋。进士科每年应举者少则八九百人，多则几千人，而其中能及第者少则不过十余人而多则也不过三十

[1]毕宝魁：《推荐王维为“京兆府解头”之人到底是谁》，《王维研究》（第六辑），学苑出版社2013年版，第39-43页。

人。真可谓“一声天鼓辟金扉，三十仙才上翠微”（韦庄《放榜日作》）。由于举子多而录取名额少，其角逐的激烈程度可想而知了，而终身不第者也不稀罕，杜甫就两次落第。进士出身也成为当时社会所特别顶礼的一种特别荣誉与特别荣耀，特别为时人所追捧与看重。《隋唐嘉话》载：“（唐高宗时）薛中书元超谓所亲曰：‘吾不才，富贵过分。然平生有三恨，始不以进士擢第，娶五姓（世家大族）女，不得修国史。’”这则材料说明，即便是位极人臣，如不是进士科出身而终多遗憾。

进士科受到社会的普遍重视，带动了社会的方方面面，或者说，这个社会都围绕着进士科考转。科考之前，士子四处活动，投寄名帖，投献行卷，参谒公卿，拜孔子像等。进士及第，自然有“春风得意马蹄疾，一日看尽长安花”的狂喜，先去拜谢座主，参谒宰相，甚至受到皇帝的接见，参加曲江宴会，慈恩塔题名，杏园探花。凡此种种，无论哪个举子都少不了要有题诗作赋的抒怀感发。作为科考举子，而且是及第进士，以诗见长的王维偏偏却没有诗呢？进士及第，获得了科举考试最高功名，遂其光宗耀祖的夙愿，甚至意味着获得了官至宰相的通行证，王维怎么就平静得没有一点点诗的声息？这应该也是一个谜。

王维登第没有诗，其解褐也没有诗。王维开元九年及第，按理当守选，然其不久便授官太乐丞。据《唐会要》卷七十五载，守选之制始于贞观九年。唐代文人进士及第后不能马上为官，需守选三年后方授职。王维何以没有守选？其未守选原因，尚无更多史料记述，只有揣度：一者很有可能是王维得到诸王的推荐；再者也很有可能是特殊需要；三者可能是他进士及第一甲，据说一甲即授官职，其余二甲需参加翰林院再考试，甚至要自修三年后再授官职。不管是什么原因，种种证据表明，王维于登第当年即已任职。

登第与解褐，可谓其人生两大事件，按常理应该处于久久激动与狂欢中而盛有诗产。然而，非常让人不能理解的是，王维却没有一点点的诗反映。王维的诗集，最初是其弟王缙编辑的。王缙遵旨编辑的王维诗集，想必会尽最大可能保留王维一生各个时期的诗歌而反映其创作全貌。也就是说，王维果真有及第与解褐这方面的诗，其弟也是不会无故不收入的。王缙所编王维诗集，其中有十首注明写作年龄，均为其少作，最早的是十五岁。这么年少的诗都没有丢失，何以独独不见了反映王维人生重大事件的诗呢？

王维及第与解褐都没有存诗，成为一种“留白”，这让我们在对王维人生的全面考察中留有遗憾，也留有丰富的想象空间。

唐代文人进士及第后的任职，一般情况为秘书省校书郎与正字，或为州府参军及外县县尉等职。而王维及第，解褐的第一个官职，却在音乐机构里做了个太乐丞。唐代太乐署是宫廷音乐教育、考核与管理的重要机构。太乐丞，为太常寺官职，据《唐六典》卷十四云，太常寺有太乐署，其中令一人（从七品下），丞一人（从八品下），其他还有乐正八人（从九品下），典事八人，为流外番官，文武二舞郎一百四十人。太乐丞是朝廷负责礼乐方面事宜的官职，即掌乐之官，调合钟律，以供邦国之祭祀享宴。玄宗登基后对音乐教坊极其重视，其极其重要的文化举措就是成立了专门的音乐机构，把职业音乐家与歌女引进音乐教坊任职。因此，王维解褐即到政府的音乐机构任职，应该说是对他的重视，也是知人善任而用人所长，充分考虑到王维所特有的音乐天分和特长。据《太平广记》卷一百七十九：“（维）性娴音律，妙能琵琶，游历诸贵之间，尤为岐王之所眷重。”[1]《新唐书·王维传》也记载：“客有以《按乐图》示者，无题识，维徐曰：‘此《霓裳》第三叠最初拍也。’客未然，引工按曲，乃信。”[2]据今见材料记载，王维不仅“妙能琵琶”，还精通琴与吹律。王维既然有资格任太乐丞，应当特别熟悉和精通皇宫常用之乐，如用于礼仪的“雅乐”，用于享宴的“燕乐”，以及汉魏以来就在文人中流行的“清乐”等。也就是说，他应该不仅能够参与谱乐，也能够因声度辞而作歌诗。他的《扶南曲歌词五首》，就是根据现成音乐而作的诗。清代著名学者张谦宜就认为：“摩诘晓音律，此曲必是按谱填成，想亦是柔慢靡丽之声。”因为王维的诗入乐合律，特别适宜传唱，宋人郭茂倩《乐府诗集》中收王维之作近20首。这些诗歌从音乐性质上看分属“相和歌辞”“清商曲辞”“近代曲辞”“新乐府辞”，可见王维的音乐修养是很全面的。任半塘、王昆吾编著的《隋唐五代燕乐杂言歌辞集》收王维诗20首，该书附录《声诗集》收王维诗20首，总计达40首之多。明人胡震亨的《唐音癸签》就说：“唐人诗谱入乐者，初、盛王维为多。”王维还非常善解自然音响，极擅捕捉自然乐美，自觉地在诗中注入音乐元素，搭配以音响效果。因而其诗调极雅驯，律极优美，诚可谓“调六气于终篇，正五音于逸韵”，给人以“百啭流莺，宫商迭奏”的音乐美

[1]李昉：《太平广记》，中华书局1961年版，第1331页。

[2]欧阳修、宋祁：《新唐书》，中华书局1975年版，第5765页。

感。

开元九年（721）春，王维擢进士第，不久解褐为太乐丞，从八品下。也就是说，王维年仅二十一岁时，就开始了他的仕宦生涯。

③ 诸王待之如师友

王维游宦京城，即其解褐前后的日子里，风头出尽，风光无限，真可谓是“平交王侯”。根据史载，他与诸王交往密切。而诸王中，又与岐王特别交厚。王维经常出入岐王府，是必然的，经常跟着岐王去访问高官，跟着岐王去赴宴赴会，甚至跟着岐王去休假，简直成为岐王的跟差。

《旧唐书》说岐王“好学工书，雅爱文章之士，士无贵贱，皆尽礼接待。”岐王偏爱文艺，广交艺人，其宫殿成为艺术沙龙。李龟年乃当时顶级音乐家，自然会成为岐王宅里的常客。李龟年善歌，擅吹筚篥，擅奏羯鼓，还长于作曲等。他和李彭年、李鹤年兄弟创作的《渭川曲》特别受到唐玄宗的赏识。然岐王不仅是个高明的鉴赏家，还是个才艺高深而全面的艺术家。窦泉《述书赋》称赞岐王的文才曰：“可谓梁园笔壮，乐府文雄。累圣重光之盛业，六书一艺之精工，非所以抑圣人之绚己，服勇士以雕虫。责繁声于《韶》《濩》，征艳色于苍穹者也。”可见岐王不仅擅书擅画也擅诗，且其诗在当时颇为流行。而王维是个诗书画乐无一不精通的艺术超人，自然深受岐王所赏爱。王维与岐王的关系，自然也就更贴近了一层。

王维在开元八年（720）所作的《从岐王过杨氏别业应教》中写道：

杨子谈经所，淮王载酒过。兴阑啼鸟换，坐久落花多。
径转回银烛，林开散玉珂。严城时未启，前路拥笙歌。

王维不仅经常出入岐王的王府，连岐王出游也伴行左右。这就是一首写他随岐王游览杨氏别业的游历诗。“此妙在过杨处，则淡淡打发二语，而车骑笙歌之盛，却从归途写出”（黄生《增订唐诗摘钞》卷一）。“兴阑”夜归写得很富丽，很排场，岐王及其扈从的车马非常豪华，一路银烛通明，一路笙歌簇拥，车马迤逦，从者纷纭。而“严城时未启”句，又呼应颔联，再次点到纵情已久，游赏尽兴，深夜始归，其时城门尚未开启。诗中没有直接写王维与岐王的关系，但二者关系之亲密却让人在诗中思而得之。

王维与岐王的关系有多亲密，可从他的这些应教诗中看出，譬如还有《从岐王夜宴卫家山池应教》《敕借岐王九成宫避暑应教》等。应教诗与应制诗一样，多为律体，因为需要仓促以“应”，加之限制很多，如在针尖跳舞，难度极大。故而，此类诗大多落于旧臼，而很容易平庸。即便是大诗人的“应”作，也往往空洞生硬，死板无趣，让人不忍卒读。而王维的应教诗，则得心应手，同样以写景见长，化呆滞枯涩为情韵活泼，充满了自然野趣。王维从岐王避暑九成宫，其诗云：

帝子远辞丹凤阙，天书遥借翠微宫。
隔窗云雾生衣上，卷幔山泉入镜中。
林下水声喧语笑，岩间树色隐房栊。
仙家未必能胜此，何事吹笙向碧空。

岐王奉旨离开长安而到九成宫避暑，也不忘带上王维。九成宫，即隋仁寿宫，在凤翔府麟游县西，贞观时改名为九成宫。诗中间二联写景，以切“吹笙向碧空”的典事，画面感特别强，表现出王维对景象智取巧截的能力，也表现出他组合缔结的艺术。诗人把避暑胜地当仙境来写，给山野之景染上了道气仙风。此诗处处切避暑意，其中之设色直令人心底清凉。

我们读此诗，包括其他的几首应教岐王的诗，注意力主要不在其诗写得怎么样，而在于诗中所表现出来的一种韵致。即如胡应麟所言“气极雍容而不弱”。这一点非常难得。也就是说，诗中看不到一丁半点的“清客相”，更不是以阿谀为能事的唱颂，而是一种平等的酬答，是一种知音的交流，是一种纯艺术氛围与友情关系的写照。岐工李范，比王维年长15岁，位极人臣，华贵无敌。而他待王维，待这个后生小子，待这个尚未解褐或刚得官从八品下的小吏，待这个类似帮闲凑趣、吹拉弹唱的艺人，怎么就一点点的架子也没有呢？这让我们真切感受到王维享有“诸王待之如师友”的待遇。这等好事怎么就没有让李白摊上？李白为什么就没有来走岐王路线？或者说，岐王就怎么没有垂青李白？

王维在岐王那里深受青睐，并得到悉心眷顾，而他也意气风发，绝无寄人篱下的拘谨局促。唐人孟棨的《本事诗》中有一则“诗本事”，写王维与宁王的关系。王维在宁王那里，似乎更近于“放肆”了。

《本事诗》中载：宁王夺饼师妻，“环岁，因问之：‘汝复忆饼师

否？’默然不对。王召饼师使见之，其妻注视，双泪垂颊，若不胜情。时王座客十余人，皆当时文士，无不凄异。王命赋诗。王右丞维诗先成：‘莫以今时宠，宁忘昔日恩。看花满眼泪，不共楚王言。’”故事的结局是：宁王将饼妻“乃归饼师”。这简直是神话，神化王维，极言王维在宁王心目中至高无上的地位。王维乃宁王座上客，敢于诗谏而先成，特别不可思议的是，凭此一讽喻诗，竟让霸人美妻的专横跋扈的宁王良心发现，从善如此而“归”其人。宁王何许人？唐玄宗李隆基之兄是也。其早年曾被立为太子，后来睿宗在传位问题上久不能决时，他“敢以死请”，“累日涕泣固让”。故宁王死后被追赠“让皇帝”。宁王精通音律，技艺高超，最擅吹紫玉笛，尤其熟悉西域诸国的音律歌舞，据说他能够从乐音中判知政治盛衰与社会兴废。而《本事诗》中的杜撰，也确是有些“由头”的吧，为什么独拿王维而不拿其他什么人来虚构故事呢？

《息夫人》诗委而有节，味外言外，深合“敦厚之教”，我们则于诗中读出了诗人的恻隐心、正义感与抗争精神。“看花满眼泪，不共楚王言。”面对强暴，虽然不能以死殉节，却不忘旧恩，绝不辱从，刻画了一个貌似懦弱，却很坚强的受侮辱、受迫害的弱女子形象。此诗或可竟为“谶语”。闻一多先生说：“想不到三十多年之后诗人自己也落到息夫人这样的命运，在国难中做了俘虏，尽管心怀旧恩，却又求死不得，仅能抱着矛盾悲苦的心情苟活下来，这种态度可不像一个反抗无力而被迫受辱的弱女子么？”[1]闻一多也是个很讲气节的学者，他对王维的评价，也只是说到王维具有懦弱的性格缺陷，而没有上升到诸如“失节”的政治问题。

解褐前后，王维成为上层社会的社交红人，而让诸王驸马豪右贵待之如师友。或许得益于诸王之鼎助，王维顺利登第，不久即解褐而步入仕途。这段非常值得王维炫耀、也非常值得我们研究的日子，却史载不详，除了唐人笔记有些记载，连王维自己的诗中也没有什么反映。憾甚憾甚！

[1]闻一多：《唐诗杂论》，中华书局2009年版，第279页。

三

被出济州

人生风云突变，王维被出济州。

被出济州，是王维人生的第一个大挫折。

王维像是换了一个人，灰头土脸，满腹的委屈与牢骚。其实，他心知肚明，这是“代人受过”。

王维似乎彻底地变了，进士及第时没有留诗，解褐入仕时也没有留诗，走离长安时他成了一个典型的“愤青”，留下了不少具有足够思想深度的诗。

在济州司仓参军任上，王维淹无声息，也一无所诗，失意、苦闷与孤独成为他情感的全部，仿佛从此一蹶不振矣。

❶ 微官易得罪

开元九年（721）春，王维擢进士第，解褐为太乐丞，只是个从八品下的官儿，以王维自己的话说，叫“微官”。不管怎么说，王维有了一个好的起步。然而，是年秋，正是顺风顺水的王维，一下子跌入波谷。因太乐署中伶人舞黄狮子犯忌，王维受牵累而被贬，被逐出了京城。

王维被贬是事实。然而，其被贬的原因，也是个公案。《集异记》记载：“为伶人舞黄狮子，坐出官。黄狮子非一人不舞也。”《太平广记》卷一百七十九引曰：“（王维）及为太乐丞，为伶人舞黄狮子，坐出官。黄狮子

者，非一人不舞也。”[1]又据《旧唐书·刘子玄传》：“（开元）九年，长子贶为太乐令，犯事配流。”[2]太乐令刘贶“犯事配流”，而与太乐丞王维“坐累”出贬属于同一年，人便推论必是一同犯事相坐。关于王维贬谪济州的原因，几乎所有的史载或笔记都是这样表述的，众口一词，无甚异议。也就是说，无论旧说，还是新见，都没有否认王维出官乃为“伶人舞黄狮子”案。看来此案也不应该是子虚乌有的编造了。在没有新的史料确证王维出官是因为其他原因的情况下，我们也同此说。

但是，我们感到不可思议、也需要深究的是：伶人为何要舞黄狮子？谁叫舞的？舞给谁看的？自古黄为天子色，这“黄狮子舞”是专供皇上欣赏的，难道王维他们连这点起码常识都不懂吗？

宋人王谠《唐语林》卷五《补遗》说：“王维为大乐丞，被人嗾令舞黄狮子，坐是出官。黄狮子者，非天子不舞也，后辈慎之。”[3]此记不同于前说的是，提出了“被人嗾令”说。这让我们很受启发。我们也宁可相信是“被人嗾令”的。嗾者，教唆也，指使别人做坏事。“嗾令”，这个偏正词组的重心落在“令”上，这个“嗾”就不是一般性的唆使。而能够发出此“嗾令”者也就不是一般的人了。那么，其中“被人嗾令”的那个“人”是谁呢？谁敢发布舞黄狮子的“嗾令”呢？这个“人”，让我们自然想到“诸王”，或者就是岐王。岐王的可能性最大。岐王应该就是那个“嗾令”的人。《旧唐书》卷九十五“惠文太子范传”云：

> 时上禁约王公，不令与外人交结。驸马都尉裴虚己坐与范游宴，兼私挟谶纬之书，配徙岭外。万年尉刘庭琦、太祝张谔皆坐与范饮酒赋诗，黜庭琦为雅州司户，谔为山茌丞。然上未尝间范，恩情如初，谓左右曰：“我兄弟友爱天至，必无异意，只是趋竞之辈，强相托附耳。我终不以纤芥之故责及兄弟也。”

这段文字非常耐人寻味。一是写岐王，任性犯禁，而且还是个屡犯。“时上禁约王公”语，主要是针对岐王的。一是写玄宗，“未尝间范，恩情如初”，且不“责及兄弟”。然不“责及兄弟”，不是不“责”，而是让“外人”代受其责，只要有敢于与岐王交之“外人”，即便是驸马都尉也严惩不

[1]李昉：《太平广记》，中华书局1961年版，第1331页。
[2]刘昫：《旧唐书》，中华书局1975年版，第3173页。
[3]王谠著，周勋初校证：《唐语林校证》，中华书局1987年版，第486页。

贷。然而，又因为玄宗不“间”也不“责”的宽容，而在客观上使“禁约”对岐王失去了约束力，让岐王主观上也没有了“禁”“畏”感，原本生性好交游的岐王，愈发任性而没了禁忌。我们对这段文字的读解是：岐王不仅敢于明知故犯，而且敢于屡教不改。因此，我们以为：如果犯案舞黄狮子是事实，那么肯定不会没有人“嗾令”；而如果真是有人“嗾令”，那么这个“嗾令”人，十有八九是岐王。换言之，诸王或就是岐王有所“嗾令”，太乐署中朝廷命官而不能不舞也。

按唐代《通典·刑法》“六曰大不敬”法，舞黄狮子案乃属惊天大案，擅动天子之色是为死罪。然而，从案后处理看，则属于从轻发落，王维也只落得个贬官济州的驱离。显然是因为玄宗不好“责及兄弟”而处罚岐王，却让王维他们做了替罪羔羊，而借机把其支走。日本学者入谷仙介也持此看法，他分析的意思是，玄宗忌惮“诸王”而有所提防，王维与诸王走得近，是其被拆散而放逐的原因[1]。王从仁先生也认为，舞黄狮子事只是个借口，因王维与岐王关系很深，与宁王、薛王也有交往，导致玄宗的猜忌而被出济州，王维“是做了最高统治集团内部勾心斗角的牺牲品”[2]。犯舞黄狮子案，王维“连带责任”而出官千里之外的济州。

王维对这种处分是很有怨气的，他在《被出济州》诗里叹道：

> 微官易得罪，谪去济川阴。执政方持法，明君无此心。
> 闾阎河润上，井邑海云深。纵有归来日，各愁年鬓侵。

这首诗是王维离京时写的，不为研究者所特别关注，一般的选本也不选。然而，此诗很值得玩味。王维诗中欲言又止的情状，给我们以其蒙冤被贬的心理信息。“微官易得罪”这一句很应该受到重视，不是一般性的随便出语，而别有深意。诗人以“微官易得罪”开篇，而让此后的七句，全成为此句的注释，整个一首诗写的就是蒙冤被贬的心情。沈德潜说“执政方持法，明君无此心”二句，“亦周旋，亦感愤”（《唐诗别裁》卷九）。这是很有眼光的。二句意谓：虽然执政者按照法律对我有此处罚，而皇上却无处罚我的本意。细味此二句，不仅感到这与首句深相切合，而且可以看出，皇上对他的处罚也是出于警告性质，或者说对他的这种处罚也没有怎么当真。王维被罚，仅

[1]入谷仙介：《王维研究》（节选本），中华书局2005年版，第14-15页。

[2]王从仁：《王维和孟浩然》，上海古籍出版社1983年版，《王维五考》，《宁夏大学学报》1984年第1期。

仅是贬出京城，连“配流”都没有。因此，他虽然微怨在心，却也心知肚明。诗的最后一句则更有意味。陈铁民本作“多愁年鬓侵”。述古堂本、明十卷本以及《全唐诗》等俱作“各愁年鬓侵”。细味诗意，我们以为，以“各”为好。“各”之所指，就不是诗人之一个“我”也，而是指“我们”，甚至是指一帮人，也可能就包括有诸王等一帮京城贵族朋友。唐人选本《河岳英灵集》里，此诗的题目就是《被出济州别城中故人》。原来，《被出济州》的题目是略抄了后半部分，而省略了“别城中故人”。如果真是这样，用“各”自然比用“多”好。而且，这个“各”字告诉我们，王维此诗是有所寄的，也是有所寄意的。他知道自己之错就错在因为与“诸王”等皇室成员走得太近了。如今，他与他们被强行拆散，而付出了被逐出京城的代价。不知何时再相逢，他所感伤无比的就不单纯是自己政治地位的下降与仕途前程的扑朔了。从整个的诗意看，王维是极其悲观的，很不情愿，也是很痛苦的。

舞黄狮子事件，是玄宗制约他兄弟而抓到了的一个由头，而让与诸王走得太近的王维出官远方。也许是“微官易得罪”的心理支配，王维在离开长安赴任的路上，却写了不少的诗。其进士及第时没有诗，其解褐入仕时也没有诗，而其落魄败势时，却边走边诗。此时的王维，灰头土脸，满腹委屈与牢骚，成了一个典型的“愤青”。抑或说，王维的诗，至此才开始具有了足够的思想深度。

❷ 谪去济川诗纪行

王维出官，走离了社会与政治中心京洛，走向与其理想相悖的边缘，应该说是被抛向生活的边缘。而这种身心的边缘性，对于王维认识这个世界，却提供了十分有意义的视角。而王维在走向边缘时的纪行诗，也成为我们研究王维的非常有价值的心理资料。

王维无辜得罪，贬为济州司仓参军。开元九年（721）七八月间，王维离开京城而东去济州赴任。司仓参军之职，“掌公廨、度量、庖厨、仓库、租赋、征收、田园、市肆之事”[1]。而司仓参军的官阶，根据不同等级州府而品阶略有不同。其上州为从七品下，中州为正八品下，下州为从八品下。济州司仓参军的品阶与太乐丞相同。唐代的济州是一个远离京城的小城，据考于今之

[1]李林甫著，陈仲夫校：《唐六典》，中华书局1992年版，第748页。

茌平县高垣墙村处，或曰今之山东长清县。济州因为济水得名。山东的济南，因位于古济水之南而得名。济宁，因居其中而获济水之宁名。王维要去的那个济州，在今之聊城附近，是个以平原洼地为主，地势东高西低的地方。王维以参军之职，处理户口寡弱的济州，当然会有极大的压抑感，故其诗中情绪极其低落，也极其忧郁。

王维从长安出发，基本路线是：途经河北、郑州、荥阳、滑州，通往济州，行程约800公里。自长安出函谷关，过灞桥，出潼关，经渑池，途经东都洛阳。一个天子脚下的京官，一个经常出入高堂华屋的皇室座上宾，一个诗书画乐样样精通的超级艺术全才，一下子被贬到千里之外的水乡僻壤去了。

王维拜别伊洛而东进，途经河北，此“河北”，乃唐县名，唐代属于陕州，天宝元年改名平陆，治所今在山西省平陆县。诗人有《登河北城楼作》诗云：

井邑傅岩上，客亭云雾间。高城眺落日，极浦映苍山。
岸火孤舟宿，渔家夕鸟还。寂寥天地暮，心与广川闲。

诗人登上楼来，整个儿的河北形势收入眼底，傅岩一带，住户分布稀稀落落，亭驿设置大大小小，因为距离所见比较远，这些景象显得影影绰绰，若隐若现，如同云雾迷蒙之中。高耸的城楼与西下的落日相望，城池高筑，乃向上的态势；遥远的水面上斜映着苍山的倒影，夕照下落，乃回归的动感。构图远低高下，错落之势鲜明，画感参差而饱满，画面形成了充分的张力。极浦则轻漾生姿，原本就是十分妩媚之态；苍山倒映水中，更觉肃穆沧桑之感。后半部分，最有深味。岸边的渔火，温馨地闪烁；暮色中的归鸟，轻快地盘旋。虽然“孤舟”有点寂寥落寞味，而“岸火”则给画面抹上了一层暖色，使整首诗漾起了一种特别的亲切与温馨的情味。收尾二句，字面上似乎比较旷达，然我们结合其被贬处境与流人在路的情状看，这样的旷达反而让人倍感凄婉，格外怅惘。

自河北一路东来，不久就是郑州，唐州名的郑州，辖境在今河南荥阳与新郑、原阳一带。诗人途经郑州，夜宿武（虎）牢，以《宿郑州》诗记之：

朝与周人辞，暮投郑人宿。他乡绝俦侣，孤客亲僮仆。
宛洛望不见，秋霖晦平陆。田父草际归，村童雨中牧。
主人东皋上，时稼绕茅屋。虫思机杼悲，雀喧禾黍熟。

明当渡京水，昨晚犹金谷。此去欲何言，穷边徇微禄。

这是一首纪行诗，写的是且走且边远的赶路情形。诗共十六句，可分三个层次。诗的中间八句写景，头尾各两个四句，相对而言都是直写心情的。诗前用“朝”“暮”，后用“明”“昨”，均表时间非常短暂，行走特别急促，并非完全实指。自长安走出，昨天还在繁华的洛阳，而明天就要来到相对冷落的郑州了。王维年十八时作《哭祖六自虚》，其中就有“花时金谷饮，月夜竹林眠”句，说他少年时在洛阳过着清流名士的快乐日子。如今是“明当渡京水，昨晚犹金谷”，即将渡过京水，痛苦地告别了“金谷”，告别了昔日的快乐时光。这是地理空间，更是心理空间。西晋巨富石崇（字季伦）在洛阳郊外建造了一座非常豪华的私家园林，亦即“金谷园”。元康六年，石崇在金谷园盛宴邀集苏绍、潘岳等30余名士，“登云阁，列姬姜，拊丝竹，叩宫商，宴华池，酌玉觞”（石崇《思归引》）。石崇作《金谷诗序》而轰动一时，此文存于《世说新语·品藻》。另据《世说新语·企羡》载：“王右军得人以《兰亭集序》方《金谷诗序》，又以己敌石崇，甚有欣色。”王羲之“甚有欣色”，是因为人将其《兰亭集序》比《金谷诗序》，且以为“己敌”，即超过了石序。苏东坡则对此评曰：“兰亭之会或以比金谷，而以逸少比季伦，逸少闻之甚喜。金谷之会皆望尘之友也；季伦之于逸少，如鸱鸢之于鸿鹄。”（《东坡题跋，右军斫脍图》）王维诗用“金谷”意象，说金谷犹在昨天，说已经远离金谷，表明其失落太大。诗人朝着与“金谷”相反的方向走去，越走越远，即是距离好日子越来越远，即希望也越来越渺茫。诗人此时才真正感到孤独凄凉了。“此去欲何言，穷边循微禄”二句意谓：还有什么话好说的呢？还不是自作自受，为了点微薄俸禄而去穷乡僻壤！收束的二句，十分酸楚，感人泣下，浓郁的感伤中夹杂了点自嘲的味儿，或者说是以幽默的口吻表达了深郁的感伤。到得此时，我们才发现中间八句写景之极妙处。此诗所要表达的是宦海沉浮的失意，走离京城的苦闷，以及“他乡绝俦侣”的孤独，而其却巧妙地织入村野的恬宁风光，失意与温馨形成了强烈的反差，形成不和谐的和谐。这幅以简淡自然之笔描画的田园牧歌图，寄予作者向往自由自在的田园生活的理想，成为诗人早期隐逸归来思想的委婉表达。

翌晨，王维换走水路。泛舟入“荥泽”，转而至“雄藩”。其《早入荥阳界》诗就是船行荥泽的记录：

泛舟入荥泽，兹邑乃雄藩。河曲闾阎隘，川中烟火繁。

因人见风俗，入境闻方言。秋野田畴盛，朝光市井喧。

渔商波上客，鸡犬岸旁村。前路白云外，孤帆安可论。

诗人到达荥阳（今河南省郑州市西北），进入一个完全陌生的地界，当地百姓的服饰、口音已经全然不同宛洛。“因人见风俗，入境闻方言”，根据人的穿着与口音判断，他已经远离京洛了。然而，却有如入世外桃源的惊喜，到处是一派丰收的景象，一派和乐融融的气氛，一派繁荣热闹的情境。王维对这个陌生地境充满了好感与深情，真巴不得就以此为家，也不想在仕途上有什么奢求。可是，“前路白云外，孤帆安可论”。归宿在哪里？前路迷茫而不见尽头。诗人孤身前往一个僻远的小地方，而且不知猴年马月才有可能归来，此中况味，是无法用语言来表达的。诗的基调是忧郁的。

王维由荥阳泛舟东进，经汴河而达汴州。汴州，即今开封市，北周宣帝改梁州置，治所在浚仪县（今开封市西北）。唐初至开元年间，辖浚仪、开封（今开封市）二县。王维许是在汴州小住了一两天，目的是寻访一位叫“千塔主人”的高士，似乎没有见到，其《千塔主人》诗有所反映，诗云：

逆旅逢佳节，征帆未可前。窗临汴河水，门渡楚人船。

鸡犬散墟落，桑榆荫远田。所居人不见，枕席生云烟。

由“逆旅逢佳节”可知，王维到达此地，时值中秋。诗中化用陶潜诗意，写开封农村的祥和与闲适。“所居人不见，枕席生云烟”，寻人不见，而见到了一种非常适意的桃源生活景象与生活方式，表现其对友人的这种隐居生活羡慕不已也。

汴河，古称汳水。隋统一中国，隋炀帝将都城由长安迁至洛阳，开挖了通济渠和永济渠，西通关中，南至江淮。通济渠为避徐州、吕梁二洪之险，采取走宿州直接入淮的线路，即在今杞县以西与汴河分出一支折向东南，经商丘、永城、宿县、灵璧，至盱眙北入淮河。这支撇开徐州间的汴、泗运河径直入淮的河道，就是唐、宋时期的新汴河，亦称南汴河。而汴河故道的汴、泗运河此时也并未完全中断，仍有漕粮舟楫之便。离开汴州后，路经滑州（今河南滑县），最后到济州。

王维有一首《渡河到清河作》的诗，年谱判定此诗作于王维居济州期间，也就是说王维已经在济州工作了一段时间。其诗云：

泛舟大河里，积水穷天涯。天波忽开坼，郡邑千万家。

行复见城市，宛然有桑麻。回瞻旧乡国，淼漫连云霞。

渡河到清河，清河即唐贝州治所清河县，今河北清河西，唐属河北道。济州则属河南道，济州治所（今山东茌平西南）与博州治所聊城（今山东聊城东北）隔河相望。由济州渡河，首先当抵达博州聊城，即诗中的“郡邑”。诗的题目则明示，诗人是自济州而望博州，而非自博州而望济州。因此，显然不能说成是王维自京洛一路行来之所作。但是，如果撇开题目呢？我们不妨借以理解当时王维初到博州而隔河望见济州时的情状。王维自长安一路行来，日夜兼程，已抵博州，济州隔水在望，忽见远处水天相接混沌处突然开裂，闪出一座人烟稠密的郡城。但见郡邑万家，集市兴旺，良田万顷，遍地桑麻。蓦然回望，什么也看不见了，故乡早已经湮没在满天云霞里了。诗的前六句，说是写诗人初见济州、初渡黄河时的新鲜感，似乎更为熨帖而真实。而诗末“回瞻旧乡国，淼漫连云霞”二句，似乎也符合诗人新来乍到既兴奋又惆怅的情感表达。故乡何在，亲人何在，淼茫不见，“虽信美而非吾土兮”（王粲《登楼赋》）。

到达目的地济州时，恐怕已是八月底或九月初的深秋季节了。诗人自京洛一路行来，以诗纪行，一地一景。而诗人笔下的景象，绝无那种“恨别鸟惊心”的肃杀，总是那样的温馨与闲适。王维的这些行旅诗是可以作为田园诗来读的。而非常值得注意的是，他的这些诗，将市井、城郡、商贸等融入田园之中，比较早地以诗表现城乡结合的和谐，甚至可以说，王维是将田园与城邑两种文化交汇而诗化的第一人。诗人自西往东走，于行旅中敏锐地发现了农商交相繁荣的景象，突破了原先田园诗就田园而田园的写法。

这些诗还有一个重要特点，或者说，这些诗皆充满深意，即以乐景写哀。然诗之格调哀而不伤，怨而不怒，虽然诗中总有个忧郁的内核。叔本华《论天才》中说：“优美的诗文，像彩虹一样只有在雨后阴暗的地方出现。惟其如此，文学的天才都喜欢忧郁的因素。”[1]忧郁是天才诗人所特有的一种情感，忧郁的诗最容易让读者的感情受伤。王维出官，成全了一个诗人，这也成为王维一生中纪行诗写作最集中的高峰期。王维的这些纪行诗，对于我们研究王维此时的心情很有帮助，也是研究唐诗、唐史不可或缺的历史文献。

---

[1]叔本华：《叔本华文集》，陈晓南译，百花文艺出版社1987年版，第52页。

❸ 穷边徇禄的日子里

从开元九年（721）秋，至开元十四年（726）春，王维于济州的这四五年时间，于史籍上是个空白，属于“行止不明”时期，也形成了“研究空白”。

唐代的济州在今山东茌平西南，是一个远离京城的小城。王维在济州司仓参军上任四年多时间里，曾游历了齐、鲁、冀一带，是可考证的。

“穷边徇微禄”，王维自嘲说自己是为了挣份薄禄而来到边远之地，其济州司仓参军任上淹无声息，也一无所诗。而其间写他与庄叟、隐士、贤者乃至道人之交往的诗，则成为我们探知王维当时状态的可贵资料。其《济州过赵叟家宴》诗云：

> 虽与人境接，闭门成隐居。道言庄叟事，儒行鲁人馀。
> 深巷斜晖静，闲门高柳疏。荷锄修药圃，散帙曝农书。
> 上客摇芳翰，中厨馈野蔬。夫君第高饮，景晏出林闾。

诗写王维赴宴济州赵翁府的情景，主人的雍儒安闲，主人家的幽雅僻静，均给其深刻印象，给其非常好感，特别是主人的生活态度与生活方式而为其大加赞赏。诗中所表现出来的趣味与崇尚，与王维平生追求是一致的，王维晚年所作《请施庄为寺表》就自称：“褐衣蔬食，持戒安禅，乐住山林，志求寂静。”

不过，此时王维心情极坏，其诗也多影射，多怨刺，“楚国有狂夫”诗，写作于此时。

> 楚国有狂夫，茫然无心想。散发不冠带，行歌南陌上。
> 孔丘与之言，仁义莫能奖。未尝肯问天，何事须击壤。
> 复笑采薇人，胡为乃长往。

这是《偶然作六首》中的第一首，据陈谱，六首中前五首约作于开元十五年，即作于王维穷边徇禄的日子里，或居淇上时。“偶然作”不偶然，诗中“既薄孔孟，复笑叔齐，又不肯为屈原，此狂夫煞是作怪”（黄周星《唐诗快》卷四）。简直是气歪了鼻子，诗人似也有点失态，根本不考虑什么曲婉典雅的表现了，一下子排出这么多的狂人来。古人说读《偶然作》，但“见清士高人胸中皆似有一段垒块不平处，特其寄托高远，意思深厚，人不能觉”（锺

惺《唐诗归》卷八）。胸中垒块不平已如此凸出，且是金刚怒目的愤激，怎么就“人不能觉”呢？作者借写高士之名而行骂街之实，塑造了一个集诸狂人之狂于一身的“这一个”，也许这个“狂夫”就是他自己。诗的“茫然无心想”句很有意味，“提领”全诗，暗示诗人无所适从的状态，似有处于抉择的彷徨与痛苦。

如果风格仍可分为浪漫主义与现实主义两大类的话，王维后期诗偏于浪漫主义，而此时期诗则是现实主义的，譬如《不遇咏》：

北阙献书寝不报，南山种田时不登。
百人会中身不预，五侯门前心不能。
身投河朔饮君酒，家在茂陵平安否。
且此登山复临水，莫问春风动杨柳。
今人作人多自私，我心不说君应知。
济人然后拂衣去，肯作徒尔一男儿。

诗人直抒胸臆，以第一人称自写，上来四句扣“不遇”题旨而连用四个“不”字，反复叙写自己失意落魄的状态。然而，我宁可沉沦困顿，也绝不阿谀权贵。但每日“登山复临水”也终不是一回事，堂堂一男子汉怎就甘心过这种闲适生活？我的人生理想是先济世而后身退啊！这样血脉贲张的情绪写实，在王维诗中非常少见，也尤其珍贵，这是其思想的活资料，真实反映了他“低潮”时期的生活状态和思想风貌。此时期的王维彷徨徘徊，心情非常矛盾：退隐遁世吧，于心不甘；奋发有为吧，又找不到出路。他的《济上四贤咏三首》，也是这种心态的反映。其诗题下自注：“济州官舍作。”记述了济州的几位名士乡贤，如解印归田的崔录事，游侠好客的成文学，还有郑公、霍公等贤人，称赞他们的高尚情操，表达了对权贵当道的讥讽，也含有对才士坎坷的同情，对布衣苦寒的关怀。其《济上四贤咏·崔录事》最能表明王维的心迹，其诗云：

解印归田里，贤哉此丈夫。少年曾任侠，晚节更为儒。
遯世东山下，因家沧海隅。已闻能狎鸟，余欲共乘桴。

诗中通过盛赞崔录事，来表明诗人自己的心迹。诗的尾联，连用两个常见的典故。“狎鸟”，典出自《列子》，意思是只有全无世俗之心，才能够与海鸥亲近。“乘桴”，《论语·公冶长》曰：“道不行，乘桴浮于海。”此典多用于看透红尘而一心避世。前句赞崔录事，后句则自写，表明自己也将与之“共乘桴”。这一组诗，从思想性上看，“格调甚高”。其通过盛赞济上二贤士“息阴无恶木，饮水必清源”（《济上四贤咏·郑霍二山人》），而自写心志，写其自励与自律，这都是可视为王维当时思想的活化石。

此时期，王维还与方外之人有过比较密切的交往。其《寄崇梵僧》《赠东岳焦炼师》《赠焦道士》等诗中所写，皆是云游五岳三岛、行天缩地、法术高超的法师。焦炼师与焦道士疑为一人。所谓“炼师”，是道士中最高道行者，也是对道士的尊称。李白的《赠嵩山焦炼师》，诗序云：“嵩山有神人焦炼师者，不知何许妇人也。”焦炼师似为女道士。王维《赠东岳焦炼师》诗云：“先生千岁馀，五岳遍曾居。”焦炼师并不定居一处，而遍居五岳。看来，东岳之焦炼师与嵩山之焦炼师实乃同一人。王维此诗写于开元十年左右，李白诗写于开元二十二年。李白访焦炼师时，其居嵩山；而王维访焦炼师时，其居东岳。据此可见，王维在济州时还曾到过与济州距离不远的东岳泰山。

《寄崇梵僧》诗写崇梵寺里的僧人，崇梵寺位于济州东阿县。天宝十三年济州废，东阿县方改隶郓州。这是个充满神话传奇的地方，也是个极具人文气息的地方，王维肯定不会不去的。王维《送郓州须昌冯少府赴任序》中曾有记云：“予昔仕鲁，盖尝之郓。书社万室，带以鱼山济水。旗亭千隧，杂以郑商周客。有邹人之风以厚俗，有汶阳之田以富农。齐纨在笥，河鲂登俎，一都会也。”显然，王维对此地的淳厚风俗有很好的印象。王维的《鱼山神女祠歌二首》诗，也是根据东阿县鱼山的美丽传说而作的。

济州境内有鱼山，属泰山西来余脉，坐落于东阿县城东南20公里处的黄河北岸。此山因形似甲鱼，又因其山顶建有鱼姑庙，故名鱼山。汉武帝的《瓠子歌》中有“吾山平兮钜野溢”之句，又名吾山。魏晋时建有一座神女祠，供奉神女成公智琼。据说魏嘉平年间，济北郡从事掾弦超与神女智琼在鱼山发生过一段恋情故事，西晋著名政治家、文学家张华据此著有《神女赋》。《神女赋序》曰：“魏济北从事弦超，嘉平中，夜梦神女来。自称天上玉女，姓成公，字智琼，东郡人。早失父母，天帝哀其孤苦，令得下嫁。后三四日一来，即乘淄軿，衣罗绮。智琼能隐其形，不能藏其声。且芬香达于室宇，颇为人知。一旦神女别去，留赠裙衫裲裆。”弦超在此遇神女智琼，与曹植遇到洛神，差不多是同时代。曹植曾受封东阿王，其墓地也在鱼山西麓。其墓四周有子建祠、曹植墓碑、七步路、羊茂台、洗砚池、闻梵处、梵音洞、摩崖刻字、

鱼姑庙、观河亭、仙人足印、穿阳洞、浴仙池等文化遗址。虽然王维存诗未见有写到凭吊曹植的作品，然而，曹植才高八斗，乃建安文学代表人物，以正常人思维观，王维自然不会不去瞻仰的。

在济州的日子，上帝为王维开了另一扇窗，让他获得了书本上不能汲取到的营养。王维在济州时期的诗，所表现的思想也很复杂，而“思乡”则是其中的主旋律。其《和使君五郎西楼望远思归》，题目上标出“思归”二字。“故乡不可见，云水空如一”，极言故乡之难见，极言相隔之远，用水天云霞之苍茫迷离，表现悠远之意境，这也是写其“思归”的恍惚精神，但见水天，不见故乡，故乡在哪里？故乡不可见，故乡可在心中感而不可在目中及。王维思乡，思到极致处。因此，即便是与其顶头上司对话，也直言不讳也。此诗乃和诗，和使君的诗，使君就是济州刺史，以使君称，沿袭汉代对州郡长官的尊称也。也就是说，王维和其上司之诗，直言其不安心济州工作。

王维远在济州，这只是地理距离，而最为难捱的是心理距离，是心理上的孤独落寞感。因此，当挚友祖咏顺道来济州看他时，自然惊喜过望。故而，他无论如何要留宿祖咏，而当与祖咏分别时则无论如何要一送再送。他的《喜祖三至留宿》诗，就是此次会面的真实记录：

门前洛阳客，下马拂征衣。不枉故人驾，平生多掩扉。
行人返深巷，积雪带余晖。早岁同袍者，高车何处归？

前二联写祖咏途经济州而让王维喜不自胜。后二联则写王维再三挽留祖咏而费尽口舌。诗人自云：生性清高，常自闭关，有来访者唯恐躲之不及。如今异乡逢知己，诗人则一反常态，激动异常。这既是写己，又是写人，写二者非同一般的关系。从诗意看，祖咏似乎执意要走，说什么也不肯留；而诗人则说什么也不肯放他走，让他不能不留，故而放出了语带讥嘲的“狠”话：“早岁同袍者，高车何处归。”意谓：我们早年可是同穿一件袍服的好友啊，是不是如今你有了高就便也留宿不住了？潜台词是：你也太不给面子了。此处出语以讥诮，这是王维劝留劝急了。孤独在济州的王维，难得有个知己来访，何况祖咏与王维乃是“结交二十载”的老友。祖咏少与王维为吟侣，而以《终南望余雪》诗著名。这是一首应试诗。《唐诗纪事》记载，祖咏应考，文题是“终南望余雪”，按照规定，应该作成六韵十二句的五言排律，但他只写了四句就交卷。虽然祖咏未被录取，此诗却为他赢得盛名。由此看来，祖咏也是个很有个性的人。开元九年（721）王维考中进士时，祖咏却落第回洛阳。是年秋天，王维东谪济州路过洛阳时，祖咏闲居家中，不久就到颖水之畔隐居苦读。开元十三年（725），祖咏中进士，并于是年秋天放外任东州。祖咏在前往东州赴任的途中，路经济州，得以与王维在济州会晤。经不住王维的再三挽留，祖咏也很感动，便以《答王维留宿》作答：

四年不相见，相见复何为？握手言未毕，却令伤别离。
升堂还驻马，酌醴便呼儿。语默自相对，安用傍人知！

二人相会在冬季，四年不见，乍见又离，更加悲伤。万语千言，说不出口，唯有默默相对。读罢祖咏的答诗，王维更加动情，逼出了《赠祖三咏》的诗。诗题下原注：“济州官舍作。”这是一首二十句的古诗，仿佛是二人彻夜长谈的内容记录，且絮絮叨叨地写得很琐细，真个是“思缠绵以瞀乱兮，心摧伤以怆恻”（潘岳《寡妇赋》）。前半写自己出官济州后的孤独，“高馆阒无人，离居不可道。闲门寂已闭，落日照秋草”。其中的“虽有近音信，千里阻河关”句，乃顺祖咏“四年不相见”意，写他们苦于相隔。后半诗云：“结交二十载，不得一日展。贫病子既深，契阔余不浅。仲秋虽未归，暮秋以为期。良会讵几日，终日长相思。”此八句可分二层意思，前四句合写二人经历与友情。后四句写相见苦短，聚时无多。古人评曰：“四句一韵，深情远意，绵邈无穷，置之《毛诗》中，几不复可辨，此真为善学《三百》者也。”（黄培芳《唐贤三昧集笺注》卷上）

当祖咏离开济州东去时，王维一直送祖咏到百里之外。临别时，王维又写了《齐州送祖三》诗：“送君南浦泪如丝，君向东州使我悲。为报故人憔悴尽，如今不似洛阳时。”语短情长，余味不尽，依依惜别伤离的情感催人泪下。一是二者的关系非常好，再者是诗人的处境非常糟，朋友走后，一倍孤独也。

王维还有一首《齐州送祖三》，存疑。赵殿成注本等作《齐州送祖三》，《国秀集》等选本作《河上送赵仙舟》。陈铁民本不取送祖三而取送赵仙舟。我们以为，此诗即便不是送祖三，也类似诗人此在心境的描写：

相逢方一笑，相送还成泣。祖帐已伤离，荒城复愁入。
天寒远山净，日暮长河急。解缆君已遥，望君犹伫立。

刚刚还在为相逢而喜笑颜开，马上就因分别而无声落泪，祖帐里饯别时我已悲伤不已，怎哪堪别后我独入孤城而犯愁呢！“天寒远山净，日暮长河

急”二句，以写景之笔宕开，苍凉之景色衬托离别的怅然若失。天气寒冷，远山上万木凋谢，愈发显得空净；暮色将临，长河里急水奔流，愈发显得苍凉。这种景色加重了离情别绪，使送别情氛也倍加黯然。最后“解缆君已遥，望君犹伫立”二句，以伫立河边的细节，将依依不舍的情感动作化，且与颈联构成生动的画面。解开船缆，友人转眼间已然远去，而诗人依然长时间地站立于暮色与寒风之中，站立于凄清空濛的山水之间，极目送随离人远去而黯然神伤。我们宁可认为此诗写的是王维济州送友人，宁可认为此诗写的就是王维送别祖咏。

王维在济州任上，无心业绩，优交结游，以诗为伴，不能做出些什么，也没有做出些什么来。他所做的够留存史册的一桩大事，恐怕就是后来为济州刺史裴耀卿写的功德碑吧。裴耀卿（681-743），武后时中童子特科，少有的奇才，其出身西北的世家，有在各地任职的经历，地方政绩也非常突出，开元二十一年（733）拜相，授为黄门侍郎、同平章事，后升任侍中；开元二十四年（736），拜为尚书左丞相，封赵城侯；天宝元年（742），改任尚书右仆射，后改左仆射。裴耀卿开元十三年（725）曾为济州刺史，十四年（726）初离开济州。据《新唐书·裴耀卿传》记载，玄宗东巡封禅泰山，路经济州，让裴耀卿获得了上表进言的机会。玄宗对其印象很好，对宰相张说曰：济州刺史裴耀卿上表说，封禅如果扰民，就失去了封禅的本意。我将这“人或重扰，则不足以告成”作为座右铭警诫自己要爱民。裴耀卿本传载曰：裴耀卿在济州任职时，因黄河发大水而堤防决坏，附近各州坐视不救，唯耀卿亲自指挥整饬河防工程。而在整治期间，朝廷下诏调迁宣州，裴耀卿拒旨不行，坚持到河防工程完工才离去。

王维于《裴仆射济州遗爱碑》中谦虚地说：“维也不才，尝备官属，公之行事，岂不然乎？维实知之，维能言之。”这显然是客套话。而为济州刺史裴耀卿立碑撰文，朝廷也肯定不是随便找个人就可以的，没有非常崇高的社会认可度则难当其任。此碑文写于天宝年间，或者就是在裴仆射“薨”后，也许朝廷在碑文撰写人选的考虑时，还考虑到王维与裴耀卿有一层济州“同事”的关系。

《裴仆射济州遗爱碑》二千余言，尽写裴耀卿的“美政盛德”，间接表达了“为政以德，必世而后仁”，“刑以佐德，猛以济宽”的政治见解。这也是考察王维而可资参考的非常难得的思想资料。碑文中最感人的，是裴耀卿身先士卒、率领郡民浚河修堤的场面描写：

> 天灾流行，河水决溢。蝗虫避境，虽马棱之化能然；洪水滔天，固帝尧之时且尔。高岸崒以云断，平郊豁其地裂。喷薄雷吼，冲融天回。百姓巢居，臬客有其家室；五稼波殄，沼毛荒于畎亩。公急人之虞，分帝之忧，御衣假寐，对案辍食，不候驾而星迈，不入门而雨行，议堤防也。至则平板榦，具糇粮，揆形略趾，量功命日，而赤岸成谷，白涛亙山，虽有吕梁之人，尽下淇园之竹，无能为也。乃有坏防之余，冲波且尽，仅在而危同累卵，将坠而间不容发，公暴露其上，为人请命，风伯屏气以迁迹，阳侯整波而退舍，又王尊至诚，未足加也。然后下密揵，搴长茭，土箦云积，金锤电散，公亲巡而抚之，慰而勉之。千夫毕饭，始就饮食；一人未息，不归蘧庐。惰者发愤以跞勤，懦者自强以齐壮。成之不日，金堤峨峨，下截重泉，上可方轨，北河回其竹箭，东郡郁为桑田。

这段文字，十分动情，也十分传神，写得波澜迭出，扣人心弦，具有极强的现场感。作者或简练勾勒，或细致描写，或气氛渲染，或诗意夸张，成功地刻画了一位身先士卒、英勇果断而又深谋远虑的循吏形象，其精神感天动地，息壤止水。王维在碑文最后的“铭辞”中动情地写道：“公之德兮，曾无与二。人思遗爱兮泪淫淫，岁久不衰兮至今。性与天道兮，吾不得闻；志其小者近者兮，已是过人之德音。”

《裴碑》既娴于骈对阐发，又融炼散句以穿插，文脉舒活而不事雕琢，经典隶事而自由流转，文句整饬而辞藻清雅，且取舍得体，剪裁适当，刻画传神，意境高远，通篇诗化，充分显示了王维极高的文学才华与艺术驾驭力。同时，也反映了王维关心民瘼、爱护百姓的美政理想，折射出盛唐丰富内涵的时代精神。

王维在赋体文学上，也超拔逸出而获得了巨大成功，其史笔传神，个性鲜明，上继史传，下开韩愈碑志。

据说，裴耀卿任济州刺史时，待王维不错，毕宝魁先生的《王维传》[1]里，设计了一些王维与裴耀卿交往的情节，还将他们的形象放在抗洪抢险的场面中塑造。韩国著名的王维研究专家甚至认为，“王维与裴耀卿有同乡之谊，

[1]毕宝魁：《王维传》，辽海出版社1998年版。

且曾为其部属，因而得识张九龄。”[1]笔者不想在这里耗费想象力，但有一点要强调的，裴耀卿给王维的印象很好，裴耀卿对王维的印象也不坏。

在裴耀卿离开济州不久，王维也于开元十六年（728）寒食节前，辞去司仓参军之职，离开济州西去，踏上了回归故乡的路。

关于王维离开济州的时间，葛晓音《王维前期事迹新探》认为王维到开元十六年左右才离任的。我们认同王维开元十六年离开济州说，即王维在济州司仓参军任上，共六年时间。

王维诗《至滑州隔河望黎阳忆丁三寓》，陈本认为是写于王维赴济州途中，我们则以为写于离济州途中。

隔河见桑柘，蔼蔼黎阳川。望望行渐远，孤峰没云烟。
故人不可见，河水复悠然。赖有政声远，时闻行路传。

题目告诉我们，这是王维行舟途中触景怀人所作。其所怀之人，乃丁三，以及丁三的家，而不是有人所说的所怀之人叫“丁三寓”。显然，这个叫丁三的人，是王维来济州的新交，而不可能是王维来济州前就熟悉的朋友。从题意也可知，是告别丁三。“望望行渐远，孤峰没云烟”二句谓，黎阳渐行渐远，黎阳的那座标志性的大伾山峰也渐渐地消失在烟云雾岚之中。于是，便有了颈联的惜别描写。故人不可见矣，唯见黄河奔流如故。前六句写其眷念，依依不舍。最后两句，更是充满了怅惘之情，难分难舍之情不容卒读。其意谓，日后只能通过路人相传而知悉您之政声矣。因此，我们判定此诗写于王维告别济州时。如果此诗写于赴任济州时，那就不是这个意思，也不是这样的表达了。王维还有一首叫《丁寓田家有赠》的诗，是写话别的，也许是王维临行前几天还在丁三家受到热情款待。诗长二十二句，最后四句说：“道存终不忘，迹异难相遇。此时惜离别，再来芳菲度。”此时，王维又路过丁三寓所，倍生伤别之情，自然是很正常的。

王维终于离开了济州，毅然决然地，据说还是辞职，并非“量移”性质的转迁。何去何从，心无定所，真个是“望望行渐远，孤峰没云烟”。

---

[1]柳晟俊：《王维诗比较研究》，京华出版社1999年版，第10页。

四

行止不明

也许是不愿为了份薄禄而蛰居僻壤，王维辞去薄官而归隐或漫游。

济州后期到再次出官，王维在这段时间里“行止不明”，似乎人间蒸发了一般。

从王维的诗中读出，他有过吴越与巴蜀两次漫游的经历。王维吴越、巴蜀两次漫游的经历，也是古来研究者们比较一致的看法，有分歧的是这两次漫游的时间。

自开元十六年秋离开济州，到开元二十二年出官右拾遗，其间六年多时间，王维应该有很充分的时间做他喜欢做的事。

此六年时间里，王维吴越游，复巴蜀游，于这个时间节点上，特别有这个可能。

❶ 此时游吴越才无扞格

像几乎所有的盛唐诗人一样，王维也喜漫游，也有过一些漫游的经历。

于王维诗中可见，王维有过吴越游、巴蜀游的经历，这也是几乎所有研究者都认同的，然在时间上古来意见分歧。

我们以为，这两次漫游，当发生在其离开济州而未擢右拾遗前的这段时间里，只有在这段时间里游吴越、巴蜀才无扞格。

自开元十六年秋离开济州，到开元二十二年擢官右拾遗，其间王维的行止不详。王维自贬济州以来，销声匿迹，行踪难考，给千古研究者的研究以很大的挑战性。在王维研究上倾一生精力以投入的赵殿成《王右丞年谱》付之阙如。陈贻焮《王维生平事迹新探》也认为难明。葛晓音《王维前期事迹新探》、陈铁民《王维年谱》、谭优学《王维生平事迹再探》、王达津《王维生平及其诗》皆试图填补这一“空白”。葛晓音认为王维这段时间屏居淇上，而何时离开淇上则无考。王达津认为王维离开济州后即还长安，后隐居终南、辋川和嵩山。谭优学认为王维回到两京，或曾短时间转官吴越，入蜀也当在这几年间，隐居淇上，闭关嵩山，似乎只有摆在这一段时间里，才没有扞格。陈铁民则认为王维回到长安或洛阳等待朝廷给予新的任命，不久致官淇上，寻即弃官隐淇上，开元十七年在长安，始从大荐福寺道光禅师学顿教，后四年疑仍闲居长安，亦曾隐居嵩山。据陈铁民《王维年谱》，维妻约逝于开元十九年（731），维时年三十一，隐于洛阳附近。《偶然作六首》应是隐居洛阳时作，中有“日夕见太行，沉吟未能去”；“孙登长啸台，松竹有遗处。相去讵几许？故人在中路。”太行在洛阳北，长啸台在怀州修武县，也距洛阳不远。综合所有的考说，即可归纳为，开元十六年到二十二年，王维无甚职事，在长安或长安一带过着清客兼隐士的生活。故而，游历也自然成为他所从事的重要活动。故而，吴越、巴蜀之游历发生在此时期内的可能性也最大。

王维是在什么时间漫游吴越的呢？主要有两种观点。其一，任职右拾遗前。主要游历了润州、常州、苏州、宣州、越州，游历了桂苑、茅山、云门寺、若耶溪等名胜[1]。其二，知南选返洛途中。王维知南选翌年春，自岭南北归，盖自桂州历湘湖抵大江，而后沿江东下，经九江过庐山、江宁至京口，再循邗沟、汴水、黄河北归秦中[2]。

这两种说法中，我们取其一，即王维漫游吴越的时间，或在济州任上，或在其离开济州而行迹不明的几年里。王维出官而任职六年之久的济州，从空间距离看，近接吴地，水路与淮阴相通。王维在济州任上，以及此后的一段赋闲时间里，没有什么特别的事情羁绊，其出游吴越的可能性非常大。而王维擢官右拾遗后，不是几度出使，就是终日朝事，不仅没有行走的闲暇，也没有了

[1]参见史双元：《王维漫游江南考述》，《南京师范大学学报》1985年第4期，第53-57页。

[2]参见陈铁民：《王维年谱》，《王维集校注》，第1346页。

行走的随便。如果真是专程从两京去吴越，以当时的交通条件看，来回至少要三五个月。

郁贤皓先生在序竺岳兵《唐诗之路唐代诗人行迹考》中说：

> 王维是唐代著名诗人，历来研究者多得不可胜计，但许多研究著作和王维年谱都未提及王维曾到过越中。本书《王维寓家越中考》详细考证出“王维不但到过浙东，而且曾寓家越中”。……本书根据《新唐书·宰相世系表》等资料，考出王维有四弟一妹，而卢象没有比他小得多的弟妹，对指出王维诗句也有感悟。由此证明《别弟妹二首》为王维所作。《南京师范大学学报》1986年4期曾发表过史双元博士的《王维漫游江南考述》，提到王维《皇甫岳云溪杂题五首》作于越中，考出“云溪”即五云溪，亦即若邪溪；《鸟鸣涧》中的“桂花”是春桂，而春桂只有南方才有。本书则更指出另外四首诗中写的“采莲”“弄篙”“青蒲”“鸬鹚”“衔鱼”“轻舟”“绿萍”等，都是江南水乡景象，亦可证明此组诗作于越中，决不是前贤所说的作于“可能长安附近名叫云溪的一处山庄或别墅”。竺君还指出，王维曾到过诸暨，写有《西施咏》，到过缙云，写有《赠缙云苗太守》，著名的《山居秋暝》等诗亦当作于越中。所有这些考证和论述，都是竺君的发明，证据确凿，论证周密，具有很强的说服力。[1]

郁先生的序言，多鼓励性的肯定，极口揄扬，认为其“考证出前贤从未注意到的史实，解决了不少过去未能解决的问题其实”。虽然，竺岳兵（包括史双元）乃一家之言，王维的吴越行止仍不能确证，但我们宁可相信王维有此吴越之行，且其吴越之行是在闲置时的从容漫游，而不是那种借出使之便的匆匆路过。王维的七古《同崔傅答贤弟》，写于其晚年，诗中对吴地的熟悉程度，真不是吴地走马观花者的印象。

洛阳才子姑苏客，桂苑殊非故乡陌。
九江枫树几回青，一片扬州五湖白。
扬州时有下江兵，兰陵镇前吹笛声。
夜火人归富春郭，秋风鹤唳石头城。
周郎陆弟为俦侣，对舞前溪歌白纻。

---

[1]竺岳兵：《唐诗之路唐代诗人行迹考》，中国文史出版社2004年版。

曲几书留小史家，草堂棋赌山阴墅。
衣冠若话外台臣，先数夫君席上珍。
更闻台阁求三语，遥想风流第一人。

此诗的形式整饬而气势流荡，现场感很强，仿佛不是崔傅他们作客吴地，而是诗人与他们同在吴地。诗中历数兰陵镇、富春郭、石头城诸地名，真个是如数家珍。诚如古人所赞云“情景故实，随取随足”，而且“连用地名，不见堆积”。其笔下的吴地胜景，画感栩然。像这样将吴地物象信手拈来，而从容成诗的，不只是单有纯熟的诗歌技巧所能够做到的。吴地的好山好水皆在诗人的心中，且具有刻骨铭心的体感，诗中蕴含着诗人早年曾经流连吴地的忆念之情。如今崔傅他们作客吴地，诗人仿佛在追随他们的行踪，又仿佛在为之导游或与之交流。收在王维名下的如《淮阴夜宿二首》《下京口埭夜行》《山行遇雨》《夜到润州》等吴地纪行诗，在《全唐诗》中同时也收在孙逖名下。对于这些诗的归属问题，自清人赵殿成始，就表示疑惑而存疑，编在卷十五的外编中。这些诗均为五言，具体写在吴地的活动与感受，完全是王维的诗风。为什么同收在其他人的名下了，就一定不是王维的诗呢？

王维的吴越之行，如果考定在其擢官右拾遗前，即开元二十二年（734）前，那么，王维此间前往璿上人居地润州江宁瓦棺寺而拜谒璿上人便也能够圆说，其《谒璿上人》诗的写作时间与地点也就无须争议。关于此公案，于此后的王维知南选时再讨论。

王维还有一首“礼仪性的诗”《送邢桂州》：

铙吹喧京口，风波下洞庭。赭圻将赤岸，击汰复扬舲。
日落江湖白，潮来天地青。明珠归合浦，应逐使臣星。

此诗的背景可以考的一是地点，一是事件。京口，乃唐时润州治所。诗中不仅交代了所送场地，也写了别地景致及行程，由京口沿江而上，过洞庭，经湘水，而抵桂州。因此，写作地点似乎没有疑义。有疑义的是写作时间，而从事件考，赵殿成注：邢桂州乃邢济，事情发生在上元二年（761）。陈铁民认为：邢桂州非邢济，事情发生在开元二十九年（741），即为王维知南选时作。于此两种写作时间，我们以为，都没有这种可能。上元二年不可能。王维自乱后就从未离开过京洛一步，且其也已入老境，而于上元二年撒手人寰，自然不可能专程赴京口送人。开元二十九年，也同样不可能。王维知南选归途至京口不是顺道，需要绕一个大圈子才行，此为其一。其二，真如陈谱说王维绕道京口，也不可能刚巧碰上送邢某赴任桂州的仪式；即便是碰巧，也不至于王维与被送者之间就刚好有一层当加入送之行列的关系。要么就是王维专门为了送邢桂州特地远道折来。因此，如果确信《送邢桂州》是王维的手笔，如果确信此诗写于京口，那么，将其定于王维行止不明时，其解释也许更为合情理些。而从诗之本身看，似也不同于王维送别诗的常见写法，诗人隐身景外，仿佛一个“旁观者”。然其中末二句却最见“思想性”，“末讽以不贪也”（《唐诗别裁》卷九）。典出《后汉书·孟尝传》：先时宰守贪，合浦珠徙往交趾。孟尝到任后，革易敝政，去珠复还，商贸重新繁荣。王维希望邢桂州清正廉政，革弊兴利，造福于民，做一个被“称为神明”的“孟尝”。王维的不少诗如《赠刘蓝田》《送梓州李使君》《送李睢阳》《送魏郡李太守赴任》《送元中丞转运江淮》等，都有这种仁政理想的表现，具体反映了诗人美政、勤政、善政的为政观。

王维的吴越之行，争讼激烈。在现有的文献资料基础上，也只能宜粗不宜细，大可不必将王维吴越行的时间考察精确到某年某月。因为，这不仅做不到，而且也无益。诸多研究者们，多在时间与行踪的节点上争执不休，谁都说自己有理，而谁也说服不了谁，越说越把大家弄得一头雾水。因为王维行止不明，又因为王维诗纪实性印记的淡薄，大大增加了对其诗编年的难度，也给研究者以丰富的想象空间。

❷ 西游曾经到巴蜀

唐人之漫游，往往是在失意时，或者落第，或者谪迁，或者赋闲。王维西游巴蜀，应该也在他人生低潮的那个时段。

王维西游巴蜀，当在南游吴越之后。“赴榆林、新秦郡，隐居淇上，‘闭关’嵩高，大都只有摆在这一段时间内，才没有扞格。”[1]张清华将王维西游的日期说得比较精确，认为其“于开元二十年秋，离开长安，开始了他的巴蜀、荆襄、吴越之游”，用了大约一年的时间，并对游历路线作了详尽的考证。[2]

王维西游，留下了《自大散以往，深林密竹，磴道盘曲四五十里，至黄

[1]谭优学：《王维生平事迹再探》，《西南师范大学学报》1982年第2期，第81-85页。
[2]张清华：《诗佛：王摩诘传》，河南人民出版社1991年版，第73页。

牛岭，见黄花川》《晓行巴峡》等诗与一批川北写生画。据《宣和画谱》载，王维有《蜀道图》《栈阁图》《剑阁图》等十几幅。这些画稿应该与王维西游巴蜀有关。

从“以诗证史”的思维看，可以证明王维去过巴蜀的有两类诗，一类是纪行的，写己之行；一类是送行的，写人之行。用第一类诗判断，似乎没有多少争议，这是谢灵运的笔法，属于“史笔山水”[1]。而用第二类诗来判断，似有亦可亦不可的“或然性”。

王维的《自大散以往，深林密竹，磴道盘曲四五十里，至黄牛岭，见黄花川》诗，属于第一类，易于考定。陈铁民先生注释曰：“考本诗之大散、黄牛岭、黄花川，皆自秦入蜀需经之地，故知本诗应作于维入蜀途中。关于维游蜀的具体时间，由于材料缺乏，已难确考，但由他入蜀时的诗作来考察，大致可以推知，维的入蜀，既非奉命出使，亦非欲至蜀地为官。……看来，他是以一个布衣的身份出游的。考维自开元二十二年之后，行迹仕履历历可考，故其游蜀，大抵当在开元二十一年以前闲居长安的数年内。”[2]其诗云：

危径几万转，数里将三休。回环见徒侣，隐映隔林丘。
飒飒松上雨，潺潺石中流。静言深溪里，长啸高山头。
望见南山阳，白露霭悠悠。青皋丽已净，绿水郁如浮。
曾是厌蒙密，旷然消人忧。

诗人以寸管之笔，而绘万转之山水，而记百里之盘心曲意，基本上是“寓目辄书”的写法，忠实地表现游历的直觉经验，表现诗人心旷而神怡的消忧过程。这种仿佛于长镜头扫描的写法，受谢灵运山水诗的影响甚深，不仅记录其山水的游历史，也记录其现实心性，具有“史”的意义。王维写于同时的《青溪》，也是这种纪行性的写法。诗题一作《过青溪水作》，更具有纪行的意味。其诗云：

言入黄花川，每逐青溪水。随山将万转，趣途无百里。
声喧乱石中，色静深松里。漾漾泛菱荇，澄澄映葭苇。
我心素已闲，清川澹如此。请留盘石上，垂钓将已矣。

---

[1]笔者曾经杜撰此词以概括陆游山水诗的特点，见《陆游“史笔山水”的写实品格与形态》，《中州学刊》2007年第5期，第200-203页。
[2]陈铁民：《王维集校注》，第89页。

黄花川，在唐凤州黄花县境，今陕西凤县东北。诗中的“随山将万转，趣途无百里”二句，既为“纪实”之交代，也具有象征性意味，非常形象而传神地道出诗人的生命体验方式：天如何人亦如何，山水如何我亦如何。随山万转，逐水百里，诗人彻底自放于自然之中，以山水之性情为性情，与天地同流，与万物归一，人景物我，高度和谐统一。此诗属于典型的“即目”所见而“直寻”所得之纪行即兴的写法。诗人用多彩的画笔，绘出青溪流经不同地方时呈现的不同画面，物象随游目而流转，山水于时序中展开。值得引人深思的是，青溪并不是什么奇景，更非什么名胜，而王维却对其如此感兴趣。诗之开篇就用“每逐”语，告诉读者他常来这里，且屡“逐”不疲。接下来的“随山将万转，趣途无百里”二句，不仅写其对青溪以及青溪一带环境的熟悉程度，还表现出他随山万转而百里逐水的兴致。青溪在王维笔下，美到极致；王维爱青溪，也爱到极致。王维写青溪，固然是出于对青溪的深爱，契合了他淡泊闲适的美学趣味，更重要的是他借题发挥。结合诗人当时的处境看，他在赞美一种急流勇退的机智，他想具有一种自甘淡泊的心情。诗人写动态中的青溪，写青溪的动态，表现出各种状态中的青溪形态，青溪也被赋予了自由的个性和丰富的情感。诗在写法上，突出了青溪喧闹而趋于平静的走向，突出了青溪娴静安谧的一面，显然是托物言志的写法。诗人一直在不动声色地竭尽赞美之能事，直到“我心素已闲，清川澹如此”二句的出现，才将其写作意图彻底抖了出来。我之心性一向如淡泊之清川，而清川亦淡泊恰如我之心性。哦，原来诗人这么喜欢青溪，而对青溪百般赞美，是因为青溪“澹如此”，“澹”如他自己，人溪俱“澹”。诗人借青溪来为自己写照，写青溪即是写自己，写他的心情，写他心中的那个青溪，也写出了他心中的青溪。诗人从青溪素淡的天然景致中，发现了自己，发现了自己与青溪一样的恬淡与闲逸。或者说，诗人原本就有的素淡心性，恰好找到了一种吻合其素淡情感与心志的对应物，找到了一个可以会心解意的山水知音。而诗人则积极迎合与应和素淡的青溪之景象，深契与对应素淡的青溪之物理，而生成了高度和谐一致的情境。诗人大喜过望，“我心素已闲，清川澹如此”二句，让人可见其内心的雀跃。于是，诗人发愿“请留盘石上，垂钓将已矣”。此处暗用东汉严子陵垂钓富春江的典故，希望也能够以隐居青溪来作为归宿。诗人浑然山水，悠然自适，身心彻底放松。青溪，让王维找到了自然本真状态的自我。

王维到渝州想必已是春分过后了，他的《晓行巴峡》诗，明言自己是在这个时候游巴蜀的：

际晓投巴峡，馀春忆帝京。晴江一女浣，朝日众鸡鸣。
水国舟中市，山桥树杪行。登高万井出，眺迥二流明。
人作殊方语，莺为故国声。赖多山水趣，稍解别离情。

巴峡，长江自巴县（重庆）至涪州（涪陵）一段，有明月、黄葛、铜锣、石洞、鸡鸣、黄草等峡，这些山峡皆在古巴县或巴郡境内，统称为巴峡。此诗描写了巴峡周围的景色和风土人情，表现了在外流浪而漂泊异乡人的思乡之情。诗之开篇，就交代此行的时间和地点。于暮春的拂晓时分，诗人行经巴峡；人在旅途，心念遥远的京城。接着以“即目”而“直寻”的写法，记录沿途所见所闻：江色晴明，浣女成群；旭日初升，群鸡竞鸣。水国集市，生意在船舟上进行；山间桥横，行人似在树梢上走动。登上高处，万家井邑夺目而出；眺望远景，阆白二水淌光流莹。周边的人们，都说着巴蜀的方言；只是那黄莺鸣声，与家乡的鸟没有什么不同。幸亏这里的山水意趣极其丰富，才稍稍排解了思乡愁情。

王维有几首送人之行的诗，也是写巴蜀的。然判定这些诗也是写于巴蜀的，似乎没有多少把握，王维年谱里将它们判在“未编年诗”里，如其七言长制的《送崔五太守》：

长安厩吏来到门，朱文露网动行轩。
黄花县西九折坂，玉树宫南五丈原。
褒斜谷中不容幰，唯有白云当露冕。
子午山里杜鹃啼，嘉陵水头行客饭。
剑门忽断蜀川开，万井双流满眼来。
雾中远树刀州出，天际澄江巴字回。
使君年纪三十馀，少年白皙专城居。
欲持画省郎官笔，回与临邛父老书。

极少见有诗人在诗中这么大量堆砌地名的，而几乎每一句中又都有一个或几个地方性物象出现，如九折坂、玉树宫、五丈原、褒斜谷、子午山、山里杜鹃、嘉陵水头、剑门、蜀川、万井、双流、刀州、巴江、临邛……这些物象既是景语，也是情句，充分显示了王维高超的表现才能。方东树说：此诗“对仗警拔”，自“‘黄花县西’以下，叙一路所经由之地”（《昭昧詹言》卷十二）。王维对此一路熟如指掌，虽然不能确证此诗写于巴蜀，至少可以说写的是巴蜀，也可以说诗人到过巴蜀。他的《送杨长史赴果州》诗，五律四十字，也包容了七八个与蜀地相关的物象，而将行途的荒凉之景与行者的凄楚之情融为一体，其诗云：

> 褒斜不容幰，之子去何之。鸟道一千里，猿声十二时。
> 官桥祭酒客，山木女郎祠。别后同明月，君应听子规。

诗题直言其事，送友人赴果州。果州在天宝时改名南充郡，治所在今四川南充北。诗中如鸟道、猿声、子规、官桥、女郎祠等，既是景语，更是情语，无不紧靠一个“送”字。诗中所写之行途恶劣，让人想起李白“西当太白有鸟道，可以横绝峨眉巅”的吁嗟。看来，王维对此一路之奇险是有过了身体力行之经历的。

王维的《送梓州李使君》诗，在其年谱中也被归入“未编年诗”。虽然我们没有一定要将其定于王维西行时的意思，但是，用其来确证王维有过西行的经历，似乎也是说得过去的吧。其诗云：

> 万壑树参天，千山响杜鹃。山中一夜雨，树杪百重泉。
> 汉女输橦布，巴人讼芋田。文翁翻教授，不敢倚先贤。

诗中多川地物象、景色与典故。梓州是隋唐州名，治所在今四川三台。梓州的少数民族集居，其中“汉女”“巴人”“橦布”“芋田”等事象，处处反映蜀地特点。诗于梓州山境说起，前四句避近而求远，以悬想着笔，遥写李使君赴任之地梓州的自然风光，巧妙地表现出山势的高峻层叠和山中的奇秀幽美。首联起势不凡，互文见义，前句诉诸视觉，后句诉诸听觉，一下子将人带入“万壑”“千山”的诗情画意中，到处是参天的大树，到处是杜鹃的啼声。颔联二句工巧有致，天然入妙：一夜透雨，山泉百道，远远望去，树梢也好似有清泉之悬挂。诗人调动多种感觉以体验，以百泉竞涌之响与杜鹃婉转之音而交响，高朗明丽，逸趣横生。全不似送别诗，分明是闲适诗。此诗之妙，还突出表现在赠别诗之立意不在惜别而在劝勉。诗的后半部分转写蜀中民情和使君政事。诗人攫取汉女输布、巴人讼田之二典事，写李使君就任梓州刺史以后的政务职事，非常贴切。这既是写风俗，又是写使君，还与前四句蜀地蛮荒的景象相呼应，自然引出治蜀之事与勉励之意。最后用文翁治蜀的典故，寓劝勉于典中，寄厚望于别时，委婉而得体。诗之格调高远，情绪积极开朗。王夫之大为赞赏曰：“明明两截，幸其不作折合，五六一似景语故也。意至则事自恰合，与求事切题者雅俗冰炭。右丞工于用意，尤工于达意，景亦意，事亦意，

前无古人，后无嗣者，文外独绝，不许有两。”（《唐诗评选》）

总的看来，王维是有过巴蜀之行的；从时间上看，放在其济州归来而未擢右拾遗前的这段时间比较合理，而无扞格；而王维西行巴蜀的路线大致走的是“秦蜀要道”：自大散关入，然后进入黄花川。

❸ 因孟六归田而受诟

孟浩然归田，而王维却被嫁祸，被弄得一身的不名誉。借用当下流行语，王维真个是“躺着也中枪”。

孟浩然，世称“孟襄阳”，因其一生未曾入仕，又被称之为孟山人。闻一多似乎对孟浩然特别偏爱，他说孟浩然清高，唐人中似乎只有他可以与魏晋风度媲美，“孟浩然本来是为隐居而隐居，为着一个浪漫的理想，为着对古人的一个神圣的默契而隐居”[1]。李白也说孟浩然清高，根本不想做官，而且是从不想做官，“红颜弃轩冕，白首卧松云”。他们都夸大了孟浩然的清高隐逸的方面。其实，孟浩然也是有着强烈的仕宦之心的。孟浩然开元十六年（728）赴长安应试，落第后滞留长安。他与李白酷似的是：口口声声说要出世，而又什么时候都不忘魏阙。孟浩然就曾明言：“魏阙心常在，金门诏不忘”（《自浔阳泛舟经明海》）。他一边哀叹“三十既成立，嗟吁命不通”的同时，一边又做着“感激遂弹冠，安能守固穷”（《书怀贻京邑同好》）的美梦。即便是落第还乡，他还是投诗张九龄，希望张相托他一把。其《望洞庭赠张丞相》诗中“欲济无舟楫，端居耻圣明。坐观垂钓者，徒有羡鱼情”的几句，是明摆着要官的。这让闻一多先生具有了不能自圆的难堪，因此说此“四句不足以代表其人”[2]。意思是，我们不能只看他此四句，而要考察其全部。不过，他在仕途上一直不曾有机会。其《自洛之越》诗云：“遑遑三十载，书剑两无成。山水寻吴越，风尘厌洛京。扁舟泛湖海，长揖谢公卿。且乐杯中酒，谁论世上名。”这是他求仕失败而绝望归山的心路历程之自写。孟浩然落第在长安呆了半年多，实在是看不到希望了，也只有长揖公卿，且乐杯酒也。孟浩然离洛还乡前，有一首《京还赠张淮》，其诗云：“拂衣何处去，高枕南山南。欲徇五斗禄，其如七不堪。早朝非晚起，束带异抽簪。因向智者说，游

[1]闻一多：《唐诗杂论》，中华书局2009年版，第31页。
[2]郑临川记录，徐希平整理：《笳吹弦诵传薪录——闻一多、罗庸论中国古典文学》，上海古籍出版社2002年版，第117页。

鱼思旧潭。”诗中充满了感愤、自矜与失意，似乎也带有点羞惭。

几乎所有的研究者都认为，孟浩然与王维是有过一段交往的。然而，关于王维与孟浩然的友谊是什么时候培养起来的，是怎样培养起来的，却没有现成的文献资料。我们将之放在王维自济州返而赋闲时，应该是比较合理的，即时间约在开元十六年前后。我们的依据：一是史载，包括笔记的记录；一是二人的赠答。

孟浩然落第还山前，也给了王维一首诗，题为《留别王维》：

寂寂竟何待，朝朝空自归。欲寻芳草去，惜与故人违。
当路谁相假，知音世所稀。只应守寂寞，还掩故园扉。

孟浩然深感仕进无望，而作归田之想。此诗写得灰溜溜的，格调不高，怨天尤人，且下语沉痛，悲观无望，大有离世之恸。“当路谁相假，知音世所稀”的嗔怨与激愤，不仅对当朝不能用贤而颇有微词，也对朋友无力荐举而怀有不满。这两句陈贻焮先生是这样解释的：当权的人谁也不肯相助，而世上像你这样的知己好友又很少。宋人葛立方则从中读出王维的“小”来，作为“维见其胜己，不肯荐于天子”的证据。

王维则以《送孟浩然》为和：

杜门不欲出，久与世情疏。以此为长策，劝君归旧庐。
醉歌田舍酒，笑读古人书。好是一生事，无劳献子虚。

此诗一题为《送孟六归襄阳》。从诗的内容看，王维此时赋闲在家，时在长安。他自谓闭门不出家中坐，不想什么仕进之事，因此什么世事人情也与之疏远而不相干。言下之意似乎是，我也没有什么关系可以帮您疏通的。诗的后六句，全是“劝归”的意思。意思是说，老孟啊你的万全上策就是归田。归耕安穷，诗酒田园，多么的自由自在呵，用不着像司马相如为求仕禄而献子虚赋啦。细读此诗，我们感到王维自己的状态也不怎么样，情绪上也因为看不到什么出路而比较低落。

可以找得到的王孟交往的资料，就是这一唱和。而王士源《孟浩然集序》则说孟王乃“忘形之交”，说是孟浩然“间游秘省，秋月新霁，诸英华赋诗作会，浩然句曰：‘微云淡河汉，疏雨滴梧桐。’举坐嗟其清绝，咸阁笔不复为继。”于是，丞相范阳张九龄、侍御史京兆王维等“率与浩然为忘形之交”。此序约成于天宝四载，序者特别拉出张九龄、王维等，把他们说成是孟

浩然的朋友。其所举例的“忘形之交”中还有六七人，都是些有点身份，或是有些名望的。显然，这是为了提升孟浩然的。而让我们不解的是，序者为什么没有在这些“忘形之交”中列入李白的名字？真应该拿李白“我爱孟夫子”的诗来提升孟浩然。

《新唐书》的记载，则在此基础之上而又有所“发展”：

年四十，乃游京师。尝于太学赋诗，一座嗟伏，无敢抗。张九龄、王维雅称道之。维私邀入内署，俄而玄宗至，浩然匿床下，维以实对，帝喜曰：“朕闻其人而未见也，何惧而匿？”诏浩然出。帝问其诗，浩然再拜，自诵所为，至“不才明主弃”之句，帝曰：“卿不求仕，而朕未尝弃卿，奈何诬我？”因放还。

《新唐书》出于宋人手笔，宋时王维的地位，已江河日下；而杜甫则如日中天，李白虽然毁誉参半，却也多谪仙之褒。然在宋人眼中，还是以张九龄、王维的“雅称道之”为重，而竟然不添加进去李杜对孟的评价。《新唐书》中还将一则与事实不符的“内署较诗”的传说俨然用作了史实。《唐诗纪事》卷二十三、《唐摭言》卷十一、《北梦琐言》卷七、《唐才子传》卷二等，都大同小异地编造“维待诏金銮”邀浩然“商较风雅”而“俄报玄宗临幸”的故事。可以肯定地说，这个故事是子虚乌有的编造。新唐书说“维私邀入内署”。内署，指翰林院，因院设宫禁之内而取称。王维一生未入翰林院，更无“待诏金銮”的资望，邀孟入内署“商较风雅”，无从谈起。据此陈贻焮考定：“复知王维这时已在秘省，则可得知王维在开元十六、十七年已不在济州贬所而在秘书省秘书少监张九龄手下任事了”，官校书郎之职[1]。姑且承认王维当时亦在官，也是个小到不能再小的八九品官。

那么，王维究竟有没有对孟浩然“雅称道之”或“极称道”呢？不得而知，至少是没有什么现成的记录。对孟浩然极言称道的倒是李白，杜甫也有。李白集中有三首诗赠孟浩然，《赠孟浩然》《黄鹤楼送孟浩然之广陵》《春日归山寄孟浩然》。真是奇怪了，明明李白多有称道，古人却不举例；而王维对其没有特别的称道，却言必说王维。我们只能这样解释，王维在唐人甚至在宋初人的心目中要高于李杜，或者说，李杜还不足以拿来衬托或提升孟浩然。因此，这些关于王孟关系的史料，不仅充分肯定了王维的地位，无形中也突出了

[1]陈贻焮：《唐诗论丛》，湖南人民出版社1980年版，第20-21页。

王维的影响，硬把王维抬出来陪衬和助长孟浩然。

然而，南宋的葛立方却根据“王孟唱和”与“商较风雅”的故事，恶意曲解，颠覆原意，赋予了强烈的贬王褒孟的内涵：

> 开元天宝之际，孟浩然诗名籍甚，一游长安，王维倾盖延誉，然官卒不显何哉？或谓维见其胜己，不肯荐于天子，故浩然别维诗云：“当路谁相假，知音世所稀。”史载维私邀浩然于苑，而遇明皇，遂伏于床下。明皇见之，使诵其所为诗，至有“不才明主弃”之句，明皇云：“卿不求仕，朕未尝弃卿。”因放还。使维诚有荐贤之心，当于此时力荐其美，以解明皇之愠，乃尔嘿嘿，或者之论，盖有所自也。厥后虽宠凤林之墓，绘孟亭之像，何所补哉！（《韵语阳秋》卷十八）

葛立方不是一般性的以讹传讹，而是“创造性”的借题发挥。明明“商较风雅”只是个戏说的故事，他却认作是“盖有所自也”的史实。他不是不辨真假，而是恶意地以假为真，达到以假乱真而把王维妖魔化的用心。如果按照他所牵强附会的曲解，王维是个极卑鄙的小人，不仅心胸狭窄、妒贤嫉能，而且不讲义气，虚情假意。他是要赋闲在家的王维对孟浩然的终身沉沦负全责。事实上葛氏在这则诗话中已经把王维这样的批判了。葛氏还联系到“厥后”王维孟亭绘像，认为这只是王维自我救赎性质的一种心理补偿，而且评论说，这种救赎是没有任何意义的，是徒劳的。此老兄看来对王维真是有些偏见的，甚至是一种仇恨。他在《韵语阳秋》的另一处又重复这样的意思说：

> 孟君当开元天宝之际，诗名籍甚，一游长安，右丞倾盖延誉。或云，右丞见其胜己，不能荐于天子，因坎坷而终。故襄阳别右丞诗云：“当路谁相假，知音世所稀。”乃其事也。（卷十四）

不仅如此，葛立方还吹毛求疵地反推说：

> 王维因鼓《郁轮袍》登第，而集中无琵琶诗。画思入神，山水平远，云势石色，绘者以为天机所到。而集中无画诗。岂非艺成而下不欲言邪？抑以乐而娱贵主，以画而奉崔圆，而不欲言邪？（卷十五）

这简直是对王维的穷追猛打了，其语含轻蔑，甚至怀疑王维诗画天才的真实性。然而，这样不攻自破的无稽之谈，却让有些对原材料不加分析者也发生共鸣，并加以取用。而对孟浩然情有独钟的闻一多，反倒实事求是地指出：“他的《岁暮归南山》一诗，‘不才明主弃，多病故人疏’略带感伤气味，大

为一般人所称赏，甚至造出一段‘大内诵诗被黜’莫须有的故事来加以渲染。就孟诗整个造诣来说，实为下品，……不能代表孟的本色。”[1]闻一多在这一点上对孟浩然也不偏袒，说他这类诗的格调不高，写得一般，质量都不如刘长卿和大历十才子。

王维与孟浩然之间的交往，有记录的就是这一次赠答。这一唱一和，不知道是在什么场合发生的。那时孟浩然刚过四十岁，王维也就是二十七八岁模样。王维和诗似乎有点寒碜孟浩然的意味，认为他根本就不应该出山应试而丢人现眼。这样的赠答气氛有些尴尬。王维是个极重义气的人，对朋友最懂关爱体贴，其送别诗占其存诗的六分之一，几乎都写得“交谊蔼然”，语多劝慰，体贴入微，关爱有加，且善于开导与激励。可是，为什么送孟浩然落第归田却出如此语？找遍王维诗集，真没有像这样说话的。这哪里像个朋友？哪有这样送别说话的？简直就是直泼人冷水。简直让人怀疑是否为王维之手笔。如果纯从赠答诗看，二人的关系真不怎么样。然未尝不可这样理解：王维劝孟浩然归耕而不要在求仕上碰壁，倒真是一种很真诚的忠告，也是实话实说的真率，因为他认为孟浩然真没有什么做官的才能。能够这样直率忠告，直言不讳，足以说明二人的关系甚为深笃，知根知底。

王维劝人归田，自己却跃跃欲出。他的《送崔兴宗》写道：

已恨亲皆远，谁怜友复稀。君王未西顾，游宦尽东归。

塞迥山河净，天长云树微。方同菊花节，相待洛阳扉。

开元二十二年（734）春，王维时在长安，送崔赴洛阳。从颔联可知，内弟赴东京洛阳游宦。因为玄宗在东京洛阳，游宦者大多奔洛阳而东去。据《旧唐书·玄宗纪》记载：“开元二十二年（734）春正月己巳（6日），（玄宗）幸东都。”又载：“开元二十四年（736）十月戊申（2日），车驾发东都，还西京。”王维也拟在秋天东奔至洛阳，与崔兴宗在洛阳共度重阳节。王维疑是夏秋间至东都，而有求谒诗《上张令公》。

自开元九年被逐出长安，到开元二十二年被擢为右拾遗，十二三年销声匿迹的沉寂，王维早做好了再起的准备。

王维一生最重大的转机，就要来啦。

---

[1]郑临川记录、徐希平整理：《笳吹弦诵传薪录：闻一多、罗庸论中国古典文学》，上海古籍出版社2002年版，第111页。

五

擢官拾遗

王维人生的重大转机，是其受知于张九龄而出任右拾遗。从此，王维便一直在官，且皆为“朝官”。

拾遗官虽仅八品，但王维却进入了唐王朝的行政中枢，从事着极其机密也极其重要的职事。

右拾遗任上，王维极受信任与重用。他对张相感恩由衷，也流露出效力张相帐下的无比幸福感。销声匿迹了十余年的王维，又开始频繁出入于上层社会，而在那些极高规格的游宴中出尽风头。

然而，好景不长，张九龄罢相，王维也失势，这对王维也是一次人品考验。

❶ 何以诗干张相

开元二十一年（733），张九龄同中书门下平章事（宰相）。张九龄执政，让王维看到了希望。王维的政治命运，在这时发生了否极泰来的重要转折。

开元二十二年（734），默默无闻而仿佛人间蒸发了的王维，仿佛有一种时来运转的预感，不失时机地也悄悄地来到洛阳，肯定也经过什么中介而诗呈张相，请求荐引。其诗《上张令公》云：

珥笔趋丹陛，垂珰上玉除。步檐青琐闼，方幰画轮车。
市阅千金字，朝闻五色书。致君光帝典，荐士满公车。
伏奏回金驾，横经重石渠。从兹罢角牴，希复幸储胥。
天统知尧后，王章笑鲁初。匈奴遥俯伏，汉相俨簪裾。
贾生非不遇，汲黯自堪疏。学易思求我，言诗或起予。
当从大夫后，何惜隶人馀。

干谒之风盛于初盛唐，至中晚唐似尤弥烈。王维一生，投诗干谒，也许就这一次。不像李白“遍干诸侯”，也不像杜甫频频诗干，因此，王维也没有像李白、杜甫那样屡屡遭人白眼的尴尬。干谒诗是很不容易写好的，往往是满篇谀人之辞，通篇自夸之意，弄成当下广告性质的文字。王维虽然也是献诗以求汲引，却写得极有分寸。全诗二十二句，前十六句赞张相之辅佐功勋。历述九龄谏罢角牴、固太子、留边帅、保直臣的功业，宰相威仪，四夷俯伏。王维援典叙事，可谓句句有来历，字字可稽征。史上对张九龄有着崇高的评价，一是赞其风度，如《资治通鉴》记云：“荆州长史张九龄卒。上虽以九龄忤旨，逐之，然终爱重其人，每宰相荐士，辄问曰：‘风度得如九龄不？’”玄宗挑选大臣，把仪表容貌作为考核的重要条件。据说，隋炀帝玄孙杨慎矜在接受玄宗面试前，还专门在行举上预演，特意将步子迈大，显得风度翩翩，干练敏捷。二是赞其文采，如《旧唐书·韦陟传》说：“张九龄一代辞宗，为中书令，引陟为中书舍人，与孙逖、梁涉对掌文诰，时人以为美谈。”三是赞其德行与声望，如《唐尚书右丞相中书令张公神道碑》之铭曰：“风生丹穴，鹏翥南溟。天乘粹气，地发精灵。杰出我公，扬于王庭。甫称降神，说表骑星。学究经术，文高宗匠。再掌司言，爰立作相。忠义柱石，谋猷帷帐。王纲允厘，帝采惟亮。退居右揆，出守南荆。玄鹤缉翼，青蝇营营。不螟犹视，虽殁如生。昭昭令名，千古作程。”因为是诗，且是献诗，王维写人时突出其风度，塑造其形象，真可谓“美秀备于仪形，风流发于言笑”。此献诗的后六句则为自写，但不是过度自负而极高自视的“自炫”，也没有满纸堆笑的奴颜，写得既不亢不卑，又谦虚恭谨，委婉地表达了请求九龄援引之意。王维先以贾谊、汲黯自比，安处逆境，而无怨朝廷。这是说他既往的历史与状态。意谓：我一直安于不遇之境，不敢对朝廷提出什么要求。接着妙用二典，“学易思求我”句，用“匪我求童蒙，童蒙求我”（《易·蒙》）；“言诗或起予”，用“起予者商也，始可与言《诗》矣。”（《论语·八佾》）。语含显彰自己之意，甚至是有了点自负。最后二句意谓：我所以非常希望获得援手而不计较忝列朝官之末，完全是因为仰慕贤相高风而欲追随左右也。

著名的史学家范文澜在其著名的《中国通史简编》里，就曾义正词严地抨击王维贪官恋阙的恶劣，他尖锐指出：“其实他不是禅也不是道，只是要官做……王维、王缙的品质一样恶劣，所以都是做官能手。”[1]此话出于阶级斗争为纲的年代，情有可原。其中用“恶劣”评价王维，现在看来已是不值一驳的滑稽可笑。王维是否“只是要官做”呢？认真考察王维的生平经历，可以确证其“要官做”的凭证，大概就是这一首写给贤相张九龄的诗吧。无论怎么说，这首诗写得堂堂正正而不低三下四，写人则语语有来历而绝不肉麻胡夸，自写则字字有分寸而不枉自标榜。“尝从大夫后，何惜隶人余！”意思是，我是想来做事的，而不是为了做官，只要能够在贤相麾下贡献自己的才华，职位高低我是不会计较的。陈贻焮的《杜甫评传》中说：“李白遍干诸侯，希求汲引，观其《与韩荆州书》《上安州裴长史书》等，谀人，自炫，言辞无所不用其极，令人读之生厌。”[2]李白出川前就开始干谒，出川后以安陆为中心，南至江夏、荆州，北到襄阳、洛阳甚至太原，四处干谒投书，踏破权贵达官门槛。在岷山干谒广汉太守，在成都干谒益州长史苏颋，在蜀中干谒渝州长史李邕，在安州干谒都督马正会、长史李京之、裴长史，在襄阳干谒荆州长史韩朝宗等等，而且至死都想干谒，临终前还想去干谒李光弼。他的《明堂赋》《大猎赋》之类，也是些士子最高级别的干谒文字。杜甫现存干谒诗达30首之多，如《奉赠韦左丞丈二十二韵》《奉寄河南韦尹丈人》《赠翰林张四学士垍》《又作此奉卫王》等，倒是满纸谀辞与自夸，极言穷困不堪的处境，表现出急求汲引的卑恭。我们真不是为了抬高王维，才作这样的比较，实在是不能容忍脱离具体的历史环境而凭个人好恶的轻率评价，实在是为了说句实事求是的公正话。如果真要说到恋栈怀禄，王维真没有李白、杜甫那么的热切与执着。盛唐人的价值观，“要做官”未必是件不好的事，也没有人认为这是一件不好的事。做官、做大官，成为士人光宗耀祖的最高人生目标。做到官，做到大官，也才是人生最高理想的实现，而深为整个社会所推崇与盛赞。因此，唐人多毫不掩饰地在其诗文中表达“要做官”的人生理想与价值观。杜甫就曾反复表示“奉官守儒”是他的终极追求。王维想做官，即便是“要做官”有什么不好

[1]范文澜：《中国通史》第四册，人民出版社1978年版，第288页。
[2]陈贻焮：《杜甫评传》（上），北京大学出版社2003年版，第151页。

呢？被李白赞为“红颜弃轩冕”的孟浩然也想做官。而王维“只是要官做”、“是做官能手”的说法，语含鄙夷与讥讽，且此评价又与事实不相符，这就让人觉得不只是有失公允而已，简直是别有成见的一种苛刻了。

王维，沉寂了十二三年的王维，终于沉不住气了！他也想做官，似乎也急切地要做官，相机而动，向时而出，于是便有了《上张令公》的投诗干谒。王维投诗干谒，从选择的时机与选择的对象看，显示出他特别的睿智。

盛唐实行三宰并相制，中书省长官为中书令，门下省长官为侍中，尚书省长官为尚书令，三省长官均为宰相。《剑桥中国隋唐史》写道：开元二十二年（734）阴历五月，张九龄和裴耀卿分别升为中书令和门下侍中，加上李林甫为礼部尚书、同中书门下三品，形成三人同相的形势。裴耀卿与张九龄俱为“少聪明”型之人物，以文学知名，裴耀卿早年事相王府，又明于食货，拜相后，充转运使，一等才相。张九龄以文学优长，受知张说，叙为昭穆。李林甫素无学术，为唐玄宗的远亲，是唐玄宗心腹姜皎的外甥，靠荫庇进入官场。他与一批精英文士的关系不好。但是，他曾经担任过一般应由文士担任的几个“清望”官职、国子司业、御史中丞。后来又历任刑部和吏部侍郎，“以富有效率的行政官见称于世”。[1]，三相人才观以及用人标准也肯定各有侧重。这也是非常明显的。此前或此后的王维，从未有过投诗干谒之举动。此时，他似乎有一种出头之日已到的预感，也决定一试唐代文士精英所常用的诗干形式。

当朝三相，投诗于谁呢？如果纯从人际关系上看，王维诗干的对象首先应该是裴耀卿。其一，王维与裴耀卿同乡，都是河东人（山西蒲州）。其二，开元十三四年，裴为济州刺史，维为其属吏济州司仓参军。其三，天宝初王维撰《裴仆射济州遗爱碑》中可见，彼此感情不错。8世纪30年代，是一个自然灾害的高发时期。733年后期，长安周围地区被连续降雨毁损庄稼造成的饥馑所困扰。734年初，朝廷也被迫迁往洛阳，736年的后期才迁回长安。裴耀卿在济州时，就曾上疏改造长安粮食的运输体系，后来又提出了按边境普遍存在的屯田模式组织营地而解决“逃亡”户的定居问题，把那些流浪者迁往待开发的地区。裴耀卿的这些意见当时都被朝廷采纳。其升任宰相，也许就是为了这些计划的推行。裴耀卿在开元二十二年（734）阴历五月，升任为门下侍中，即成为宰相。根据裴耀卿的自身所长，其对于人才的要求，像王维这样的文才肯

[1][英]崔瑞德主编：《剑桥中国隋唐史》，中国社科院历史研究所译，中国社会科学出版社2007年版，第360页。

定不是他的首选。据载，裴官居宰辅政要，事实上也从未对王维有过任何的关照。王维与其也没有任何的来往，包括诗歌唱和。因此，王维没有贸然投诗给裴耀卿。

王维也肯定不会诗干李林甫的。史载李林甫不学无术，且轻视文学之士。武则天问政时，赏识姚崇，是因其明于吏事。姚崇为相用事时，匡赞玄宗的大臣张说等人都相继被贬出朝。张说与张九龄等人，则都以文学见长，他们当权后也大量拔擢文士。李林甫于开元十四年得宇文融之助而任御史中丞。宇文融“明辩有吏干”（《旧唐书·宇文融传》）。因为李林甫本人富于吏才而受其赏识。唐人胡璩所撰《谭宾录》，记唐朝史之所遗，多存唐一代朝野遗事，于玄、肃、代、德四朝名臣轶事所记尤详，多征实可信，有较高史料价值，两《唐书》也多有采录。其中也说：“林甫虽不文，而明练吏事。”[1]李林甫掌权，标志着用人政策的又一次变化。《新唐书·李林甫传》说他“用人非谄附者一以格令持之，故小小纲目不甚乱，而人惮其威权”。玄宗纵容李林甫专权，不仅改变了重用文士的状况，同时也改变了广泛听取臣下意见并虚心纳谏的状况，破坏了唐太宗所建立的决策机制，这对唐朝的政治局面产生了重大的影响。王维自然不会谄附李林甫而自讨没趣。

王维何以要投诗张九龄呢？王维此前不曾有过与张九龄交往的记录。也有人说王维曾在张九龄手下做过事。约在开元十六七年，王维曾为秘书省校书郎，那时张九龄是秘书少监，兼集贤院副知院[2]。我们以为，即便是有这段经历，也不是王维受张相之擢的主要原因。张九龄骨子里是个文人，出身于书香门第，受知于宰相张说。张说预见他有“后出词人之冠”的前途。张九龄的诗文精神与人才观，均与张说一脉相承，以文才为主要衡量标准与考察依据。张九龄从骨子里看不起素无学术的李林甫，也看不起行伍出身而胸无点墨的武夫。他与李林甫之间经常为用人问题发生冲突，多次就涉及军人晋升之事与李林甫公开争吵。他们的对立日趋激烈，斗争的一方是通过科举考试而选择文士精英成为官吏，另一方则多提拔军方或官僚集团中精于专业的实干者。735年张守珪大败契丹，玄宗欲特任其为宰相，遭到张九龄的反对。736年，玄宗拟定牛仙客任兵部尚书，也遭到张九龄的反对。张九龄的持论是：若非饱学，焉得高位。而李林甫的持论是：既有干才，何必读书。张九龄自身文才超群，也

[1]《太平广记》卷二四〇，中华书局1961年版，第5册，第1857页。
[2]详见陈贻焮：《唐诗论丛》，湖南人民出版社1980年版，第20-21页。

重有文才的人，有很多的事实可以说明，张九龄举贤任能是极重其文才的。这自然会让王维引为精神知音，而给王维诗干张相以很大的自信。而王维也自信自己的影响力，虽然他与张九龄没有任何接触，但他自信张九龄对其还是有所印象的，甚至是有好感的。开元六年（718）春，九龄被召入京拜左补阙，主持吏部选拔人才。那时王维十九岁，举京兆府解头，名噪两京。后来因舞黄狮子犯禁而被出济州，这又让王维成为轰动一时的新闻人物。王维自被出济州后，远离了长安，远离了政治中心，远离了王公大臣的视野，有可能不像其初来长安时那样炙手可热。但是，回归后的王维，毕竟影响还在，说不定其诗书画乐在长安依然见推当时，只不过是没有记载而已。这恐怕也是张相擢王维为右拾遗的原因吧。

王维诗干张相，和他为张相所赏识，还有一个很重要的原因，就是他乃韦陟的好友。这个原因是此前几乎所有的王维研究者所没有注意到的，但却是起着决定性作用的原因。张九龄为中书令，引陟为中书舍人，与孙逖、梁涉对掌文诰，时人以为美谈。韦陟为张相所重用，甚至成为心腹，自然会为其好友王维在仕途上打通关节，也自然会投张相所好而为其网罗文才。此前未必与张相有过什么交往的王维，少不了韦陟从中斡旋，我们这样的推测，不仅是合理的，也是可能的，甚至是必然的。

看来王维诗干，是经过了精心分析与周密设计的，因而一炮打响，不像李白"遍干诸侯"的盲目。我们姑且摒去三相的人品不谈，也不从亲疏关系上计较，单看用人的尺度，王维诗干的第一人选无疑是张九龄了。无可无不可，诗干完毕，似乎也胜券在握，王维便优哉游哉地去了嵩山隐地。

嵩山位于东都附近，是禅宗的发源地，是禅宗东土初祖达摩修成正果的圣地，达摩于嵩山少林寺面壁修行十年。王维此行的心情特好，有诗《归嵩山作》为证：

清川带长薄，车马去闲闲。流水如有意，暮禽相与还。
荒城临古渡，落日满秋山。迢递嵩高下，归来且闭关。

一路上，看到什么而什么都亲切可爱，车马从容，不紧不慢，闲从人意。平川清朗，优游还归，流水有意，归鸟伴飞，景象因为人的兴奋愉悦而显得欢快轻盈，完全是一种还家的感觉，熟门熟路，想必嵩山有其隐居所。据说其弟王缙时在登封为官，兄奔弟去，而可慰藉兄弟离散之憾。最让王维激动不已的是，他刚刚完成了一件非常有意义的大事，而且自信其诗干准中。

“归来且闭关”，耐人寻绎。王维静待观望，等待汲引。

❷ 显贵圈内左右逢源

开元二十三年（735）三月九日，王维受知于张相而出任右拾遗，时年35岁。从诗干到被擢，其间不到半年时间，王维在嵩山尚未屁股坐热，便赶往东都洛阳赴任。王维不曾有诗记录此时的心情，但肯定不是仰天大笑出门去的。

是年，差不多同龄的李白，则在“南徙莫从，北游失路”的慨叹中刚刚离京。开元二十年左右，李白的第一次入京约两年时间，游走于王公贵族之间，却始终徘徊在魏阙之外，也便混迹于长安市井少年中，据说还险些遭人毒手。后来他反思说是自己误与“五陵豪”交。李白乘兴而来，败兴而归，不禁发出了“主人苍生望，假我青云翼”（《酬坊州王司马与阎正字对雪见赠》）的呐喊而渴望找到政治上的出路。

是年，杜甫才24岁，应试不第。次年，他又在齐赵一带开始了第二次漫游，“放荡齐赵间，裘马颇清狂”（《壮游》）。他的第一次漫游是于玄宗开元十九年（731）开始的，在江南一带，到过金陵、姑苏，渡浙江，泛舟剡溪直至天姥山。

王维步入唐王朝的朝廷行政中枢，其官右拾遗，归属中书省。拾遗，是以谏为职的官员，被形象地称作言官。唐代进谏使命由门下省和中书省共担。史曰：“谏官掌献替，以正人主；御史掌纠察，以绳百僚。”台谏制度的建立，从制度上保证了小官能够谏诤皇帝，弹劾大官。国家专门禄养一批谏官，不管实际行政事务，而专门来批评朝政，劝谏皇帝，挑剔百官，还有举荐贤才的职能。这虽然不能算是封建专制体制下的平等和民主精神，但确实是一种巧妙的确保政治清明的设计。这些言官，如侍御史从六品，殿中侍御史和左、右司谏正七品，左、右正言和监察御史从七品，左、右拾遗从八品，他们官品虽低，却在极其要害的部门工作，从事着极其机密也极其重要的职事，“掌供奉讽谏，扈从乘舆”。

步入中央机关的王维，虽然没有仰天大笑的高迈，也没有致君尧舜的幻想，却也一定有豪情万丈的心气。但是，他的外在表现却极其从容，极其平

静。记得有个诗人说过：大骄傲是藏在骨子里的，小骄傲则表现在脸上。王维或许是大骄傲，他到任不久，又写了一首诗给张九龄，题为《献始兴公》。此属感恩言志之作，表达他受聘的心情，表白他的衷心谢忱，也盛颂张九龄反对植党营私和滥施爵赏的政治主张。其诗之表达，却有一种深隐其中而分明可感的“傲”。这首题为《献始兴公》的诗，题下原注云：“时拜右拾遗。”

宁栖野树林，宁饮涧水流。不用坐粱肉，崎岖见王侯。
鄙哉匹夫节，布褐将白头。任智诚则短，守任固其优。
侧闻大君子，安问党与雠。所不卖公器，动为苍生谋。
贱子跪自陈，可为帐下不。感激有公议，曲私非所求。

这哪里是在献诗宰相？好像是在跟同事怄气，与朋友抬杠。劈头两个“宁”字故作峻急，非常生硬，简直不近人情，似乎有一种激愤的意味，带出一种慷慨的气氛。诗的前八句写自己，整个的意思是：我宁可栖隐荒野林，宁可饮取山涧流，而绝不为一脔膏粱而屈节谒王侯。我虽地位低贱，而却是个有气节守气节的人，宁可一辈子布衣短褐也不失节；我虽才疏而智浅，但是要说守节不移而固本不苟的话，那可是我最重要的优长。这八句诗，语柔见刚，话中有话。虽然他所面对的是当朝宰相，且是自己的恩公，然其却仿佛是说，我可不是给您献媚来的。

这哪里像是王维？史上多说王维性格懦弱，温文尔雅，而此诗中所表现出来的傲骨与节气，翻遍唐诗也是很难寻见的！而这样的气度我们又似乎在哪儿见过？有几分像是骆宾王的刚，有几分像是陈子昂的烈，又有几分像是李白的狂，还有点杜甫的拗。然而，都是，又都不是。凸显在我们目前的是一个坚持气节，不善圆通而刚直不阿的书生形象。诗人所反复自我表白的是：我有我的价值观，我有我的道德操守，我有我的人格尊严，我是绝不会为了出人头地而去阿谀权贵巴结王侯的。换言之就是，如果要我低三下四地去讨好您张相而获得一官半职，我也是不会去做的。王维坚守其道德底线，不管入仕与否都不丧失自己人格。纵观历史，环顾周边，这样的不亢不卑有多少人能够做到啊！人们在当官的面前，尤其是遇到当大官的，就自觉不自觉地表现出一种骨子里所存有的奴性来，甚至还往往把自己在正常情况下应该得到的譬如评职、升迁或胜诉之类的，看成是一种别人的恩赐与施舍，而在脸上堆出一种过度感恩的笑容。王维这样面对达官、面对恩赐的“不近人情”，引发了我们深深的思考。

这也正是王维。这正是王维所要感恩的张相。因为王维深知张相的道德品性，迎合了贤相以节气取人的用人原则。王维这样出语，建筑在其与张相的精神相知之上。诗的后八句，在思想脉络上与前八句紧密相承，转到自己为张相所用的意思上来了。诗以赞美承接，其表述非常艺术，以第三者旁听的口吻赞美张相天下为公的贤明。后四句很自然地转向陈情张相的本意。诗人十分恭敬虔诚地问：像我这样的人，配做您的下属吗？诗中用“跪”而“陈”之，这不只是一般性的礼节，而是心悦诚服的五体投地，顺理成章地扣上了“献”题，表现出对张九龄由衷的倾慕敬服。而从诗人自谦的表述中，也可见其投身政治的决心，流露出效力张相帐下的幸福感。这也类似于我们现在所说的效忠性质的表决心吧。结尾的两句，在结构上环顾开篇，既照应了上文对张九龄正直贤明、不徇私情的颂扬，同时又再次强调自己讲气节、重操守的品格。此二句谓：如果任用我是出以公心的话，那是让我非常感动而激奋的；假如是因为照顾性质而有所偏私，则不是我所希望的。深察王维与张相其人以及二者关系后，也可以解释王维何以这么表达。

王维“献”诗的写作重心，却落在表白自我的表述上，是在为张相提供自己的性格与人品的履历，为其提供知人善任的用人信息，这也为我们提供了研究王维思想与人品的极好资料。“献诗”能够写得这样气骨高朗而声色凛然的，在唐诗中委实不多见。诗中的“献”语，没有一点庸俗的感恩色彩，更非不负责任的一味阿谀，可见诗人献诗的目的也并非单纯为了一己私利。其诗表现了两个人，一是诗人慷慨刚正、绝不苟且的节操，一是张相不徇私情、治国以公的品行，两相辉映，相得益彰。王维此前出任的也是朝官，太乐署太乐丞，据说此后还曾任集贤院校书郎。可是，那些个职务，顶多是个技术性的工作。右拾遗可是在皇帝跟前当差。王维踌躇满志地说：“当从大夫后，何惜隶人馀。”从此，王维追随张相，做了一个谏官，虽然只是正八品上。

此后二十二年，至德二载（757），杜甫也终于博得了个左拾遗之职，史称“杜拾遗”。陈子昂也曾任拾遗职，后人因称“陈拾遗”。据钱牧斋杜诗注，唐授杜甫左拾遗诰全文为：“襄阳杜甫，尔之才德，朕深知之。今特命为宣义郎行在左拾遗。授职之后，宜勤是职，毋怠！”命中书侍郎张镐赍符告谕，至德二载五月十六日行。右敕用黄纸，高广皆可4尺，字大2寸许。年月有御宝，宝方5寸许。此委任状清时尚藏于湖广岳州府平江县裔孙杜富家。杜甫的左拾遗受命于流离之中，却是他平生做得最大的官，故而他也非常在乎这个职位。但其屁股还真的没有坐热，就被贬去华州任司功参军，其在此谏官任上满打满算只有半年时间。乾元元年（758），杜甫出金光门时，感慨万端，有其诗《至德二载甫自京金光门出间道归凤翔乾元初从左拾遗移华州掾与亲故别因出此门有悲往事》为记。诗扣题从“悲往事”写起，述说往日虎口逃生而投奔来归的险象，着重表现了不忍去君而留恋故职的感伤。好不容易拾遗了一回，却因出言不慎而被贬，要不是韦陟等人的积极相救，则将置身囹圄。元人赵汸《杜律赵注》卷上评云：“子美乃心王室，出于天性。故身陷贼中而奋不顾死，间道归朝。及为侍从，虽遭谗被黜，而终不能忘君。”谏官时间不长，杜甫却留下了不少表现其谏官生活的诗，如《宣政殿退朝晚出左掖》《紫宸殿退朝口号》《春宿左省》《晚出左掖》《题省中壁》等。

几乎与杜甫同时，岑参也担任过这种拾遗的工作。岑参和杜甫在唐肃宗至德二年至乾元元年初，同仕于朝，岑参任右补阙，从七品上；杜甫任左拾遗，从八品上。拾遗和补阙都是谏官，他们既是同僚又是诗友。杜甫任左拾遗，属于门下省，在殿庑之左，称“左省”；岑参为右补阙，属中书省，在殿庑之右，称“右省”。元人赵汸注云：“杜公为拾遗，荐参识度清远，议论雅正，时辈所仰，宜充近侍。当是荐后除补阙官也。”意谓岑参的补阙一职乃是官为拾遗的杜甫所举荐。此说不可信。岑参有诗赠杜甫，题为《寄左省杜拾遗》，写他在言官位上的状态与感受。诗云：“联步趋丹陛，分曹限紫微。晓随天仗入，暮惹御香归。白发悲花落，青云羡鸟飞。圣朝无阙事，自觉谏书稀。”国事纷纭，百废待兴，岑参不愿做一个位列朝堂的闲官，很不耐烦这种枯燥而死板的谏官生活，而很想去做点实际工作。杜甫即以《奉答岑参补阙见赠》和奉：“窈窕清禁闼，罢朝归不同。君随丞相后，我往日华东。冉冉柳枝碧，娟娟花蕊红。故人得佳句，独赠白头翁。”杜甫答诗，和意而不和韵。意思似乎是在劝勉与开导岑参，“君随丞相后”，不要身在福中不知福吧。杜诗之境界与立意，远逊岑诗，二诗真不在一个档次上也。

李白也做过左拾遗，名义上的左拾遗。他的拾遗名分，乃其死后代宗皇帝封的。范传正《唐左拾遗翰林学士李公新墓碑并序》，碑文题以“左拾遗”称。范传正官至光禄卿，从三品，卒赠左散骑常侍。据史籍记载，李白原葬于当涂县南十里之龙山东麓，唐元和十二年（817），与李白有通家之好的范传正，会同当涂县令诸葛纵，将李白墓由龙山迁葬青山，并亲撰此碑文，立碑石于墓前。范刻碑今仍在，已有1200年历史，是李白祠内现今仅存的最早的历史文物。范制碑文比较详细地记述了李白墓由龙山迁葬青山的经过及原委，言及白之出生地、家世、晚年与其身后的境况，乃至思想、经历及其性格特征，是研究李白的珍贵资料。碑文中记云：“代宗之初，搜罗俊逸，拜公左拾遗，制下于彤庭，礼降于玄壤，生不及禄，没而称官，呜呼命与！”范公于碑文中为李白大鸣不平，“生不及禄，没而称官，呜呼命与”！也就明白地交代，李白得擢拾遗官是在其逝后。李白还有一个墓碑，是晚唐裴敬所撰，即《翰林学士李公墓碑》。严格意义说，不是墓碑，而是祭文。此碑文见于清王琦注《李太白全集》卷三十一。据载唐会昌三年（843）二月，秘书省校书郎裴敬“南游江左，过公墓下”，具酒馔祭祀李白时撰写了一篇祭文。后于墓前立碑一方，今碑已不存。裴敬在文中运用借宾扬主的手法极力称赞李白异于常人，最后写道：“噫！享名甚高，后事何薄。谢公旧井，新墓角落。青山白云，共为萧索。巨竹拱木，如公卓荦。天长地久，其名不朽。此为祭文，写授元宥。又为碑曰：‘贵尽皆然，名存则难，故予重名不重官。’作李翰林碑，十五字而已。”大概最后的十五字，是作刻碑用的。

右拾遗的职位不高，而王维却很满足，肯定也很勤勉。他在其任上的那段日子是极其快乐的，极其风光的，也可以说是极受信任与重用的。王维有一篇著名的序，是可以说明一切的。其序题为《暮春太师左右丞相诸公于韦氏逍遥谷讌集序》，写于开元二十五年（737）三月，类似于王羲之《兰亭序》之记。《兰亭序》记录的是晋穆帝永和九年（353）会稽山阴集会，“少长群贤”41人皆诗歌书画擅长的名士；《逍遥谷讌集序》记录的则是韦氏骊山逍遥谷别业的讌集，与会者几乎全是三品以上的王公大臣。根据《逍遥谷讌集序》中记录，参宴者的规格极高：“时则有太子太师徐国公、左丞相稷山公、右丞相始兴公、少师宜阳公、少保崔公、特进邓公、吏部尚书武都公、礼部尚书杜公、宾客王公，黼衣方领，垂珰珥笔，诏有不名，命无下拜。……吾徒可以酒合讌乐，考击钟鼓，退于彤庭，选辰择地，右班剑，骖六驺，画轮载毂，羽幢先路，以诣夫逍遥谷焉。”文中所列皆重臣大员，均享有皇帝敕赐的“诏有不名，命无下拜”的特殊待遇。当朝重臣显贵浩荡而至，讌集于逍遥谷的韦氏别业。韦氏，即韦嗣立，武后中宗时，历位兵部尚书、同平章事、参知政事，属副相级，二品大员。其别墅地逍遥谷，位于长安东郊，骊山西南，西距西安30余公里，南依骊山，北临渭水。骊山东西绵延20余公里，山形秀丽，峰峦起伏，好似跃跃欲奔的苍色骏马。骊山温泉喷涌，风景奇秀，四时有不凋之树，三春有飘香之花。相传周幽王在此建骊宫，秦始皇改为“骊山汤”，汉武帝扩

为离宫。唐太宗时，大加翻建而叠造宫殿，名为“温泉宫”；唐玄宗时，再次扩建，名为“华清宫”。《旧唐书·中宗纪》载：“（景龙三年）十二月……幸兵部尚书韦嗣立庄，封嗣立为逍遥公，上亲制序赋诗，便游白鹿观。”这在《新唐书》《唐诗纪事》里均有记载，张说的《东山记》中也有描写。这个为君王所特别眷顾的别墅，如今王公大臣讌集其中，我们来看看王维序中是怎样描绘的：

神皋藉其绿草，骊山启于朱户。渭之美竹，鲁之嘉树，云出其栋，水源于室。灞陵下连乎菜地，新丰半入于家林。馆层巅，槛侧迳。师古节俭，惟新丹垩。岩谷先曙，羲和不能信其时；卉木后春，勾芒不能一其令。花径窈窕，蘅皋涟漪。骖御延伫于丛薄，佩玉升降于苍翠。于是外仆告次，兽人献鲜，樽以大罍，烹用五鼎。木器拥肿，即天姿以为饰；沼毛蘋蘩，在山羞而可荐。伶人在位，曼姬始縠。齐瑟慷慨于座右，赵舞徘徊于白云。衮旒松风，珠翠烟露，日在濛汜，群山夕岚。犹有濯缨清歌，据梧高咏，与松乔为伍，是羲皇上人。且三代之后，而其君帝舜；九服之内，而其俗华胥。上客则冠冕巢由，主人则弟兄元恺。合是四美，同乎一时，废而不书，罪在司礼。窃贤楚傅，常诣茅堂之居；仰谢右军，忽序兰亭之事。盖不获命，岂曰能贤。

最显贵的园林别墅，迎来了最显贵的宾客。别墅房舍，亭台楼阁，全都顺应最优越的山水而建筑；繁花茵草，修篁嘉树，全都选择最合适的时空而生长。“骖御延伫于丛薄，佩玉升降于苍翠”二句写漫游，盛唐群公灵性大动而情怀开张，以动作来写人的感受，写人尽享无边春色后的满足。在写罢游览后，接着写宴会。宴会极其排场，消费也极为奢侈，不仅有顶级山馐以赏口，而且有超级歌舞以悦目。显贵只为春光动灵性，尽享登高临风之惬意，而生回归自然之忘情。诗中所描绘的骊山宴乐图无比令人神往，虽然展示的是朝廷重臣们休闲聚会的生活画面，却体现出了一种特有的盛世气象。赵殿成不无感慨地说：“名贤毕集，觞咏交错，何减金谷、兰亭之会。而篇什不传，德音烟没，惜哉。”言外之意谓，好在王维有此妙笔生花之记也。“盖不获命，岂曰能贤”的意思是：如果不是奉命而作，哪有机会为这众多能贤写照呢！此语含一种自炫，一种荣耀，抑或有因我“能贤”而得“获命”之意味。

引述王维此讌集序，我们意在强调这么几点意思：

其一，此序所罗列的参宴者中，前四者情况大致相同，官都做到宰辅政要，均是有政绩而敢直言的枢要重臣，然皆罢执政事，被挤出枢要，或闲职，或降官，已不参与朝廷大政。但他们所享受的待遇不变，甚至比在宰辅位上的待遇还要高。唐朝设有三师（太师、太傅、太保），三公（太尉、司徒、司空）的职位，很少授予大臣，而此几位均有此厚封，位特显重。

其二，能够到场的朝廷要人几乎都到场了，然当朝者如李林甫、牛仙客等却不在其列，似乎属于道不同的另一阵营吧。

其三，王维有资格参会，乃是一种特殊而又特殊的待遇。唐代官分九品，每品内又分为正、从，共为十八个等级。文官自正四品以下，武官自正三品以下，还分为上下阶。三品以上官服紫，四品、五品服绯，六品、七品服绿，八品、九品服青。唐代高级官员都有一个表示其身份特殊的鱼符，以袋盛之，称为“鱼袋”。三品以上官的鱼袋以金饰之，称为金鱼袋。四品、五品官的鱼袋以银饰之，称为银鱼袋。王维官右拾遗，穿的只能是青衣袍，且无鱼袋可挂。王维参会，定当受命，绝非无缘无故地混进去的。这也可见王维的影响，用闻一多先生形容“初唐四杰”的话说，就是“年少而才高，官小而名大”。

其四，此序对“羲皇上人”的隐逸精神大加赞美，将这些达官显贵喻为“衣冠鸿鹄”，特别钦羡也特别提倡“不废大伦，存乎小隐。迹崆峒而身拖朱绂，朝承明而暮宿青霭”的仕隐智慧。王维用“故可尚也”以充分肯定与赞美。宰相张说《南省就窦尚书山亭寻花柳宴序》中亦曰：“诸公入金门，侍瑶殿，窈窕云阁，葳蕤华馆，不亦泰乎！然王事靡盬，夙夜在公，接良会于恺泽，散烦襟于清旷，不亦优乎！”这种亦官亦隐的思想，或者说这种通过游宴山林而调节生活节奏、缓解紧张心理的做法，对此后王维有着很深刻的影响。

王维之与会，当然是非常值得炫耀的事情。这是其为官一生而与会无数中的一个最值得炫耀的盛会。从王维诗中可见，其一生所交的高官不少，而此时期也是他交往的一个旺期。王维的《同卢拾遗韦给事东山别业二十韵给事首春休沐维已陪游及乎是行亦预闻命会无车马不果斯诺》诗，题目很长，从题目中可见，他是在解释“不果斯诺”的原因。休假日，韦给事特邀王维同往东山别业度假，是很给面子的。这个度假胜地，中宗皇帝都曾亲往驾幸。王维时官右拾遗，而韦给事即韦嗣立之子韦恒，官五品，乃王维的顶头上司。可是，王维因为“会无车马”而“不果斯诺”。王维的唯一理由就是自己未配车马，而又不愿搭车前往。他在诗的最后写道：“顾已负宿诺，延颈惭芳荪。蹇步守穷巷，高驾难攀援。素是独往客，脱冠情弥敦。”虽然答词委婉，诚惶诚恐，然其中却让我们读出了点傲慢与任性。其《韦给事山居》诗云：

幽寻得此地，讵有一人曾。大壑随阶转，群山入户登。
庖厨出深竹，印绶隔垂藤。即事辞轩冕，谁云病未能。

头二句便是极口称赞：别业选址这个地方真是太好了，还有什么人能够超过的呢？中间四句极好，不仅写园林因形造势，写造园者巧夺天工，而且表现出人与自然的互为契合、相生意趣的关系，自然成为人性的自然，人成为自然化了的人，天人合一，诗意居住。王维能够受邀到这样“幽奇深秀”的风雅场合来，而成为王公大臣们的座上客，看来主要不是因为其官职也。他在《韦侍郎山居》的开头二句就说：“幸忝君子顾，遂陪尘外踪。”意谓：自己是多么的幸运啊，能够得到高官的眷顾，而陪游山居园林。接下来的四句写景：“闲花满岩谷，瀑水映杉松。啼鸟忽临涧，归云时抱峰。”最后六句是赞美显贵亦官亦隐的潇洒：“良游盛簪绂，继迹多夔龙。讵枉青门道，胡闻长乐钟。清晨去朝谒，车马何从容。”韦侍郎，即韦给事韦恒之弟韦济。王维也真够忙的，刚刚还在其老哥的山居里被盛情款待，现在又来其胞弟庄园里与诸公观赏美景。

王维的《晦日游大理韦卿城南别业四首》，也作于其官擢右拾遗时期，从题目可知，他游览的是一个高官的别墅。此韦氏可能是韦虚心，大理卿，是掌管刑狱的官员，官三品。从诗中的描写看，从王维用四首六韵诗的规模看，此韦官人的城南别业不是轻描淡写就可以对付的。诗共四首，后三首泛泛而写，不外是写别业的布局，写四时的景宜，当然也写高宴盛会，与王维写其他官员别业的诗大同小异。其一诗云：

与世淡无事，自然江海人。侧闻城外游，解骖弁朱轮。
极野照暄景，上天垂春云。张组竟北阜，泛舟过东邻。
故乡信高会，牢醴及佳辰。幸同击壤乐，心荷尧为君。

诗的一二句盛赞别业主人，明明是极其排场奢侈，却要人夸自己淡泊恬静，可见盛唐达官贵人崇尚隐逸之风，自命为衣冠巢许、丘壑夔龙，追求物质与精神的双重享受。诗的三四句仍然是对主人的赞美：“侧闻城外游，解骖弁朱轮。”意谓：主人极其好客，本来要外出办事的，知道有人要来游其别业，即刻罢驾不行。这也许就是王维游其别业所特别感动的吧。主人给予王维这样的礼遇，应该不是夸张。诗的最后写道：“幸同击壤乐，心荷尧为君。”诗用“帝尧之世，击壤而歌”的典故，意谓自己有幸与别业主人同乐其中，心里充满了感恩盛世明君之情。

王维在右拾遗期间，许是因为他颇受张九龄的赏识，加上他自身超逸的才情，潇洒的风度，以及名满天下的影响，让他置身显贵交际圈内而左右逢源，出尽了风头。王维一生虽官做到尚书右丞（正四品下），但他最舒心的时段，应该就在九龄为相而擢他任右拾遗时吧。王维此时期频繁出入王公贵族的别墅，参与这些极高规格的游赏活动，饱享眼福而深受陶染，培养了他极其浓厚的园林情趣，让他有机会非常广泛而充分地汲取了各色园林的美学精华，深刻影响了他对辋川庄的经营，而使辋川庄成为唐代最有名的私家园林之一。

③ 终身思旧恩

开元二十四年（736）十一月，张九龄罢相；第二年秋，被逐出京门。

张九龄失势了！如何对待失势的张九龄，对王维来说是个人品的考验。宋人陈善《扪虱新话》曰：“盖趋炎附势，自古然矣。”自古官场人品恶劣者多甚，过河拆桥者有之，落井下石者有之，恩将仇报者有之，如蚁附膻者有之，卖主求荣者有之，改换门庭者亦有之，凡此种种，王维是何表现？

张九龄对王维有知遇之恩，更重要的是张九龄被王维视为精神知音。知恩图报，善莫大焉。王维的《寄荆州张丞相》诗，让我们看到了一个活生生的知恩图报的王维。诗中所表现出来的不仅是向心张相的思念，不仅是“终身思旧恩”的感激，也显示出诗人的义气、血性、胆魄与抗邪骨力。

张九龄，史上评价极高，是安史之乱前最后一位公忠体国、举足轻重的唐室大臣。史料盛赞张相之诤臣美德，说其守正嫉邪，骨鲠坚毅，刚直敢言，从不屈从于奸佞。张九龄还有一种“圣战”的坚毅，性格上与十一世纪的改革家王安石有点相像。宋人称王安石“拗相公”，是中国最早白话小说《拗相公》的原型。王安石极为固执，越是遭人反对，他实施新法的决心就越大。他不允许任何人反对他的个性缺点，也使其无法接受忠言，甚至“欲钳人口”，毫不留情地打击所有的批评者，包括他的不少好朋友。张九龄则是“遇事无细大皆力争”的“拗”，不讲策略，不擅斡旋，不容异见，特别是他自恃文才出众，公开蔑视那些没有书香门第背景而文才一般的人，并以文才高下为尺度，取舍官员，甚至把文才作为担任高级官员的必备条件。张九龄的这种“拗”，不仅伤害了李林甫等一批人，还伤害了唐玄宗。玄宗欲拔牛仙客为尚书，九龄直言反对说：“尚书一职，多用旧相，或者用历任内外高职且德高望重之人。”玄宗欲赐牛仙客实封户，张九龄直言反对说：“唐遵汉法，太宗定下的制度，边将可赏钱财，不能封地。”玄宗生气地说：“你轻视牛仙客，是因他的寒士出身吧！难道你生来就有门阀？”张九龄叩头谢罪说：“臣生于荒野之处，陛下错爱，以文学用臣。牛仙客升任胥吏，不读诗书。韩信不过是淮阴一壮士，尚羞与周勃灌婴同列。陛下若必用牛仙客，臣以与他同列为耻。”

在对待安禄山的问题上，张九龄与玄宗持见不同。安禄山曾入京朝见，拜见过宰相张九龄。张九龄观其面相，对侍中裴光庭说：“乱幽州者，必此胡也。”开元二十四年（736），幽州节度使张守珪使安禄山讨契丹败还，送京师问罪。张九龄毫不犹豫地在奏文上批示：斩。其奏文说：“穰苴出军，必斩庄贾；孙武行令，亦斩宫嫔。守珪军令若行，禄山不宜免死。”玄宗却说：“卿岂以王夷甫识石勒，便臆断禄山难制耶？”意谓：你不要以王衍识石勒的事枉害忠良。安禄山的反叛，重演了西晋末年羯族石勒反晋乱华的一幕。

《资治通鉴》云：“上在位已久，渐肆奢欲，怠于政事。而九龄遇事无细大皆力争；林甫巧伺上意，日思所以中伤之。”此段话有三个层次，分写三个人。同时，也写出了三个人之间的关系。李林甫是个制度专家，精明强干，尤擅政治权术，然其人柔佞奸诈，结交宦官，串通嫔妃，打击异己。张九龄很正统，讲礼仪，秉公守则，尽忠体国，即王维所说的“大君子”，然其性格耿直，骨鲠坚毅，执拗固守，也不容异见。我们且不谈二人的人品，也不谈各自的能力，而就他们的言辞水平来比较。李林甫极善言辞，史称其“口有蜜，腹有剑”，即“善刺上意”“善养君欲”，顺风承旨，把话说得非常中听，给皇帝的行为找借口。因此，晚年倦政的玄宗，也特别宠爱与倚重李林甫。李林甫的长项，也正是张九龄的短板。张九龄刚直敢言，尤其喜欢较真，说话不会绕弯子，也不中听，似乎还比较任性，常否定旨意，弄得玄宗没面子，甚至下不来台。虽然玄宗对张九龄也非常爱重，但是，他实在吃不消张九龄的直面冲撞，另一方面他也吃不消李林甫的谗言攻心。于是，玄宗终于借个由头撤了张九龄的职。开元二十四年迁九龄为尚书右丞相，免去了知政事；开元二十五年，九龄坐“举非其人”而贬为荆州长史。玄宗撤张九龄的职，真有点迫不得已而为之的意味，似乎也只是想教训他一下而以观后效的。离开了朝廷的张九龄，贬官荆州大都督府长史，从三品。开元二十八年（740）春，九龄回乡扫墓而病逝于韶关曲江。玄宗追赠其为荆州大都督，从二品，谥文献，爵封始兴公，并派特使去韶州祭吊，赠厚礼抚慰其家属。

张九龄的墓志铭，其撰文者为“徐安贞”。1960年，广东省考古发掘了韶关市南罗源洞山麓的张九龄墓。墓志铭保存完整，文字清晰。撰文者在墓志铭中自书：“太中大夫、守中书侍郎、集贤院学士、东海县开国男徐安贞撰。”太中大夫为唐代阶官，从四品上，中书侍郎为唐代职事官，正三品。东海县开国男（即“东海县子”），乃其爵号。爵位冠以开国称号，始于贞观十一年。唐代爵位分九等：王、嗣王（郡王）、国公、开国郡公、开国县公、开国县侯、开国县伯、开国县子、开国县男。据《旧唐书》职官志注，“玄宗即位，张说、陆坚、张九龄、徐安贞、张垍等召入禁中，谓之翰林待诏。”《旧唐书》又载：“上每属文及作手诏，多命安贞视草，甚承恩顾。”徐安贞不仅职位高，而且文笔好，是个为张相墓碑撰文的合适人选。开元二十八年，王维官七品，尚无甚资望，纵然文才甚高，张相墓志铭也是轮不到他撰文的。

自开元二十四年（736）十一月张九龄罢相，大唐从此进入了李林甫的“独裁”时期。《旧唐书·崔群传》中崔群对宪宗说：

> 安危在出令，存亡系所任。玄宗用姚崇、宋璟、张九龄、韩休、李元纮、杜暹则理；用林甫、杨国忠则乱。人皆以天宝十五年禄山自范阳起兵，是理乱分时，臣以为开元二十年罢贤相张九龄，专任奸臣李林甫，理乱自此已分矣。用人得失，所系非小。

崔群乃唐宪宗时宰相，他认为酿成安史之乱大祸的是“用人失策”。用人失策则理乱分矣，唐代由强而弱的急转，是从张九龄罢相开始的。

张九龄罢相且被逐出京门。王维寄诗题为《寄荆州张丞相》：

> 所思竟何在，怅望深荆门。举世无相识，终身思旧恩。
> 方将与农圃，艺植老丘园。目尽南飞雁，何由寄一言。

《资治通鉴》载：“九龄既得罪，自是朝廷之士，皆容身保位，无复直言。”在李林甫势焰熏天的高压之下，在举朝官员但求自保之时，王维却无所畏惧，顶风寄诗。这一封用诗写的信，对贬官荆州的张相倾诉衷肠，不仅有“终身思旧恩”的表白，也作“艺植老丘园”的归想。知恩图报，善莫大焉。感恩是王维的人性自觉，感恩也赋予王维胆魄和骨力。

张九龄收到王维的寄诗，即复以《答王维》诗："荆门怜野雁，湘水断飞鸿。知己如相忆，南湖一片风。"从诗里可见，张相心情大好：自己所欣赏的王维，没有人走茶凉，更没有落井下石，在自己最需慰藉时，而有煦风南来，倍感温馨。而于王维，定然也心情大好：张相位极人臣，亦一代宗师，且为一时受挫，而竟以"知己"相称，尤觉亲切。可以想见，收到赠诗的王维，一定感到非常庆幸，而久久地沉浸于荣耀与自得的幸福中。

寄诗通信这类生活中极普通极普通的常事，却让王维做得那么崇高，也那么感人。然而，王维终究因为张相被贬而骤然失势，甚至进退失据。

王维将何为?

六

出使河西

王维一生三次出使，而出使河西，是意义最重大的一次，也是其一生中的一大事件。然而，这却为古来研究者所轻描淡写。

王维出使河西，史上没有多少详实记录，然在其诗中却能够读出比较丰富的内容。这些诗中所反映出来的王维，是一个英雄情怀极其饱满的王维，是一个生命精神非常充沛的王维。

王维几乎是全身心地融入边塞，深受一次机缘难得的精神大洗礼。

走出了书斋，走离了都市，走进了边塞，也走进了将士之中，王维的气质风貌大变，其边塞诗风也大变。

王维在河西，是大有作为的。王维在河西，也是大有长进的。

❶ 出塞应该不是受打压

王维为什么要出塞？这也是一桩公案。

关于王维出塞的原因，至今争讼不断，众说纷纭。

其实，这里边需要弄清楚的还包括：王维是什么时候去的？怎么会让王维去的？王维是以什么身份去的？王维在边地又做了些什么？

在王维问边河西的时间上，基本没有疑义。清人赵殿成的《右丞年谱》

曰："开元二十五年丁丑，为监察御史，在河西节度幕中。"张清华《王维年谱》（1984年），陈铁民《王维年谱》（1997年），都认可这个说法。

在王维出塞问边河西的缘由上，则争讼颇多。其基本观点有三个：其一为排挤说。其二为牵连说。其三为避难说。笔者以为，此三个观点，都是从政治上来解读的，属于臆测，乃闭门造车地想当然。此三说，不仅不合常理，也没有任何的事实根据，更重要的是没有读懂王维，把王维消极化，把王维的出塞被动化了。

在王维出塞问边这件事上，找不到与政治争斗的直接关系。于史载或于王维诗文中，也看不出王维有身受政治迫害而欲避祸朝廷的任何或明或隐的迹象。林继中则明言，王维是被李林甫支出的："开元廿五年（737年）夏天，张九龄贬荆州。置于官小权不小的右拾遗位子上的王维，也借宣慰河西军队之名被李林甫支出中央，到荒远的凉州去。"[1]像王维这样一个微不足道的八品言官，根本就不可能对李林甫构成任何威胁，说"支"也真是太抬举王维了。李林甫真要想动王维的话，何必要给他这么个荣耀的差事而"支"到边地去呢？政治避难说，也属于无稽之谈。张九龄外放，王维想隐退，这是实情，但也不是非去边地才是避难也才可避难的。我们以为，王维问边劳军，不仅不能解释为政治牵连性质的"支出"，或误读为加害性质的"左迁"，反倒应当看成是朝廷对王维的一种信任与重用。历代王朝都很重视劳军。劳军大致有两种情况，一是将帅出征，于拜将祭师仪式上，劳军校阅，以整军容，以壮军威；一是边军大捷，或班师凯旋，遣使劳军，封赏激励。而这种劳军的差事，朝廷一般的是派遣亲信、大臣去完成的，有时候甚至皇帝亲往。《史记》中细柳劳军典故，说的是汉文帝亲自劳军的事。不管怎么说，劳军是代表朝廷行使封赏校阅的一种使命，还真不是随便"支"一个人所了事的。如果真有什么政治牵连的因素，劳军这个份儿是轮不到王维的。

王维以监察御史的身份出使河西，出塞宣慰。王维原为右拾遗，是个言官，负责谏议、补阙、正言、司谏之类。按理说，右拾遗是不会被派去执行问边使命的。因此，此时王维应该是转官监察御史。监察御史官的品秩与右拾遗差不多，但权限大多了，职掌"分察百僚、巡按郡县、纠视刑狱、肃整朝仪"（《唐六典》）。监察御史不仅可对违法官吏进行弹劾，也可由皇帝赋予直接

[1]林继中：《栖息在诗意中——王维小传》，河北大学出版社2000年版，第149页。

审判行政官员之权力，并对府州县道等衙门进行实质监督，还可在监察过程中对地方行政所存在的弊端上奏。虽然监察御史也非要职，但从右拾遗到监察御史，似乎还有点重用的意思。譬如元稹十五岁明经及第，宪宗元和初年任右拾遗，后为监察御史，长庆二年官至宰相，一路升迁上来。王维被作为特使派出来犒军或监军，即使不能说是重用，显然也是不能用“支出”或“左迁”来解释的。

从积极意义上来解读，应该理解为王维是主动要求出塞的。这里也许含有回避的政治因素，但主要还是他的一种“情结”支配。“情结”是一心理学术语，心理学家荣格将“情结”形容为“无意识之中的一个结”，是一群无意识感觉与信念形成的结。王维生活于尚武风盛的盛唐，十八九岁开始就以边塞诗写作来表现建功马上的理想豪情。而其出塞归来，诗中也常见那种“岂学书生辈，窗间老一经”，“慷慨倚长剑，高歌一送君”的激扬。因此，出塞从戎以实现人生价值理想，早就成为王维神秘的心理纠结，以至于时而不时地表现出强烈而无意识的冲动。这种情结与意识，始终如影相随。开元二十五年三月，河西节度使崔希逸，在青海与吐蕃交战而大获全胜，朝廷派员问边劳军。这对于具有边塞情结的王维来说，真可谓千载难逢的机会。因此，我们宁可相信王维出塞是其请缨的结果。因此，成行边地的王维，其情绪可以说是相当愉快的。事实上，在边地一年多时间，他亲入兵幕，具体参与边军生活，充满了乐观与豪情，有一种了却心愿的快意。因而，王维此时期的边塞诗，也的确写得如火如荼，豪情万丈。

然而，朝廷何以派王维出塞劳军呢？这毕竟是个谜。无据可查，只能存疑。也许是王维真在“兵事”上有些才能，或者说问边后王维在“兵事”上增加了些才干，此后有一段时间，他又出使榆林、新秦二郡。不久便在兵部任职，先是库部员外郎，迁库部郎中。库部郎中从五品上，掌戎器、卤簿仪仗。从王维的《兵部起请露布文》等文看，因为有边地巡督经历，其对于兵事之著文，也得心应手，援经据典。

❷ 大漠看射雕

朝廷何以派王维去边塞劳军，尽管这不大好解释，但是，王维毕竟是出塞了，去到他青少年时期就神往的边塞。

问边河西，对于官员的王维来说，或许在任职升迁上并没有多大的受益；然而，对于诗人的王维来说，其意义则非同小可。这不是一般意义上的深入生活，而是一次精神的洗礼，一次灵魂的净化，一次情怀的飞升，也是一次诗观诗艺的质变。

王维出使河西，他要去的那是个什么地方呢？

王维在他脍炙人口的《使至塞上》中写道：

单车欲问边，属国过居延。征蓬出汉塞，归雁入胡天。
大漠孤烟直，长河落日圆。萧关逢候骑，都护在燕然。

诗开始就说他已经过了“居延”，意谓已经进入边地了。居延在今甘肃张掖县西北，汉代称居延泽，唐代称居延塞。唐王朝边塞辽阔，附属国直到居延以外。诗中交代，不久便走出汉界，进入胡地，来到了萧关，今宁夏固原东南。在萧关遇到候骑，得知主帅破敌后尚在燕然前线未归。言下之意，还要往前走。燕然，乃古山名，即今蒙古国杭爱山。《后汉书·窦宪传》：宪率军大破单于军，“遂登燕然山，去塞三千余里，刻石勒功，纪汉威德，令班固作铭。”古人说此诗之前四写“芜远”。其实，整个一首诗没有一句不在写“芜远”。

有人说，诗中抒发了作者漂泊天涯的悲凉和孤寂之情。其实，诗之感情基调昂扬而热切，充满了惊奇、自豪乃至喜悦。诗人单车赴边，轻简上路，何尝不是写的一种轻快而雀跃的心情呢？尾联两句虚写战争，从骑士口中得知都护仍然身在前线燕然，何尝不是写的一种民族自豪感、一种胜利喜悦与赞叹之情呢？“大漠孤烟直，长河落日圆”二句则写大漠的万千风情，大漠雄浑无垠，烽烟挺拔而直上青天；长河横亘远方，落日浑圆而眷恋相依。诗人为塞外的奇特风光和阔大境界所迷倒和震惊，将积蓄已久的原始激情灌注到边地景物中，状难言之景于目前，含不尽之意于言外，其所呈现出来的何尝不是一种豁达情怀、一种超迈气势、一种风发意气呢？

因为解读者往往将王维出使河西定势在“被排挤出朝廷”上，而便总是在这些诗上用孤独、寂寞、悲伤之类的词来贴附。其实，王维出使河西的那些诗中的情绪真是极乐观的。

王维的《出塞作》题下自注：“时为御史监察塞上作。”这是直接描写战事的边塞诗，不仅在王维笔下不多，在所有的唐代边塞诗中也少见。诗云：

居延城外猎天骄，白草连天野火烧。
暮云空碛时驱马，秋日平原好射雕。
护羌校尉朝乘障，破虏将军夜渡辽。
玉靶角弓珠勒马，汉家将赐霍嫖姚。

暮云低垂，沙漠空旷，草枯无边，猎火腾起，盘马弯弓，夜渡朝驰，整个画面生动，人物传神，渲染了边关剑拔弩张的两军对垒之势。诗人以打猎声势之盛，写出了强悍吐蕃的咄咄逼人气势，暗示边情危急。诗人笔下的唐军雍容镇静，应付裕如，神速威猛，攻守兼备，自然也就必然以压倒一切的凌厉气势而夺取最后的胜利。诗尾顺带一点，透露出赏功劳军的题旨。从这些描写看，诗人对边地、对战事、对敌我双方、对军事部署等等，不仅全然在胸，而且能够巧妙构布，得体传写。这也是其前期作品中所不可能出现的，真可谓“句句从体验中来，从阅历里出”也。王维的《陇西行》，撷取军使飞马告急的一个典型片断，直写军使跃马，风驰电掣，形象飞动。“十里一走马，五里一扬鞭。都护军书至，匈奴围酒泉。关山正飞雪，烽戍断无烟。”因为作者置身艰苦凶险的战场前线，深切感受到敌我双方的军事特性与战前气氛。王维的《从军行》，有研究者认为是王维早期的边塞诗[1]，其诗云：“吹角动行人，喧喧行人起。笳悲马嘶乱，争渡金河水。日暮沙漠陲，战声烟尘里。尽系名王颈，归来献天子。”诗中非常逼真而传神地写出边塞唐军行军作战的全过程，既有军队出征时的悲壮、赴敌时的无畏，又有鏖战时的激烈和凯旋时的感奋，显然不是取自历史的题材。诗人“堆砌”了尽可能多的具有边塞特色的物象，着力再现边塞广漠的场景。诗的最后两句，“尽系名王颈，归来献天子”，霸悍奋扬，凸现将士英勇杀敌立功的英雄气概，具有宣传鼓动与激励的意味，符合诗人犒劳使节的身份和观察视角，也折射出大唐帝国异常强盛的威势，千载之下，仍然虎虎生气，成为中华民族爱国主义和英雄主义的慷慨强音。王维的《陇头吟》诗云：“长安少年游侠客，夜上戍楼看太白。陇头明月迥临关，陇上行人夜吹笛。关西老将不胜愁，驻马听之双泪流。身经大小百余战，麾下偏裨万户侯。苏武才为典属国，节旄落尽海西头。”走出书斋，深入边地，使得王维的思考与感发具有了深厚的人性悯情，既关注边疆的安危和国家的命运，也关心士卒的生命与生活。应该说，这种深沉的人文情怀与道德关怀，在王维有了边地生活后而生成，则更加合理。

[1]皮述民：《王维探论》，台湾联经1999年版，第82页。

显然，王维的这些边塞诗，是一种劳军或监军者的立场与视域，其中所表现出来的是对边地将士与卫戍精神的一种欣赏与钦服。边地生活，改变了王维边塞诗“捕风捉影”的作法，这对于诗人的王维来说是具有特别重要意义的。换言之，王维早年的边塞诗也是那种“捕风捉影”的作法。“捕风捉影”式的写法是郑振铎在论岑参时提出来的，他说：“唐诗人咏边塞诗颇多，类皆捕风捉影。他却自句句从体验中来，从阅历里出。以此，他一边具有高适的慷慨壮烈的风格，一边却较之更为深刻隽削，富于奇趣新情。”[1]而唐人似乎尤其喜欢写边塞诗，根据董乃斌先生统计，《全唐诗》中“凡是存诗一卷以上的中晚唐作家，无不多少写过一些直接或间接与边疆生活有关的作品。”而这些边塞诗的写作情况大致可分两类：一类是未曾到过边塞而用边塞题材的；一类是曾在边塞居住和任职（包括曾游历边塞）而写边塞诗的。没有出塞戍边的经历，但都写过一定数量的优秀边塞之作的盛唐诗人如王昌龄、李颀、王翰、王之涣、陶翰、常建、储光羲、祖咏、刘长卿、刘湾等。大诗人李白、杜甫，也没有出塞从军的生活，李白的《关山月》《战城南》《北风行》《幽州胡马客歌》《塞下曲》六首等，杜甫的《兵车行》《前出塞九首》《后出塞五首》《高都护骢马行》等，也都是边塞诗作中的精品力作。有人在推崇岑参的论文中认为：“盛唐其他边塞诗人，因为没有涉足西部，他们笔下的‘玉门’‘楼兰’‘交河’‘天山’，都是虚拟想象之词。”[2]唐代边塞诗人，因为没有深入边塞生活，没有血与火考验的经历，或者以乐府旧题进行旧调翻新的创作，表现怀才不遇的愤懑；或者借沙场点兵而释放胸中的积郁，抨击当朝者用人失度的腐败；或者通过间接的生活经验，塑造边庭将士英勇杀敌的英雄形象；或者以想象之辞写将士怀归的情绪，表现离情别恨等。王维出塞问边，深入河西其境，眼界大开，不仅对边塞恶劣环境具有深刻的体验，也为边疆将士的报国热情与拼死精神所鼓舞和激励。也因为这段难得的生活经历，王维此后的边塞诗则自觉地以相关的边塞生活经验为基础，大不同于他早期的边塞诗作，也不同于那些没有边塞经历诗人的边塞诗作，源于生活而高于生活，“自句句从体验中来，从阅历里出”，远离了“捕风捉影”的写法，创作了一批兴象饱满而气骨高峻的边塞作品，形象逼真、场景生动，改变了边塞诗偏重内容而疏于艺术的粗犷之风，创造了境界苍莽、气象雄浑的意境。而其出塞后的诗中，出现

[1]郑振铎：《插图本中国文学史》，人民文学出版社1957年版，第324-325页。
[2]陶尔夫、刘敬圻：《盛唐高峰期的西部诗歌——岑参边塞诗新探》，《文学评论》1987年第3期，第130-140页。

了大量的边地意象，出现了极其生动的塞外描写，让其超长的景物描写能力得到充分的发挥。这些情味俱深、意境两佳的边塞景象描写，不仅平添了诗篇的现场感，也有效地渲染了边塞战事，烘托了驰骋疆场的边塞英雄。

如果说岑参后来将边塞诗的写景推上了极致，那么王维则是边塞诗写景的先驱。

❸ 报国莫敢自邀勋

走出了书斋，走离了都市，走进了边塞，走近了将士，王维的精神气质大变。王维站到了时代的高度，以英雄心态看待人生和社会，自觉生成时代使命感和社会责任感，显示出博大而深沉的英雄情怀与超凡的人格力量。

出使问边后的王维边塞诗，摆正了个人和国家的关系，以奋发向上的豪情与积极进取的精神，取代了前人边塞诗中的那种对于战事的哀怨、悔叹、愤恚与诅咒。这些诗中，看不到一己之私的怨气与沮丧，而洋溢着强烈的英雄主义和乐观主义精神，表现出超强的功名自信心和高度的社会责任感。诗人更多地考虑边疆安危与民族命运，把那些奔赴沙场的友人当作李广、霍去病等英雄来刻画与歌颂，以建功立业的预期来激发友人奔赴边塞而一展抱负。因此，其诗中所写的赴边者，仿佛不是友人而是自己，或者说他与赴边者同样具有强烈的自豪感与光荣感。他不仅用英雄鼓励友人，也以英雄自励。诗人笔下气血贲张、叱咤风云的英雄形象，已经不是遥想中的汉代将帅，而是超迈昂扬、横槊赋诗的盛唐士子。这种超凡的精神气度，是工维之前乃至之后边塞诗中所难以见到的。其诗中慷慨悲歌、激越奋扬的形象，让人很难与一个历代反复用“温良恭俭让”来形容的儒雅王维联系起来。

王维在边地，还写有一些诗一样雅致的序文，如《送怀州杜参军赴京选集序》曰：

> 国自有初，以节守西门者，得自召吏选客，故我常侍崔公，以贰车迎杜侯于杜陵而咨之矣。舍之门下，衣儒者之服；立于军中，说诸侯之剑。猗元帅之理也。行有贲育，铁马成群，而雄戟罕耀，角弓载橐，秉王者师，不邀奇功。楼庭籍甚，高冠长剑，拜命云台，在是行也。群公自出辕门，骖骓满路，置酒欲饮，高歌自悽。寂寥孤城，惆怆朔管，飞雪蔽野，长河始冰。吾子勉之，慷慨而别。

此文风骨奇高，威势奇盛，正面描写“铁马成群”“雄戟罕耀”“角弓载櫜”的阵势军威，描写“高冠长剑，拜命云台”“骖骓满路”“高歌自悽”的出征场面，描写边地“寂寥孤城，惆怆朔管，飞雪蔽野，长河始冰”的恶劣环境，这样的描写在王维的边塞诗中都没有出现过，让人自然联想到岑参的《白雪歌送武判官归京》《走马川行奉送封大夫出师西征》《轮台歌奉送封大夫出师西征》等送别诗，而其风骨、气象与气势乃至精神也不下岑诗。此类边塞景象与环境的描写，王维早岑参十余年。同时，我们也可以看出，在对于边塞的描写上，王维诗文有别的作法。

王维在河西凉州，被崔希逸辟为幕府节度判官，因而也有了些工作性质的代笔，也可广义地视为边塞文学，是研究王维、研究王维边塞诗所需要珍视的。如《为崔常侍谢赐物表》，从题目上便可见是王维代笔，给皇帝的答谢表。崔常侍，即河西节度副大使崔希逸。代笔是一种工作，或者就是边地将领交办的文秘工作，与王维的工作性质以及文才特长有关。代笔文字中洋溢着一种戍边报国的荣耀感与幸福感，“勤以忘家，志不顾命，分膏草野，以报万一，无任感戴战越之至”，将其尚武精神与人生境界表现得淋漓尽致。

王维的《为崔常侍祭牙门姜将军文》，也是代笔，也是工作性质的应命之作，然而，绝非一般文案写诗所可为也。序文如下：

> 维大唐开元二十五年，岁次丁丑，十一月辛未朔，四日甲戌，左散骑常侍河西节度副大使摄御史中丞崔公，致祭于故姜公之灵。呜呼！天子命我，建旗西门，带甲十万，铁骑云屯。横挑强胡，饮马河源，嗟尔勇健，表为牙门。牙门伊何？全齐大族，四方有事，誓死鸣毂。前有血刃，后有飞镞，其气益振，大呼驰逐。翩翩白马，象弧雕服，戈舂其喉，矢集其目。呜呼！天下无事，今上好文，尔有余勇，莫敢邀勋。腰鞬白首，蹉跎塞云。死于裨将，谁统前军。家本秦人，灵车东骛。长天积雪，边城欲暮。麾下行哭，前旌抗路。身有宝剑，不佩而去。辕有代马，悲鸣踢顾。呜呼！我诫军吏，令送尔归，既素我服，亦朱其衣。黠虏未灭，壮士长辞。牢醴以祭，太息歔欷。尚飨！

此祭文的文学性极强，可作为四言诗来读，其中的大部分表述其实就是四言诗。王维把“带甲十万，铁骑云屯”的将军，放在“长天积雪，边城欲暮”的恶劣气候与险象环生的战事中表现，不仅刻画其“横挑强胡，饮马河源”的威猛，也表现了整个唐军将士奋不顾身、捐躯报国的精神风貌。“四方有事，誓死鸣轂。前有血刃，后有飞镞，其气益振，大呼驰逐。翩翩白马，象弧雕服，戈舂其喉，矢集其目。”这一段描写，非常出色，极其生动，读来令人感奋，催人涕下。他的序文，还有如《送高判官从军赴河西序》《送李补阙充河西支度营田判官序》等，其写法特别有现场感，特别有号召力，特别重视表现边地将帅天神般的神勇，也表现出了特别不同寻常的英雄气概。王维边塞诗文所反映的精神指向，主要不是历史，而是当下。这对于激励当时士人不甘平庸、投笔从戎、先国后家、马革裹尸，具有很强烈的现实意义。

边地生活，使王维蜕变为一个非完全的文人，使其成为知行合一、边地先行的盛唐边塞诗人。盛唐诗人中，以边塞诗著称者如高适、岑参、王昌龄、李颀、崔颢、王翰、王之涣等，其中也是呐喊者多，而真正出塞并走进军营的，似乎只有高、岑二人。然王维比唐代最杰出的边塞诗人岑参早十多年出塞。岑参一生有过两次出塞的经历，第一次是去安西，第二次是去北庭。749年冬首次出塞，754年二次出塞到北庭。以其第一次出塞的时间算，比王维整整迟了12年。虽然我们不能说高、岑出塞是受王维的影响，但在王维出塞十余年后才有高、岑边塞之行的，这却是事实。与高、岑比，王维是当之无愧的边塞先行者。而王维问边河西，及其当时与日后写作的边塞诗，自然也影响了士大夫阶层对于边塞的向往，并影响了盛唐以及其后的边塞诗创作。王维的这种境界与表现，与其问边河西的经历是分不开的。考察一个诗人，担任什么职务并不十分重要，重要的是，他在诗歌上的作为。王维将边关战事为中心的边关生活与边地风情，引入边塞诗中，成为盛唐边塞诗所关注和表现的重要内容，创新了边塞诗的艺术表现力与美学境界。

王维有部分边塞诗，写作于天宝年间，直到安史之乱前，是其问边归来而官居长安时作。如《送张判官赴河西》：“单车曾出塞，报国敢邀勋。见逐张征虏，今思霍冠军。沙平连白雪，蓬卷入黄云。慷慨倚长剑，高歌一送君。”诗人激励晚辈建功边陲，非常骄傲地回忆起自己当年出塞的经历，充满了自豪感与幸福感。王维的这些诗很经典，最能够表现盛唐气象和诗人境界，也可以用以补充论证王维的边塞“情结说”，如《送平澹然判官》《送刘司直赴安西》《送赵都督赴代州得青字》《送宇文三赴河西充行军司马》《送韦评事》以及《送魏郡李太守赴任》《送陆员外》等以送别诗为触发的边塞诗中，往往多边地意象，多塞外场面的描写，是对其中年时期问边河西的记忆反刍。其中“沙平连白雪，蓬卷入黄云”“绝域阳关道，胡沙与塞尘”“阴风悲枯桑，古塞多飞蓬”之类的描写，设身处地，虚实结合，以景见情，不仅增加了诗歌的形象性与现场感，更重要的是渲染了送别的气氛，强化了壮行的意义。而这些诗多为五言近体，王维以五言近体诗的形式写边塞战事，具有开创性的意义，这是此前此后的边塞诗中所罕见的，达到了五言近体诗的最高成就，把五言律体的表现功能与价值提到了足与古风并立相峙的高度。

开元二十五年夏至开元二十六年秋，王维在河西边地一年多时间。问边河西，成全了王维，其意义并不单纯在边塞诗上，而是全面提升了王维，让王维进入了伟大诗人的行列。

七

知南选行

知南选，是王维为官一生的第二次出使，此前不久从凉州出使归来。

知南选，王维虽然算不得大臣，而无疑是个钦差。他以监察御史兼补选使的身份欣然前往。

朝廷能够派王维去铨选官员，不能不说是一种政治信任。而王维能够去铨选，无疑也是因其实际能力与现实表现为朝廷所赏识。

王维时届不惑，正是精力充沛与魅力十足之时。应该说，他也是将知南选视为一次人生重要机遇的。

知南选行，虽然鞍马劳顿，却让王维大开眼界，也让他大有所获。因此，王维这一路行来，心情大好，处于特别的自由与兴奋中。

❶ 使至岭南潇洒行

知南选，是王维人生中的又一大事件。

王维知南选，也应该是王维研究中不可忽略的一大课题。

所谓“知南选”，即朝廷派员去南方铨选官员，或于桂州（今桂林），或于黔州（今重庆彭水）。创设南选制度，是唐代政府落实民族政策的一大举措，有利于增进中央集权，安定大一统的社会局面，促进少数民族地区经济文化的发展。据《新唐书·选举志》载云：“太宗时，以岁旱谷贵，东人选者集于洛州，谓之东选。高宗上元二年，以岭南五管、黔中都督府得即任土人，而官或非其才，乃遣郎官、御史为选补使，谓之南选。”《通志略》云：“其黔中、岭南、闽中郡县之官，不由吏部，以京官五品以上一人充使就补。御史一人监之，四岁一往，谓之南选。”《唐会要》卷七五《南选》有高宗敕书云：“上元三年八月七日敕，桂、广、交、黔等州都督府，比来所奏拟土人首领，任官简择，未甚得所。自今已后，宜准旧制，四年一度差强明清正五品以上官充使选补，仍令御史同往注拟。其有应任五品以上官者，委使人共所管督府，相知具条景行艺能政术堪称所职之状奏闻。”

综合这些文献，我们对“南选”归纳出这样几点认识：

其一，“南选”是唐朝在江淮以南地区设置的一种特殊的铨选制度。唐朝采取不同于中原地区的政策，在京师以外的南方，定期选补郡县官吏。始置“南选”应早于“上元”，既是“宜准旧制”，估计“南选”制始自于高宗之时，或太宗贞观时即已存在。

其二，南选四年一度，差使选补。鉴于桂、广、交、黔等州都督府士人首领“任官简择，未甚得所”，故而朝廷派员充使前往选补。南选使由五品以上清正强明的官员承担，并派监察御使同往监察，力纠选人不当之弊。

其三，南选亦兼有为中央政府发现并吸纳岭南土著人才的重任。唐玄宗天宝十三载（754）七月敕：“如闻岭南州县，近来颇习文儒，自今已后，其岭南五府管内白身，有词藻可称者，每至选补时，任令应诸色乡贡，仍委选补使准其考试。有堪及第者具状闻奏，如有情愿赴京者亦听。其前资官并常选人等有词理兼通才堪理务者，亦任北选及授北官。”官至开元宰相的张九龄就是广东韶关人，武周长安二年（702）中进士，并在中宗、睿宗时连中制举。其兄弟九章和九皋，也在科举中脱颖而出。

总之，唐政府的“南选”，是件很严肃的事情；朝廷派员知南选，也是件很慎重的事情。对于王维来说，能够摊上个知南选的差事，应该说是件优选获胜的事情。也就是说，知南选是万万不可敷衍的，知南选也绝不是随便派个人去就可以的。

此次知南选，是王维第二次作为“钦差大臣”被派出。先是去西北劳军，此次去西南知选。而王维再次出使，让我们对王维的看法有了彻底的改变：

其一，王维给朝廷的印象并不错。即便是王维出使边塞真是被“支”出的，但可以十分肯定地说王维在边地的表现肯定不错。此次能再度受命而知南选，可以确证他已是一个政治上值得信任、能力上适合外派的官员。再度出使，相当于一次褒奖，再次给他一个实际锻炼的机会。

其二，王维的实际才能并不弱。唐代诗人几乎都有强烈的从政愿望，然其人根本没有踏入官场一步，且其诗中也没有什么施政的思想，实在难以知道他到底有多大的为官能力。此前出使河西，此后又出使榆林、新秦二郡，说明王维的能力与表现还不一般般。能够再知南选，说明其工作与表现还是为朝廷所赏识的。换言之，王维就是个实际工作能力比较强、原则性也比较强的行政官员，甚至可能还是个干才。

其三，王维在张相被逐后并未一蹶不振。文学史上往往简单化地将王维一生分为前后两个时期。这种分法以张九龄被罢为界，说王维此前积极，此后消极。但是，从王维连续出使看，他不仅没有一蹶不振，反倒积极作为。否则，朝廷绝不会让他一而再、再而三地出使的。

开元二十六年（738）五月，崔希逸改任河南尹。是年秋，王维也自河西还长安，仍任监察御史职。开元二十八年（740），秋冬之间，王维以殿中侍御史知南选。

王维“知南选”，这是没有争议的史实。有争议的是王维“知南选”的行程路线。而争议的焦点主要是：选毕北还，王维有没有绕道吴地。

一是“绕道说”。此说认为王维知南选路线是：自洛阳出，经南阳会神会禅师，至襄阳访孟浩然，过郢州应邀画浩然像，再自夏口至岭南。翌年春正月选事毕，自岭南北归，盖自桂州历湘湖抵大江，而后沿江东下，过庐山、江宁至京口，再循邗沟、汴水、黄河北归秦中。[1]

一是“未绕道说”。此说认为王维知南选路线是：自长安经大散关入蜀，知南选于黔州。翌年春正月选事毕，于渝州顺长江东下至夏口，然后逆汉水直抵襄阳，并于南阳临湍驿与神会等“谈经数日”，旋北归长安。[2]

“绕道说”的理由是，王维有《谒璿上人》诗，璿上人为瓦官寺主持，瓦官寺位于润州江宁县，谒璿上人自然当至其居地。而至润州时间，似只有此

[1]参见陈铁民：《王维年谱》，《王维集校注》，第1346页。
[2]参见王辉斌：《王维开元行踪求是》，《山西大学学报》2003年第4期，第64-68页。

时最合适，即开元二十九年，因此只有绕道了。

“未绕道说”针锋相对反驳说，绕道不可信。王维行到夏口，当径取道襄阳而还长安，而不会绕道镇江再北上河南开封而归秦中。此说认为《谒璿上人》诗有可能写于洛阳。璿上人为瓦官寺主持，并不意味着《谒璿上人》诗就一定写于润州瓦官寺。普寂开元二十七年于洛阳兴唐寺圆寂，而璿上人乃普寂的四十六位法嗣之一，自然要来洛阳参加普寂的葬礼。王维其母曾“师事大照禅师（即普寂）三十余年”，故而王维母子，都有可能参加普寂的葬礼仪式。因此，也就有可能在仪式上拜谒璿上人。

在王维知南选的行程问题上，我们对“绕道说”的前半是认同的，即王维去时的路线；而对其后半则不敢恭维，即王维回来的路线。何以“绕道”说不能成立呢？其一，王维选事毕而北归，回长安交差前却先绕个大圈子去了一趟润州，这是当下“假公济私”的思维，似也只有当下官员做得出。其二，按《元和郡县志》所记里程，岭南之邕州、钦州等地距长安约五千唐里，而在舟楫鞍马的交通时代，绕道在时间上也不可能。其三，王维开元二十八年秋南行，南阳谈经而深膺南宗，不可能于翌年北返时再绕道专程去拜北宗。

不妨细玩《谒璿上人》诗，看看诗中能否为我们提供什么有价值的信息。其诗云：

> 少年不足言，识道年已长。事往安可悔，馀生幸能养。
> 誓从断荤血，不复婴世网。浮名寄缨珮，空性无羁鞅。
> 夙承大导师，焚香此瞻仰。颓然居一室，覆载纷万象。
> 高柳早莺啼，长廊春雨响。床下阮家屐，窗前筇竹杖。
> 方将见身云，陋彼示天壤。一心在法要，愿以无生奖。

此诗的解读，因为角度不同，理解也截然不同。全诗二十句，四句一个层次，共五个层次。其表述的角度，基本上是“我怎么”而非“你怎么”，是第一人称而非第三人称。诗的基调是“悔”。或者说是前“悔”后“悟”。从开篇看，王维拜谒璿上人时，情绪非常低落，肯定是仕途多舛，或家中发生了什么重大变故。王维何以深“悔”如此？“少年不足言”句开篇，颇值得深究。王维少年得志，风光无限，怎么“不足言”？非少年不足言也，是当下不足言也，即自出官济州后不足言也。虽然说“事往安可悔”以自解，往事不追，唯思余生，但诗人却沉浸于深深的“悔”中。“誓从断荤血”四句，写其谨遵佛法教敕与上人风训的誓愿。意谓：我发誓从此茹素戒杀，再也不受凡尘世俗的网累。放弃所有的虚名包括官服，已然认识到诸法皆空，还有什么尘俗之事务能够羁绊的呢。“颓然居一室”四句，写其勤求出世解脱之道。意谓：能够跟从得道高僧而向佛修行是我早就存有的心愿，烧香诵经表达我对佛祖的无限敬仰。我寂然静默而独居一室，承载着世间万物的纷扰。“颓然居一室，覆载纷万象”二句，结合王维的生平经历看，似乎反映的是其丧妻不久后的现实。王维时年三十余，孤居一室，精神颓废而纷乱。“高柳早莺啼”四句，写的是其想象中的诵经隐居的生活。最后四句从“方将见身云”起，写的是其“识道”后的预期：将来我或许能够修成正果而可见佛身围绕的祥云，但我现在仍浅陋而不识“天壤”之貌[1]。我一定专心致志地研习佛法要义真谛，非常乐意获得上人无生无灭的劝勉。

《谒璿上人》诗中，王维诚恳请益，咨受心要，仿佛寻到了出世解脱之道。细读此诗，我们得出了两点结论：其一，这是王维的自写。或者说是通过自写而达到写璿上人的目的。其二，这是王维“行止不明”时的作品，当写于其失职与丧妻之时。

王维耽佛，南北兼修，与南北宗禅师均有交往，而前期主要受北宗影响。其母“师事大照禅师三十余岁”，其弟王缙“尝官登封，同学于大照”（王缙《东京大敬爱寺大证禅师碑》）。王维写过《为舜阇黎谢御题大通大照和尚塔额表》，写的就是北宗禅师神秀与其弟子普寂。《谒璿上人（并序）》写的道璿，出于普寂门下。他结交的燕子龛禅师、福禅师等，也都是北宗禅师。安史之乱后，道璿弟子元崇，亦曾游王维辋川别业。而其知南选遇见六祖门下神会禅师，则成为他渐修南宗的分水岭，即其后期深受南宗影响。

如果《谒璿上人》的写作时间，提前至王维“行止不明”的那段时间里，就不存在王维绕道江宁说了。

❷ 从此深膺南宗

王维知南选，是其人生中的一大快事。

王维知南选而于南阳临湍驿遇神会，则成为其深膺南宗的转折点。

[1]“示天壤”：《庄子·应帝王》载神巫给得道壶子看相的故事，其“虚”而“藏”己，不为人所测。

王维一生耽佛，兼修诸法，与禅宗的关联很深。禅原是禅那（Dhyana），起源于古印度瑜伽，后为佛教吸收而发展为“思维修”，成为修正觉性的方法，即戒定慧三学中的定学，六波罗密中的禅定。唐代禅宗兴起，北禅神秀系主“住心看净”，南禅惠能系主“即心是佛”。禅是中国佛教基本精神，不管宗派法门如何，均讲求心灵主体的超越解脱，是物我合一的方法与境界。除了南宗北宗外，王维与其他宗派僧人也有很密切的交往。一般而言以其四十岁为界，即以四十岁与神会相遇为标志，其此前信仰北宗禅，此后深膺南宗禅。

开元二十八年（740）秋冬之交，王维在知南选途中，与南宗禅大师神会相遇于南阳临湍驿。有十年“渐教”基础的王维，乍听南宗说法，而有醍醐灌顶之大觉悟。真可谓“六欲诸天来供养，天华乱坠遍虚空”（《心地观经·序品》）。

神会（668-760）禅师，俗姓高，湖北襄阳人，禅宗六祖惠能的晚年弟子，南宗的重要传人与创建者。神会在曹溪数年，很受惠能器重。景龙年（707-709）惠能将示寂时即授其印记。惠能去世后二十年间，曹溪之顿旨沈废，两京皆宗神秀，神秀与其弟子普寂及再传弟子义福等，均位居国师之尊，主持着“两京法席”，教内已尊神秀为禅宗六祖、尊普寂为七祖。开元二十年（732）神会初至洛阳，为确立南宗惠能正统，弘扬南宗的宗旨，在河南滑台大云寺设无遮大会，与山东崇远论战，指斥神秀一门“师承是傍，法门是渐”，认为达摩禅的真髓存于南宗顿教。但是，有三代国师地位的北宗，得到皇权支持，也为社会信奉，被尊为正统，而南宗则被视为旁门左道，神会也以古稀高龄而被四处放逐。然神会百折不挠，顽强地与北宗较量，最终确立了惠能的禅宗正统地位。惠能被尊为六祖，神会也被尊为七祖。王维问法于神会，是在开元二十八年（740），此时神会声望已著，虽然尚未取得正统地位。

在南阳临湍驿，王维遇晤神会，二人“语经数日”。据《神会语录》载，王维曾以“修道解脱”之事相询。神会曰：“众生本自心净，若更欲起心有修，即是妄心，不可得解脱。”王维闻神会说法，不胜惊愕，连呼“大奇！”佛法修养甚深的王维也顿觉自己孤陋寡闻，他心悦诚服地连连说道：“曾闻大德，皆未有作如此说！”“此南阳郡，有好大德，有佛法甚不可思议！”[1]神会认为，无须先“定”后“慧”，一切言语行事，只要心中“无念”，没有取舍执求之念，便是定慧，而且时时处处均可定慧，当下即是定慧，即是解脱。因此，神会的禅也称为“无念禅”，谓“不作意即是无念”。神会的南宗心要，开启了王维，让其深服其旨。神会也对王维深为认许与敬重，恳请王维为六祖惠能作碑铭。

南宗的出现，可谓七八世纪间中国宗教界的一场革命。陈寅恪称赞六祖曰：“特提出直指人心、见性成佛之旨，一扫僧徒繁琐章句之学，摧陷廓清，发聋振聩，固我国佛教史上一大事也！”南北二宗的根本不同是：北宗重行、南宗重知。北宗重在由定发慧，而南宗重在以慧摄定。北宗主张渐悟，南宗主张顿悟。南宗以最简捷的“顿悟”法，反对繁琐的教条的“渐悟”。南宗将“空”观发挥到极致，结果连“空”也空去，产生了某些“否定之否定”的客观效果。其结果是：由漠视人生转而珍爱人生，由超脱尘世转而不离人世，由四大皆空、六尘俱浊转而为“衣食住行皆是道”。

此遇神会，王维从此倾膺南宗。此后不久，王维写成《能禅师碑》，兑现了神会之请托。此碑序具有极高的史料价值，是现存关于惠能及其禅法的早期资料。碑铭文开篇即写道：“无有可舍，是达有源。无空可住，是知空本。离寂非动，乘化用常。在百法而无得，周万物而不殆。鼓枻海师，不知菩提之行。散花天女，能变声闻之身。则知法本不生，因心起见。见无可取，法则常如。世之至人，有证于此，得无漏不尽漏，度有为非无为者，其唯我曹溪禅师乎！”王维深谙曹溪之旨，顿悟见性，妙解契道，对般若中观的思想运用自如。南宗的“无住心”“无念法”的思想，得无住心，即得解脱，对一切境遇不生忧乐悲喜之情，不起粘着是非之念，即反固执型的僵化思维方法，以“否定之否定”的方法认识世界，以相对的、变化的观点解释世界，以“中道”观、“不落两边”的方法消除偏执。王维“任运自在”“理事俱如”“气和容众”的生活态度与人生智慧，就是深受南宗义理启迪的结果，诚如他在碑铭文中所说“举足下足，常在道场，是心是情，同归性海”。出家亦在家，离世又入世，瞬间为永恒，有限即无限。这也就是王维“行到水穷处，坐看云起时”的诗意禅境。“行到水穷处”，不生兴阑而归返之意。水穷则有云起，行尽则可坐观，无论水之穷否而内心自在平静。也就是说，一切都不“住”于心，

[1]杨曾文编校：《神会和尚禅话录》，中华书局1996年版，第85页。

无念进退，不起世虑。这与阮籍的“途穷哭返”[1]不同，与王子猷“兴尽不入”[2]也不同。阮籍“恸哭而返”，是因为触到内心“世路维艰”而感伤，乃放不下世情也；王子猷“何必见戴”，是因为顾虑重重，乃怕破坏兴致也。王维则行之所当行而止之不可不止，真正是超然物外，无所滞碍。这既体现了诗人随任之性，也应和了南宗“无住”之旨。

其实，在对待佛教宗派信仰上，王维不主一宗，兼取所需，为其所用，他在《为舜阇黎谢御题大通大照和尚塔额表》中将北宗“大通”神秀、“大照”普寂的经义概括为：“见闻自在，不住无为。理事皆如，终非有漏。”其要义大类南宗。王维一生遍访名寺，顶礼德僧，“以玄谈为乐”。他常去香积寺听法，接受的是净土宗。其《西方变画赞并序》说：“愿以西方为导首，往生极乐性自在”，对净土宗也倾心归向。王维自云：“十年座下，俯伏受教”（《大荐福寺大德道光禅师塔铭》）。他所俯伏的道光和尚，乃华严宗僧人，或以为南宗僧人，其“顿教”虽然与惠能所倡之“顿悟”非一教门，却在精神实质上有共通处。也就是说，王维有其深膺南宗的思想基础，此遇神会，一拍即合，心领神会，与其法要无缝对接而深刻契合。

南阳临湍驿与南宗禅大师神会的相遇，对王维一生的影响极大，对于王维思想的发展与艺术的提升，都是至关紧要的。“顿悟见性”的南宗思想，让王维获得了精神上的高度自由，建立了以感性心理自由为指归的审美人格，而以妙有之心去感受自然，体悟自己心灵深处的奥秘，进而达到一种新的哲学境界和艺术境界。南宗主张见性成佛而不立文字的义理，助成了王维诗歌以空灵为美、以含蓄见长的特征，形成了空明谧静而又灵动圆满的风格，给人以极大的诗意暗示。

❸ 过襄阳的心境

南阳至襄阳，约三百里地，高铁只需要一个多小时，而在唐代，以车马走计，少说也要两天时间。

而从南阳到襄阳，王维进入另一种精神愉悦。水乡襄阳的秋天，景致也

---

[1]《晋书阮籍传》载阮籍“时率意独驾，不由径路，车辙所穷，辄恸哭而返”。

[2]《世说新语·任诞》篇载：王子猷居山阴，雪夜乘舟访戴安道，经宿方至剡，然造门不前而返。人问其故，王曰：“吾本乘兴而行，兴尽而返，何必见戴？”

特别宜人。

襄阳位于湖北省西北部，居汉水中游。地处秦岭大巴山余脉，属于我国地形的第二阶梯向第三阶梯过渡地带。西部为秦巴山地，东部为大洪山与桐柏山之间的低山丘陵区，北部地处武当山、桐柏山之间，素称“鄂北岗地”，汉水流域及南部地区为较开阔的冲积平原。这个素有“南船北马，七省通衢”之称的襄阳，不仅是群雄逐鹿的古战场，也是文人骚客的荟萃地。始祖炎帝神农氏在这里诞生，楚国诗人宋玉在这里孕育；诸葛亮在这里躬耕陇亩，羊祜在这里屯田兴学；这里还有王粲登临的仲宣楼，杜预命名的堕泪碑，以及明王府、昭明台等等。真可谓人文星罗，胜迹棋布。

襄阳给王维最强烈震撼的是汉江。汉江，作为长江最大支流，从陕西宁强县发源，穿过崇山峻岭奔腾而来。初见汉江，王维还是被其恣肆横流的气势所震慑了，有《汉江临眺》为证：

楚塞三湘接，荆门九派通。江流天地外，山色有无中。
郡邑浮前浦，波澜动远空。襄阳好风日，留醉与山翁。

诗人泛舟江上，纵目远望，但见莽莽古楚之地，“三湘”奔涌，“九派”合流。汉江来势磅礴浩渺，笼盖天地而气象万千。方回叹曰：“右丞此诗，中两联皆言景，而前联犹壮，足敌孟、杜《岳阳》之作。”（《瀛奎律髓汇评》）“江流天地外，山色有无中”二句，既是写实，又充满想象，将不可目击之景而概写之，收漠漠平野于纸端，纳浩浩江流于画里。汉江滔滔远去，好像流到天地之外去了；而作为衬托的远处青山，则显得若有若无的飘忽迷蒙。因为山色空濛，苍茫淡远，江势更显浩瀚恢宏之气象。因为烟波浩森，水汽蒸发，远山愈呈时隐时现之状态。诗的后半部分，笔墨从“天地外”收拢，以幻觉错觉来表现壮阔而动荡的水势：“郡邑浮前浦，波澜动远空。”明明是所乘之舟为水波所摇动，诗人却说是城郭在水上浮动；明明是波涛汹涌而浪花腾空，诗人却说天空为水所动荡。诗共四联而三联写水，不可不谓水之多也。查慎行云：“篇中说水处太多，终是诗病”（《瀛奎律髓汇评》卷一）。我们则以为，此诗之绝，正因为“水处太多”也。因为，不这么写，无以描绘浑浑无涯、包载天地的水天奇观，无以表现临流震撼的惊诧感观，无以描述叹为观止的愉悦心情。

或许是王维南阳行之后，悟得解脱之法，心情特别好。当下又恰好身临汉江，一心观想水，但感到周围的一切皆是水，一切皆如水一样的澄澈空明，己身也到达清净虚寂的境界。王维观水，非一般性意义的观景。佛禅之水意象，突出的是时间生灭观，涵蕴的是人对生死之流如何超脱的道理。以水流不止喻生死流转，是佛教水意象的基础意蕴和典型意蕴。《佛说观无量寿佛经》曰："初观成已，次作水想。想见西方一切皆是大水，见水澄清，亦令明了，无分散意。既见水已，当起水想，见水映彻，作琉璃想。此想成已，见琉璃地内外映彻。"佛禅的这种"水观"，即对水作专心的观想，又称"水定"。即一心观想水，专心致志地观想水的清澄，进而观想己心己身乃至周围的一切皆如水澄澈空明，从而达到清净虚寂的境界。此观法若能成就，身体内外便如意之所想，有水现出，而臻于自在状态，人生则从生死之流的循环往复之中解脱出来。王维深受佛禅的浸润，受益于南宗无住、无念的义理而以感性心理自由为指归，其对水的观照与描写，已与人生与生命的思索联系在一起，物我合一，人水妙合，表现出一种"道契玄微"的禅悦，因物而悟，纯粹是得法后而发现清净无染的自性。而其笔下山水，含蓄蕴藉，不落行迹，给人以"有无之中"的暗示与联想。联系王维的佛教思想来看其山水诗，也许会解释得更清楚。

以水流不止喻生死流转，襄阳给王维的另一强烈震撼，就是孟浩然已成为古人。

襄阳是孟浩然的故乡。孟浩然是仕途的失败者。唐代著名诗人大小均有个一官半职的，孟浩然则终生未仕。殷璠为其惋惜道："才名日高，天下籍甚，竟沦落明代，终于布衣，悲夫。"（《河岳英灵集》）辛文房亦叹其"磬折谦退，才名日高，竟沦明代，终身白衣，良可悲夫！"（《唐才子传》）李白诗云："吾爱孟夫子，风流天下闻。"似乎是对其没有做到官的礼赞。杜甫诗云："吾爱孟浩然，裋褐即长夜。"也是这个意义。古人评杜甫的这首《遣兴》诗说："浩然之穷，公亦似之，怜孟正以自怜也。公欲用世而不能得，大抵如浩然裋褐以终，空垂诗名于后世而已。能无望云而悲吒乎？悲吒自己，非为孟也。"[1]王士源则揭示了孟浩然所以"裋褐而以终"的重要原因："行不为饰，动以求真，故似诞；游不为利，期以放性，故常贫。"（《孟浩然集序》）

---

[1]王嗣奭：《杜臆》卷三，上海古籍出版社1983年版，第86页。

孟浩然享年五十二岁。据王士源《孟浩然集序》云，孟浩然卒于开元二十八年。王昌龄游襄阳，当时孟浩然“疾疹发背且愈”，然而，“相得甚欢，浪情宴谑，食鲜疾动，终于冶城南园，年五十有二。”《唐诗纪事》卷二三《孟浩然》亦云：“开元二十八年，王昌龄游襄阳，时孟浩然疾发背且愈，相得欢甚，浩然宴谑，食鲜疾动，终于南园。”从孟浩然的“死因”看，他性格豪爽，重情谊胜过生命，属于宁伤身体不伤友情的那类。诗友王昌龄来访，便奋不顾身，不顾医嘱而食鲜身亡，真个是舍命陪君子也。也许正是这一点，李白很佩服他，也很尊敬他。二人曾携手同游，直至不能不分手时，李白相送，伫立江边，直至孤帆远影消失在碧空里。真没有看到李白对其他人也给予这样礼遇的。

种种迹象表明，孟浩然的性格与王昌龄与李白“性相近”，而与王维“习相远”。宇文所安《盛唐诗》中说：“王维和孟浩然的诗在表面上的相似，使得一些批评家和选诗家将他们联系在一起。可是，在他们对隐逸和风景描写的共同兴趣后面，却隐藏着气质和诗歌个性的根本区别。”[1]这个在唐诗研究上卓有成就的外国人，从二者各自的诗里看出了各自“根本区别”的气质。

孟浩然的故里，在襄阳城外涧南园，距襄阳城南约十多里，岘山观音阁襄水白马泉之南。王维寻来襄阳，孟浩然已成古人，也引动其无限伤感，而有《哭孟浩然》：“故人不可见，汉水日东流。借问襄阳老，江山空蔡洲。”此诗题下有“时为殿中侍御史，知南选，至襄阳有作”。诗用五绝，不可能做非常具体的哭祭，也许是实在唤不起什么具体的记忆，或者是一时的失空，顿生一种人生易老的浩叹，表达一种人生若梦的空茫感。

王维离开襄阳，沿汉水南下，不一时便到了郢州。郢州，在襄阳南二百里。唐代郢州治乃今之钟祥县。《新唐书》列传一百二十八载：“初，王维过郢州，画浩然像于刺史亭，因曰浩然亭。”据说王维还为孟浩然画了绢本像。宋葛立方《韵语阳秋》论书画一卷中记录，有名有姓的好几个人看到王维画的真迹。此像虽已失传，幸有当日见之者曾详作描绘：“观右丞笔记，穷极神妙。襄阳之状，颀而长，峭而瘦，衣白袍，靴帽重戴，乘款段马，一童总角，提书笈负琴而从，风仪落落，凛然如生。”王士源《孟浩然集·序》里所状之

[1]宇文所安：《盛唐诗》，第93页。

孟浩然也就是这个“骨貌淑清，风神散朗”的形象。晚唐人皮日休亦犹言亲见画像。皮公有《郢州孟亭记》，为郢州之孟亭所记，是记于咸通四年（863）四月三日，距王维画浩然像已过一百三十多年了。皮公记中说：孟先生是襄阳人，我也是襄阳人。因为非常崇拜他，就好比孔子怀想文王则喜爱文王喜欢的吕蒲腌菜；孔子的弟子怀想孔子则把与长相像孔子的也奉为老师。因此，“每有观型之志”；因此，专程“抵江南，舣舟而诣之”终遂夙愿。是记这样开篇的：

> 明皇世，章句之风，大得建安体。论者推李翰林、杜工部之为尤。介其间者能不愧者，唯吾乡之孟先生也。先生之作，遇景入咏，不拘奇抉异，令龌龊束人口者，涵涵然有干霄之兴，若公输氏当巧而不巧者也。

皮日休认为，明皇诗坛可以与李杜比肩者，孟浩然一人而已。因为特别崇拜，或者是因为特别欣赏孟诗趣味，皮日休这样评价似也不能算是不实之词，而其记中“先生之貌纵视矣”的说法更不会是无中生有的杜撰。

结合诸多史料看，王维“笔先生貌于郢之亭”应该是可信的。然而，王维过郢州，为什么要画孟浩然像于刺史亭？这也是一件难解的事。

王维“知南选”，按照时间规定，应于十月三十日前抵达选所桂州。十一月一日开始铨选。正月三十日铨选完毕。约于翌年三月回朝复命。估计此知选行程约为一百天，沿途可以有些踏访类的私活儿，但也是不能多耽误的。

八

仕隐自若

还真找不到第二人像王维那样成功地解决了“仕与隐”的二难尴尬。这充分显示出他的生存大智慧，也形成了特有的“王维模式”，对中国文化产生了极其特殊的意义。

王维以其亦官亦隐的实践，消解了仕隐间的界限，突破了仕隐非此即彼的不相容的旧囿。他无缘无故地归隐，而又莫名其妙地出仕，处于随时而动的自由中，处于趋势而行的随任里。

既不认为在朝即庸俗而可鄙，也不认为逸野就高洁而可敬。

于山林里可以做到的独善自养，他于魏阙中也能够实现。仕隐两可，仕隐两全，隐得自由，也仕得自然，何以要分清长林丰草与官署门阑呢?

❶ 我家南山下

开元二十九年三月，王维知南选毕，回到长安复命，不久就做出了一桩让人意想不到的事，就是辞官隐居南山。用现在时髦的话说，就是“惊天大逆转”，来了一个一百八十度的大转折。

说不准确，这是王维的第几次隐居了。更说不清楚，王维何以要隐居。

我们一直视“仕”为积极入世，而把“隐”视为消极避世。兼济天下的出仕观指向外部世界，按照“天下”原则行事；而独善其身的归隐观则指向内

心，依照“自身”原则设计。一般而言，隐者多是带性负气之人。因此，对于王维的隐居，一般的解读是：因为看不惯朝廷的黑暗，因为与李林甫政见不合。这种解释，我们不敢说是皮相之见，但也顶多只是其隐居的原因之一。

王维知南选回到长安，其密友如张諲、裴迪、崔兴宗等已隐南山。王维似是追随友人而有此隐之选择的，其《戏赠张五弟諲三首》似可为我们提供些许信息。张諲以王维为兄，也与李颀友善，三人同为诗酒丹青之契。王维盛赞张諲的书画：“屏风误点惑孙郎，团扇草书轻内史”（《故人张諲工诗善易卜兼能丹青草隶顷以诗见赠聊获酬之》）；李颀对其也有“诗堪记室（左思）始风流，画与将军（顾恺之）作勍敌”（《咏张五山水》）的极评。王维赠诗五弟，可谓“效陶”写法，其所表现的也是陶潜归田的欣喜。三首诗均用人我对比的写法，逐层递进，展现出由赞美到歆羡、再到决定归隐的心路历程。诗之其一云：“日高犹自卧，钟动始能饭。领上发未梳，妆头书不卷。清川兴悠悠，空林对偃蹇。青苔石上净，细草松下软。窗外鸟声闲，阶前虎心善。”这是写张五弟慵懒之至，恬静之极，也享受之至。末六句，诗人感悟道：“徒然万象多，澹尔太虚缅。一知与物平，自顾为人浅。对君忽自得，浮念不烦遣。”这几句主要是自写，自觉道根尚浅，然五弟在侧而忽有启悟，浮念全消矣。诗之其二，盛赞五弟，对与世无争、自在安逸的隐居生活充满神往，末四句委婉表达隐退之愿：“望此去人世，渡水向吾庐。岁晏同携手，只应君与予。”因为五弟“与己合志”，自己亦决意归隐，与其携手同游，纵情山水而尽情享受大自然的清虚宁静。诗之其三，先写五弟捕猎、垂钓的日常生活，然后着力自写道：

> 我家南山下，动息自遗身。入鸟不相乱，见兽皆相亲。
> 云霞成伴侣，虚白侍衣巾。何事须夫子，邀予谷口真。

意思是：我也早就有家南山的想法了，何须五弟相邀呢。王维终于大彻大悟了，不只停留在对张五弟闲适田园的歆羡上，而落实在回归同隐的行动上了。诗中“谷口真”，典出《汉书》。汉褒中人郑朴，字子真，居谷口，世号“谷口子真”。谷口子真耕于岩石之下，修道守默，汉成帝时大将军王凤礼聘之，而不为所动。据此诗可见，王维显然已在南山安“家”，且以“谷口真”自比，说自己隐居于此，清静远尘，动息遗身，与鸟兽同群，与云霞作伴，真可谓忘乎所以而其乐无穷也。我们读出了王维归隐后的非常惬意，读出了他置身田园的十分享受。

终南山，又名太乙山、地肺山、周南山等，古人言此山居于天之中，都之南，故名为“中南山”。《诗经》《山海经》里称之为“南山”。自秦始皇、汉武帝起，山中始建老子祠庙。魏晋南北朝时期，这里的道观庙宇急剧增修。李渊称帝后，武德初（618-626年）修建了规模宏大的宗圣宫。南山的地形奇险，景色奇绝，极擅描绘的李白都感到无法形容而有“秀色难为名”之感叹。终南山，更是最佳隐居地。因为终南山紧挨着长安城，成为唐代政治文化中心长安城的天然屏障。对于唐人来说，隐于南山，主要考虑的是易于进退，易于把名声做出来。七到九世纪期间，似乎每一位重要人物，以及每一位想成为重要人物的人，在终南山都有一座别墅或茅庐。终南山之隐，人满为患，各种隐士，不计其数，其中有迹可考者可达数千人。《新唐书·卢藏用传》记曰：卢藏用少以文辞才学著称，然举进士而不得调，与兄征明偕隐终南山。后被武则天征召入朝，累官至吏部侍郎、尚书右丞。这被司马承祯讥为“终南捷径”。唐玄宗登基后，卢藏用以依附太平公主的罪名被流放岭南。不过，他倒还是个很重情义的人。其与陈子昂友善，子昂死后，藏用善抚其孤，人称其能终始交。卢藏用编《陈伯玉文集》，赞子昂“卓立千古，横制颓波，天下翕然，质文一变”。陈子昂名噪天下，卢功大矣。

王维选择南山隐居，是否也有卢藏用的用心呢?

辞官隐居南山，应该说是时王维已得“蓝田别墅”。“蓝田别墅”曾为宋之问所有。宋之问于玄宗先天元年（712）被赐死。宋之问死后，别业曾由其弟宋之悌经营。宋之悌于开元年间历任右羽林将军、益州长史、剑南节度使及太原尹等要职，后以事流贬交趾（今越南河内）。李白的《江夏别宋之悌》当作于唐玄宗开元二十年（734），可能就是之悌赴交趾贬所时。别业此后让王维得手。日本的小林太市郎就认为，王维开元十四年从济州归长安后就买了辋川庄。同样是日本学者的入谷仙介则否定其看法，认为那时王维在经济上、心理上都不具备购买的可能。得手蓝田别业应该是在开元二十八年南选归来落脚长安后[1]。即便是采入谷仙介之说，我们判定王维“家南山”的家就是蓝田别业，在时间上似也不扞格。

蓝田别业在辋川。清代胡元瑛《辋川》载：“辋川在县南峣山之口，水沦涟如车辋，故名。”辋川位于今西安南郊蓝田县的西南，距西安城不到三十

[1]入谷仙介：《王维研究》，中华书局2005年版，第221页。

里地，是秦岭北麓极秀美处，其间山峰秀丽，水系发达，可耕可牧，能渔能樵，最是适宜修身养性。王维写过不少关于园林别业方面的诗文，反映了他对园林的钟情，也反映了他的园林审美思想。因早年经常出入于诸王的皇家园林，也因为太多地访问各类私家园林，王维培养起对园林别业的特别兴趣与品鉴能力，也积累了极为丰富的造园经验，成为一代造园大师。王维对蓝田别业的经营，是一个不断完善的漫长过程。他充分调动了其积淀已久的园林别业记忆，调动诗书画乐的多种艺术，而依据辋川的山水形势与空间位置，种植花木、堆叠奇石、建造亭台，构筑水榭，形成了动静照应、虚实相生的形势，建构起主宾和合、声色攸关的意境，先后建起了孟城坳、华子冈、竹里馆、辛夷坞等20处景点，把长约10余里的辋川山谷，经营成一处环境清幽、绝尘脱俗的园林胜地，建成了集唐代园林之盛的大型山水园林，也极大地丰富了中国的园林美学与别业文化。北宋吕大忠在《辋川集》中赞其辋川别业“胜冠秦雍”。康乾盛世修“圆明园”，其十大园林美景中就有王维的辋川别业，另名为“北远山庄”。

“我家南山下”，王维选择南山隐居，非常倾心于他的这处别业的经营，经营辋川别业也让王维大显造园的美学才华。

❷ 谈笑岂可无还期

王维隐居南山的日子，是一种极其放松、极其享受的日子。他的《终南山》诗云：

> 太乙近天都，连山接海隅。白云回望合，青霭入看无。
> 分野中峰变，阴晴众壑殊。欲投人处宿，隔水问樵夫。

诗人身在山中，移步换形，云气变幻，由清晰而朦胧，由朦胧而隐幻，刚刚走出茫茫云海，迎面又是合拢上来的濛濛青霭。诗人以十分愉悦的欣赏态度，描写被捉弄了的感觉。让人如入幻境，置身于感察无穷、动荡不定的妙幻之中，且给人以分合有无的形上境界的暗示。读完最后两句，沈德潜叹曰：“或谓末二句与通体不配。今玩其语意，见山远而人寡也，非寻常写景可比。”（《唐诗别裁集》）王维用四十个字为偌大一座终南山传神写照，万里一收，贯穿全诗的是一种宏大无比的存在感，是一种无所不可的从容与闲适。韩愈也有一首写终南山的诗叫《南山》，一千零二十字，无所不用其极，大类赋的写法，然而，日本学者川合康三却认为其宏伟壮大，远不及王维之四十字诗。川合康三比较二诗指出：“盛唐时人们的视野扩展到了不可企及的地方，瞬间就把握了世界的全体。他们之所以能够这样，恐怕是因为那种超越个人的文化结构保证了人和世界间稳定的和谐关系。到中唐时期，这种认知世界的结构似乎已经解体，中唐文人只能在个人的经验、知觉的基础上去领会对象了。”因此，他认为王维的写法，是“用精练的语言把握无边际的世界整体，这与其说是实景，不如说是他们在观念层次上领会到的风景，在其背后有着盛唐人共有的安定的世界观。他们凭藉着这样的世界观，使认知对象扩展到了眼睛无法看到的世界尽头，天地全界都是可以认知的对象。”[1]

王维的《终南别业》，可视为《终南山》的姐妹篇，那却是另一种意境。“此诗见摩诘之天怀淡逸，无住无沾，超然物外”，而“如行云之在虚，流水之无滞相也”（《诗境浅说》）。诗云：

中岁颇好道，晚家南山陲。兴来每独往，胜事空自知。
行到水穷处，坐看云起时。偶然值林叟，谈笑无还期。

此诗平白如话，却诗意饱满，诗味隽永，理趣横生，饱受好评。“行到水穷处，坐看云起时”二句，更是深为历代诗家所盛赞。二句写诗人闲到极致的一种独特感受，从容不迫，不紧不慢，随缘适意，不求人知，心会其趣，兴致来了就独自信步漫游，走到水的尽头就坐看行云变幻。行于所当行，而止于不可不止，水穷而不虑心，云起而不起念，只有过程，没有结果，也不问结果，水穷所碍？云起何干？因为“胜事自知”，悟得世事变化无穷之理，方有此不可言传的“化机”。没有追求，没有心机，一切都很偶然，乘兴而游原本偶然。因此，遇见谈笑甚欢的林叟亦纯属有缘的偶然。“无还期”更说明是遇到知音，双方很融洽，各自很欣赏，又有很多的谈笑的话题，这更出于偶然。尽管一切都是无心的偶然，却随处若有所得。诗人所得到的是最可宝贵的闲适，是闲到极致的心境，是随任自然的机缘，是极其散漫的高人风度。没有时间概念，想谈多久就谈多久；也没有空间意识，能走到哪里就走到哪里。诗人极其自由，也绝对自在，这完全是绝去执着的当下状态。其诗亦古亦律，信手拈来，起承转合如行云流水。诗中之时空切换，形迹无拘，也像其出游一样，想怎么走就怎么走，能走到哪里就走到哪里，无意求工却意趣盎然。

[1]川合康三：《终南山的变容：中唐文学论集》，刘维治等译，上海古籍出版社2007年版，第74–79页。

隐居终南山期间，王维诗中著名的还有《白鼋涡》：

南山之瀑水兮，激石漓瀑似雷惊，人相对兮不闻语声。翻涡跳沫兮苍苔湿，藓老且厚，春草为之不生。兽不敢惊动，鸟不敢飞鸣。白鼋涡涛戏濑兮，委身以纵横。主人之仁兮，不网不钓，得遂性以生成。

这是一首很典型的生态诗，诗中提出了“仁德”观，渴望“不网不钓，得遂性以生成”的生态。这可视为儒家之仁的形象笺注。中国古代哲人讲究仁义施及鸟兽虫鱼，反对“暴殄天物”（《尚书》），鞭挞“网张四面”和“竭泽而渔”（《吕氏春秋》）之类破坏生态的行为。按时而合理地利用自然，以保持生态平衡的主张，即古人的生态伦理，也是圣人的道德标准。王维的好生之德是：不仅不网，而且不钓。这种超越古之圣人的关爱生命的理念，是佛家“同体大悲”的悲愿深心。敬畏生命，不要随意虐待和伤害生命，与所有生灵和谐相处，万物与我并生。王维诗中所表现出来的生态伦理观，对调谐现代社会人与自然的关系，克服现代文明的负面影响，克服过度追求物质的贪欲而造成的消费上的挥霍性和恣意性，遏制当下竭泽而渔、杀鸡取卵的开发行为，涵养环境资源，具有很好的疗救意义。

《白鼋涡》写于诗人隐居南山时，其中“白鼋涡涛戏濑兮，委身以纵横”二句，借白鼋以自写，如白鼋之戏濑，俯仰自如，无拘无束，譬如自身之远离浮华而我适自然，这正体现了庄禅委顺自然、适意人生的态度与境界。而从生态的意义上来说，其实就是消解个我的物种优越感，就是忘怀自我，就是把自己混同万物的体验。“主人之仁兮”，即在乎怜悯生物万类，保护生态环境，而方可有“得遂性以生成”的生活方式和生存状态，到达“天人合一”的至高和洽之境界。此诗中所表现出来的生存智慧，非常值得珍视与玩味。

我们读王维的这些诗，根本不存在六朝文人以入世为俗、以出世为高的偏见，而其归隐南山，也真不是自暴自弃。而将此隐，简单地解释为对政治的心灰意懒，有违王维隐之本意。我们更不能轻易地说：王维从此便走上了一条回避现实的道路。

❸ 深恐有负明时

天宝元年（742），玄宗五十七岁，开元盛世已经持续了三十年，李林甫担任宰相已经八年。

是年，王维四十二岁。“谈笑无还期”的王维，隐居不足一年时间，便走出了南山。

天宝年（742年正月—756年七月），共计15年。玄宗朝共有三个年号：登基第一年的年号是先天；第三年改为开元；二十九年后则改年号为天宝。《旧唐书》卷九《玄宗本纪》载：玄宗诏书“天宝改元制”；“（天宝）三载正月丙辰朔，改年为载。”唐玄宗何以要改元呢？唐人杜光庭《历代崇道记》载曰：开元二十九年田同秀上表“函谷宝符，潜应年号”。说是老君赐灵符于函谷，符书有“天宝千载”。玄宗遂改元亦改“年”。宋人谢守灏《混元圣纪》亦载此事，情节类同。《历代崇道记》和《混元圣纪》皆为道书，带有浓厚夸诞的编造色彩。故《资治通鉴》云：“时人皆疑宝符同秀所为。”即指出当时就有人怀疑这是田同秀之辈为了谄媚皇帝而杜撰的道教神话或神秘事件。李唐以道教立国，武后为了政治需要则以佛教制约道教。玄宗就曾多次亲自导演太上老君降世的好戏，形成了举国崇拜道教的狂热氛围。

李白也正是在道教的狂热中奉诏入京的。

王维为什么也在此时出山了呢？

有人说王维此出是因为没有了经济来源。这显然是想当然的皮相之见，以常人之心而度高人之腹也。王维有《赠从弟司库员外绿》诗云：

少年识事浅，强学干名利。徒闻跃马年，苦无出人智。
即事岂徒言，累官非不试。既寡遂性欢，恐招负时累。
清冬见远山，积雪凝苍翠。皓然出东林，发我遗世意。
惠连素清赏，夙语尘外事。欲缓携手期，流年一何驶！

于诗中可见，王维的心理很矛盾，其思想斗争也很激烈，处于两难境地而作“欲缓”之选择。诗共十六句，分为前后两部分。前八句说：少年气盛时不谙世事，为求取功名吃尽辛苦。尽管自知没有超人才干，几欲归隐而“遂性欢”，却怕有负明时而招人蜚语。诗的后八句，表达自己进退维谷的内心挣扎，其忧谗畏祸的心情溢于言表。据考，此诗当写于天宝十年左右，距王维此隐出山要晚十年，但其中所表述的思想与心态则是相同的。

我们完全可以这样理解：王维之出山向阙，是其“恐负时累”的思想占了上风。纵观王维一生，其处事不执着，不刻意，不迷狂，无为而无不为，天如何人亦如何。根据王维年谱考，其《赠房卢氏琯》写于开元二十一年左右，

其中提出“达人无不可，忘己爱苍生”的思想。也就是说，王维早在其未擢右拾遗前就已经是以此思想支配自己行为的。诗所赠之房琯乃何许人也？房琯时任虢州卢氏令，后曾为玄宗、肃宗两朝宰相。王维此诗赞房琯政多惠爱，一片安居乐业的景象：“浮人日已归，但坐事农耕。桑榆郁相望，邑里多鸡鸣。”诗人特别欣赏其治下，一无争讼，社会和谐，“萧条人吏疏，鸟雀下空庭”。此诗以“达人无不可，忘己爱苍生”二句开篇，如同论文之撰写，先以提出中心论点，再出以论据而进行论证。所谓“无不可”，语出《论语·微子》。孔子讨论道德价值观，将历史上有名的隐士分成三类：一是“不降其志，不辱其身”；二是“降志辱身矣，言中伦，行中虑”；三是“隐居放言，身中清，废中权”。孔子自云：“我则异于是，无可无不可。”所谓“无可无不可”，《孟子·万章下》解释说：“可以速而速，可以久而久，可以处而处，可以仕而仕。”意思是凡事随机应变，顺天应理，得时则可，没有什么非这样不可，也没有什么非不这样不可的。王维认为，唯有“达人”，方可“无可无不可”，即进退得失而无所不宜；而唯有天下为公且爱恤百姓者，方可谓之为“达人”。王维这样的“为政观”，还有如“心在苍生”“薄赋省役”等类似表现。

其实，“无可无不可”也正是南宗禅理的核心。佛禅认为，众生病根在于无明，无明如乌云遮蔽了智慧的阳光，故而生成各种妄想和执着。所谓执着，是指片面而孤立地理解并固执事物的妄情和妄想。执着的原因，是人之占有心太强，务贪必得，把外相看得太过真实，不知一切皆缘起性空的道理。王维倾心南宗之后，以“无住”“无念”的破执思想，而求“达人”境界，绝去执着与妄想，顺逆无碍，得失无心，一切随缘而动，无可无不可。因此，王维于仕隐，无可无不可，身性自如，高蹈自在，仕即为隐，隐亦即仕。王维消释了仕隐两极对抗的形态，不执着入，也不执着出，身拖朱绂而浪迹山水，在官不仅可以安命，亦同样可养心成隐，身在欲海而不为人欲所累也。“达人无不可”之“达人”，是否便是一种夫子自道呢？

九

宠辱无心

王朝改元，开新纪元。

王维复出后，由殿中侍御史转左补阙，由御史台转为门下省。他一边斡旋官场人事，操持政事；一边经营蓝田别墅，修习佛道。

不邀宠于上，不干功于下，王维的人缘极好，上层社会朋友尤多，然而，却与李白没有来往。

王维生存智慧里有个“身心相离”说，“苟身心相离，理事俱如，则何往而不适？”（《与魏居士书》）。故而，他超绝尘世的通达，心无波澜，去留无意，亦萧然无事，身在朝廷，而如在山林。

王维消释了非仕即隐的对抗，仕即隐而隐亦仕。

王维亦消解了宠辱两极的反差，宠不惊而辱不怨。

❶ 凭什么让李白看不起

公元742年正月，大唐改元天宝。改州为郡，改刺史为太守。

是年春，王维自隐居地终南山复出，官左补阙，时年四十二岁。

是年春，李白终于奉诏进京，诏令为翰林供奉，或曰翰林待诏，似无品职。李白也是四十二岁。

天宝元年（742）秋，李白得玉真公主的推荐，受诏进京。这是李白的二次入京，是“仰天大笑”着走来的。他满以为此行能够像管仲、张良、诸葛亮那样干一番大事业。然而，却在天宝三载（744）被“赐金放还”，被变相地撵出了长安。

李白于“翰林”之任职，还真不是个什么官儿，充其量是个享受一定待遇的、临时工性质的应召文士。他自称“翰林供奉李白”（《为宋中丞自荐表》）；《旧唐书·文苑传》说其为“供奉翰林”；《新唐书·文艺传》说其“与筠俱待诏翰林”。“翰林供奉”或“翰林待诏”，而非“翰林学士”也。虽然都是“翰林”，却有云泥之别也。翰林学士，乃朝廷重臣，皇帝的私人秘书和政治顾问，被称作“天子私人”，主要从事政治决策、政治顾问与负责皇帝诏书起草的工作，直接参与国家重大事务的决策工作。唐代中期，翰林学士往往十之八九是宰相的预备人选，所以被称之为“内相”。而李白在长安期间，虽得玄宗特别礼遇，却绝非政治重用，其润色王业、应景诗赋的工作性质与政治无关，因此也没有什么政治地位，更不可能在政治上发挥什么作用。晚唐所撰《松窗录》载，唐明皇与妃子赏花，“帝曰：‘赏名花，对妃子，焉用旧乐辞为！’遂命李白作《清平调》辞三章，令梨园弟子略扶丝竹以促歌，帝自调玉笛以倚曲。”《旧唐书》本传亦载：“白既嗜酒，日与饮徒醉于酒肆。玄宗度曲，欲造乐府新词，亟召白，白已卧于酒肆矣。召入，以水洒面，即令秉笔，顷之成十余章，帝颇嘉之。”可见，李白与李龟年的工作性质也没有多少本质区别。这些“待诏”“供奉”的“翰林”，或为文词高手，或为饱学之士，甚至还有卦者巫师、道士僧人、吹拉弹唱的民间艺人，平日聚于翰林院里，随时应召，陪侍皇帝从事文艺游赏之事。他们或许也有接近皇帝之便，偶尔被询问一些政治或民生方面的问题，甚至让他们起草一些并不重要的文书，这纯属临时差遣。事实上也有一些才华出众而表现优秀的文士待诏，逐渐在仕途上发展起来，而具有了政治身份，但这是极少的，李白不在其中。

李白虽贵为“翰林待诏”，而骨子里仍是个布衣。傅璇琮先生在《翰林供奉》的文章中就曾指出：“尽管历史上记载唐玄宗对他如何宠遇，却始终不给他一个官衔，实际上只不过把他当作一个陪同宴游的侍者。由此，我们确可认定，李白一生，始终是一个布衣，这倒是李白可以引自傲的。”[1]唐玄宗根本就没有想在政治上用李白，李白在长安一年多的时间里，没有担任过任何官

[1]傅璇琮：《翰林供奉》，《文史知识》2001年第10期，第63页。

职，想必就是领取一定的待诏俸禄而已。所以李白请求回家隐居，唐玄宗即准予，也没有通过吏部的手续。放行李白，就像放行其他翰林院中的僧道术士一样而没有什么本质的区别。因此，李白此来京师，只是被玄宗当高级倡优使了一回。李白离长安与杜甫会见于洛阳。不久李、杜与高适同游梁、宋。李白自天宝三载被逐出京师，便再也没有挨近过朝廷一步，而成为浪迹于汴梁、齐鲁、江浙、燕赵等地的浪人。

李白自天宝元年秋进京，到天宝三载春出京，时间不足两年。此时王维官左补阙，一直在京，真个是低头不见抬头见的，然而，二人竟然就没打过一个照面。不仅他们各自的诗中无一字提及对方，王维与李白共同的朋友如孟浩然、王昌龄、高适、岑参、杜甫等，他们的诗中也从未提及王维与李白的关系。史书上也没有一点点关于二人交往或同在一个场合的记载。

李白与王维，最有可能见面的有两个机缘。

其一，二人曾同时侍从玄宗去温泉宫。王维与李白二人各自都有以侍从玄宗幸温泉宫为题材的诗。《旧唐书·玄宗纪下》（卷九）载：

冬十月（壬申朔）丁酉，幸温泉宫。辛丑，改骊山为会昌山，仍于秦坑儒之所立祠宇，以祀遭难诸儒。新成长生殿名曰集灵台，以祀天神。十一月（壬寅朔）己巳，至自温泉宫。

十月丁酉日为二十六，十一月己巳日为二十八，也就是说，玄宗幸温泉宫前后历时33天。而王维与李白侍从随行，或者就住在同一单元里，有的是见面的机会。李白诗《侍从游宿温泉宫作》云："羽林十二将，罗列应星文。霜仗悬秋月，霓旌卷夜云。严更千户肃，清乐九天闻。日出瞻佳气，葱葱绕圣君。"王维的《和仆射晋公扈从温汤》诗，似乎也写于同时，写同一事件。从诗题看，这是李白自己主动写的歌功颂德之作，是"自说自话"的一般性的颂诗，而不是应制诗。李白没有具体的官职，似乎不大好参与应制类的创作，故而他平生没有什么应制诗。王维职别虽然不高，左补阙，从七品上，大小是个有级别的官儿，而且是个近身皇帝的官。王维与皇帝玩诗，每每需要加上个"应制"，应制也即成为其工作的一部分内容。他还需要不时地应付朝中大臣们的诗歌活动。

其二，天宝二年（743），王昌龄进京，李白与王维同在长安，应该有相见的机会。王昌龄是王维的族兄。王昌龄与王维、王缙、裴迪集长安青龙寺昙壁上人院，共赋诗。王维《青龙寺昙壁上人兄院集》诗前序言："时江宁大兄持片石命维序之，诗五韵，座上成。"按常理，王昌龄与王维同游，是很有可能也带上李白的。王昌龄与李白交好，情性甚为相投。李白与王昌龄巴陵分手时，王昌龄有"山长不见秋城色，日暮蒹葭空水云"（《巴陵送李十二》），以写其无尽怅惘。后来王昌龄贬官龙标（今贵州省锦屏县隆里乡）尉，李白则有"我寄愁心与明月，随风直到夜郎西"之寄，而深情表白。不过，王昌龄此行长安，竟然也没有与李白会面的记录。

王维与李白，同为盛唐顶级诗人，均有广泛而十足的知名度与影响力。李白开元十八年前后和天宝初两时间段在京城活动，王维应该也都在长安。然二人却没有任何的联系，甚至连打个照面的记录都没有，这委实让人匪夷所思。然有学者曝惊人之语曰：二人所以无交往，是李白对王维不屑一顾，王维也不够资格与李白交往，"无论从哪方面而言，开元十八年前后的王维，都是无以与孟浩然和李白并论的。"[1]此言从何谈起？真不知道持论者是何价值标准，且又有何根据？李白凭什么看不起王维？进士出身的朝廷命官，"第一代京城诗人的核心人物"（宇文所安语），王公大臣争相邀宴的上层社交圈红人，怎么就让一个流浪诗人李白所看不起呢？李白最引为骄傲的待诏翰林，也不过是一时走近了皇帝，却始终没有改变其"布衣"的性质。"二十世纪最有才气的中国文学史家"[2]刘大杰先生精辟概括说："李白的一生是最平凡的，也是最不平凡的。所谓最平凡的，他一生没有做过一点正经事；所谓最不平凡的，他是什么事也做过，什么生活也尝过。那最平凡的生活，使得他不能成为廊庙之器，但是那最不平凡的生活，使得他成为最伟大的诗人。"[3]李白心比天高，目空一切，无端夸大了自己的辅弼才能，满以为能够"申管晏之谈，谋帝王之术"，倒不是自己的天纵诗才。平心公允地说，以当时的社会地位和在京城文化圈中的影响来看，王维也真不是个随便让李白"不屑一顾"的平庸之辈。姑且承认"李白看不起王维论"是对的吧，那也是无法解释李王无交之现象的。李白可以因为看不起王维而不愿与之交往，但却找不到李白有什么"看不起"的表述，也找不到王维有什么"被看不起"的表述，譬如白居易就曾写诗给韩愈责问他为什么看不起自己。李白王维他们各自的文字里没有任何互为关系的反映，他们同时代的任何第三者的文字里也没有任何李王关系的记录，

[1]王辉斌著：《王维新考论》，黄山书社2008年版，第94页。
[2]陈尚君：《转益多师》，上海辞书出版社2015年版，第85-107页。
[3]刘大杰：《中国文学发展史》，百花文艺出版社2007年版，第242页。

唐人的任何文献史料，包括野史笔记里都没有二者同游、同在或同列的蛛丝马迹的信息。如果仅凭主观臆说，武断作判，那是无论如何也难以让人采信的。

王维与李白之间没有任何交往，一丁点的联系也找不到，这真是个谜。我们情知不能圆说，还是存谜吧。然而，无论是什么原因，却不可能是因为李白看不起王维这个原因的。

❷ 未必想傍李林甫

王维走出了南山，由殿中侍御史转左补阙，工作性质由监察纪检、弹劾敦促，一变为掌供奉讽谏、扈从乘舆，进入了中央决策机关，在皇帝身边工作，成为宰相的跟班。《新唐书·百官志二》：左补阙属门下省，右补阙属中书省。杜甫诗《奉答岑参补阙见赠》中就曾羡慕左补阙岑参，而有“君随丞相后”句。

王维写有一首酬和宰相李林甫的诗，题为《和仆射晋公扈从温汤》。诗题下自注：“时为右补阙”。许是“左补阙”之误。其诗云：

> 天子幸新丰，旌旗渭水东。寒山天仗里，温谷幔城中。
> 奠玉群仙座，焚香太乙宫。出游逢牧马，罢猎有非熊。
> 上宰无为化，明时太古同。灵芝三秀紫，陈粟万箱红。
> 王礼尊儒教，天兵小战功。谋猷归哲匠，词赋属文宗。
> 司谏方无阙，陈诗且未工。长吟吉甫颂，朝夕仰清风。

此为“奉和”诗，而李林甫的原诗没有保留下来。《全唐诗》仅收李林甫诗三首：《奉和圣制次琼岳应制》《秋夜望月忆韩席等诸侍郎因以投赠》《送贺监归四明应制》。因为李林甫史上名声太坏，历来被以佞臣视之，尤其被说成文士名流公认的敌人，而与奸相唱和者，自然也不是好人，即有论者苛求王维，认为其和诗奸相，是一种巴结与图谋。入谷仙介却不这么看，他认为：“仅凭和晋公的这首诗就断定王维阿谀、追随当时的权力者，是过于苛刻了。置身于险恶官场的朝臣，免不了要进行类似的应酬，王维这样做也是为自己的仕进考虑，他主动讨好权力的痕迹，仅此而已。如果王维真为仕进而全力以赴去巴结权贵的话，他恐怕很快就会显身扬名了。事实上他的名声和文学才能，对李林甫并非不需要。”[1]在宫廷生活中，君臣官僚间的唱和是平常得不能再平常的事。如果从政治动机上来分析，而脱离了具体的语言环境则大有苛责之嫌。何况，王维以诗酬和，属于被动出诗，而非主动性的献诗。宋人葛立方在《韵语阳秋》中批评高适说：“唐明皇时，陈希烈为左相，李林甫为右相，高适各有诗上之，以陈为吉甫、子房，以李为傅说、萧何，其比拟不伦如是。”葛氏又说：“上陈诗云：‘天地庄生马，江湖范蠡舟。逍遥堪自乐，浩荡信无忧。’则无意于依陈。上李诗云：‘莫以才难用，终期善易听。未为门下客，徒谢少微星。’则有意于干李。”天宝八载（749），高适因人举荐而道科中第，授封丘县尉，主动献诗二乐府《飞龙曲》，一献左相陈希烈，一献右相李林甫。其《留上李右相》中写道：“傅说明殷道，萧何律汉刑。钧衡持国柄，柱石总朝经。隐轸江山藻，氛氲鼎鼐铭。兴中皆白雪，身外即丹青。”高适将李林甫比为殷商傅说与西汉萧何，且多才多艺，精通诗赋铭文与音乐书画。说自己感恩之至而难以安枕：“恩荣初就列，含育忝宵形。有窃丘山惠，无时枕席宁。”高适《留上陈左相》诗，也是满纸谀辞，极尽溢美之能事。陈希烈也是个史上没有好评的人物，玄宗朝相，后与张垍、达奚珣投安禄山同为伪相，至德二载（757）岁末赐死于家中。高适主动献诗二奸相，却极少被研究者所提起，而被动和诗的王维，竟让人无端苛评，甚至说成是人品、气节的问题。张九龄和李林甫的诗则更多，那怎么解释呢？如《和吏部李侍郎见示秋夜望月忆诸侍郎之什其卒章有前后行之戏因命仆继作》《咏燕》《庭梅咏》等。文学研究不能政治化狭隘推演，也不应简单化直线思维。何况辨识现实政治中的贤恶忠奸，绝非后人读史书那么一清二楚。即便是盖棺定论的历史，也有不断翻案的反复。我们不妨就诗而论诗，看看王维是否也想巴结奸相？

此诗写于天宝三年（744）。李林甫开元二十二年（734）为相，开元二十四年（736）挤出张九龄而专权独揽朝政。也就是说，王维写此诗时，其已为相十年，是其执政的稳定期，也是唐王朝的繁盛期。李林甫为相十九年，也确实有其处理政事、控制时局的特殊才能，唐代宰相走马灯似的换，能在相位上三五年的真不多，也有为相几个月就被贬走的。《旧唐书》曰：“林甫性沉密，城府深阻，未尝以爱憎见于容色。自处台衡，动循格令，衣冠士子，非常调无仕进之门。所以秉钧二十年，朝野侧目，惮其威权。”《新唐书》也说他“动循格令”，百官迁除，因循法典。史上的李林甫是个法律专家，或者说

[1]入谷仙介：《王维研究》，第66页。

是个倚重法治的宰相。李林甫依法办事，完善立法，对于稳定天宝秩序其作用是显见的。734年李林甫奉命修订整理全部法典，737年秋向全国颁行，即《格式律令事类》40卷。“这证明是一次非常重要的法律修订，因为这是唐代最后一次系统地重编全部法典的活动。这次制定的法典实行的时间特别长，因为它一直到14世纪初都保持着权威性，虽然其间作了若干较次要的校订。”[1]另一重要的行政法典《唐六典》，也成于李林甫掌权的最初几年，739年编成颁布。“它在一个多世纪中一直作为一部最方便的权威性的行政法提要而被人使用，甚至在它阐述的许多制度发生了很大的变化或机构被新官署代替后也如此。”李林甫还改革兵制，建立节度使统率的边境藩镇体制，他与牛仙客等重臣都遥领重要的边镇。“新的兵制为中国提供了对付外来威胁的极为有效的防御。在李林甫掌权的初期，邻近的最强大的两个民族吐蕃和契丹被打败并处于守势。同时突厥汗国也覆灭。”[2]他还成功地处理了关中粮食的老大难问题。他在“行政上也取得了显著成功。他的行政改革使帝国政府的运转比以往更加顺利和有效率。他的政权是繁荣的，对外敌连续取得辉煌的胜利。……官僚中的儒家学者被精心地排斥而不能担任任何有真正权势的职位。但尽管如此，李林甫和牛仙客掌权的六年总的说是朝廷的安定期。”[3]因此，王维诗如“上宰无为化，明时太古同。灵芝三秀紫，陈粟万箱红。王礼尊儒教，天兵小战功”，歌颂宰辅佐施之功，歌颂盛世大治，也非全是谀辞溢美之词，似乎还是比较实事求是的评价。

和诗中“谋猷归哲匠，词赋属文宗”二句，前句夸其善宰朝政似还比较恰如其分，而后句说其文才出众则大有阿谀之嫌。可以肯定的是，李林甫的词赋水准不会太高。《旧唐书》《新唐书》《资治通鉴》等，几乎所有史料都“众口一词”说他“素寡学术”，甚至抓住了他读白字的细节来败坏他，“自无学术，仅能秉笔，有才名于时者尤忌之。而郭慎微、苑咸文士之阘茸者，代为题尺”（《旧唐书》）。“林甫无学术，发言陋鄙，闻者窃笑”（《新唐书》）。其实，诸多对李林甫粗鄙不文的记载也不可全信。《旧唐书·李林甫传》也有“林甫善音律”之说。李林甫出身丹青世家，伯父即是著名画家李思训，《历代名画记》卷九说林甫“亦善丹青，高詹事与林甫诗曰：‘兴中皆白雪，身外即丹青。’余曾见其画迹，甚佳。山水小类李中舍也。”高詹事即盛

---

[1][英]崔瑞德主编：《剑桥中国隋唐史》，中国社科院历史阶译，中国社会科学出版社2007年版，第375页。

[2][3]《剑桥中国隋唐史》，第379页，第381-382页。

唐诗人高适。王维在诗的最后写道："长吟吉甫颂，朝夕仰清风。"诗用熟典，出自《诗经·大雅·烝民》"吉甫作诵，穆如清风。"周代贤臣尹吉甫，作歌赞美周宣王"任贤使能，周室中兴"。后人多用以喻宰辅颂君之作。王维将《扈从温汤》诗比作吉甫颂，扣住和意，虽属于礼节性的"套话"，应该说还是比较妥帖的。高适也曾以"能为吉甫颂"（《留上陈左相》）来颂陈希烈。

和诗"司谏方无阙，陈诗且未工"二句，前句恭维，说李林甫为相无为而治，朝政"无阙"可由谏官批评的，自己也闲来无事；后句自谦，说自己诗艺不高，和诗没有写好。其中"司谏方无阙"有两层含义，一是确实没有什么可说而说不出什么；一是并非没有什么可说而不敢说什么。我们以为，二者都有。《新唐书》有云：

> 林甫居相位凡十九年，固宠市权，蔽欺天子耳目，谏官皆持禄养资，无敢正言者。补阙杜琎再上书言政事，斥为下邽令。因以语动其余曰："明主在上，群臣将顺不暇，亦何所论？君等独不见立仗马乎，终日无声，而饫三品刍豆；一鸣，则黜之矣。后虽欲不鸣，得乎？"由是谏争路绝。

这就是非常有名的"立仗马"之论，意思是：你想做官保官升官吗？请你管好你的嘴巴。李林甫"杜绝言路，掩蔽聪明，以成其奸；妒贤嫉能，排抑胜己，以保其位；屡起大狱，诛逐贵臣，以张其势。"（《资治通鉴》）被其迫害冤死者中包括左相李适之、淄川太守裴敦复及北海太守李邕。朝廷笼罩在高压与恐怖的气氛中，大臣们噤若寒蝉。据说，连安禄山这样的恶人见了李林甫都不寒而栗，腿肚子不由自主地打颤。王维和诗于天宝三年，此时还"没有在官僚集团内进行任何清洗"，即尚不在李林甫白色恐怖的执政后期。然而，就王维本身而言，也缺少犯颜直谏的奋不顾身精神。观其一生，他虽没有什么投机钻营的劣行，而却有惜身爱命的退让与圆通。因此，严格地说他是不适合放在谏官位置上的。中国的谏官制度，类似西方的反对党。台谏这种中国特色的"代表公议"形式，用以检讨与批评当权者。谏言畅通，成为政治清明的一个重要标志。宋朝的苏东坡，其精神气格就与王维截然不同。熙宁变法初期，王安石变法，严格控制言论，清除台谏，谁反对就打压谁，擅自罢黜言官，元老重臣如韩琦、富弼、吕晦、司马光、程颐等纷纷都因谏言而丢官被逐。如此险情之下，苏东坡也毅然挺身而出，上神宗万言书，奋不顾身地劝皇帝废除新法。苏东坡认为："台谏所言，常随天下公议。公议所舆，台谏亦舆之；公议所击，台谏亦击之。"意谓：发挥监察机构作用，就是为民请命，天下为公。"夫弹劾积威之后，虽庸人亦可奋扬；风采消萎之余，虽豪杰有所不能振起。臣恐自兹以往，习惯成风，尽为执政私人，以致人主孤立。纪纲一废，何事不生……是以知为国者，平居必有忘躯犯颜之士，则临难庶几有徇义守死之臣。若平居尚不能一言，则临难何以责其死节？"[1]苏轼针对时政，有为而发，激切感愤。钟惺评曰："东坡之文似战书。"一连三次上书，苏东坡终于付出了沉重的代价，被逐出了朝廷，外放到杭州做了一个微不足道的通判小官。而王维诗云"司谏方无阙"，应该说也有不作为的推诿成分，或不敢作为的畏惧心理。

王维自谦"陈诗且未工"。话外之音是：此和诗非我主动所为也。事实上此诗亦乃王维诗中的平庸之作。王维奉命而作，违心周旋，虽非通篇客套话，满纸虚词，却堆砌熟典，一无生气。不过，仅凭此诗而便说王维欲高攀李林甫，则真让其蒙受不白之冤也。

❸ 当代诗匠以诗取友

走出南山，一晃就是五六年过去了，已到天宝五载（746），迁侍御史，从六品。

是年，陈希烈为相；安禄山兼任御史大夫，不久得出入禁中。

是年，杜甫入长安。翌年，杜甫第二次落第，也把责任归咎李林甫，说他玩弄天下举子，致使无一人及第，而表贺"野无遗贤"。从此，杜甫困居长安十年。

王维的第三次出使，在时间上有争议。我们以为放在天宝六载（747）时比较合适。

据年谱，天宝六载王维迁为库部员外郎，从门下省转兵部。尚书省二十四司置员外郎一人，为各司之次官，库部员外郎主管武库等事，仍然是从六品。此期间，王维曾奉命第二次出塞，是为王维的第三次出使，出巡北部边

[1]苏轼：《苏轼全集》，上海古籍出版社2000年版，第1142–1143页。

塞重地榆林、新秦二郡。其《新秦郡[1]松树歌》云：

青青山上松，数里不见今更逢。
不见君，心相忆，此心向君君应识。
为君颜色高且闲，亭亭迥出浮云间。

其《榆林郡[2]歌》云：

山头松柏林，山下泉声伤客心。
千里万里春草色，黄河东流流不息。
黄龙戍上游侠儿，愁逢汉使不相识。

此二歌诗，婉曲清古，意尤悽切。王夫之评曰："真情老景，雄风怨调"（《唐诗评选》）。无论是写戍卒，还是咏松树，皆多怨意。看来，王维此番出使的心情未必太好。这与其久不升迁是否有些关系呢？

王维虽非当朝红人，而为一流名人则是肯定的。如果他也能够学会钻营，而其职位自不会于五六年间里只能是平行调动的。天宝六载（747），王维赠诗苑咸，题为《苑舍人能书梵字兼达梵音皆曲尽其妙戏为之赠》：

名儒待诏满公车，才子为郎典石渠。
莲花法藏心悬悟，贝叶经文手自书。
楚词共许胜扬马，梵字何人辨鲁鱼。
故旧相望在三事，愿君莫厌承明庐。

苑咸，何许人也？李林甫的书记官，亦即史称为李林甫"代为题尺"者。此人时任中书舍人，兼郎中，正五品，兼管中书省事务，参与机密，起草诏书。不能因为苑氏是李林甫的秘书，就肯定不是个好人，就肯定有什么不光彩处，即便是有什么劣迹记录，也不该因后世评价而废其人其才。从诗的题目看，其人多才多艺，精书通梵，其对佛经悟性很高，且能熟练地用梵文撰写，诗赋水准定非一般。此诗还给我们两点印象，其一，苑氏还是个平易的人，没有什么倨傲而不可近的做派；其二，二者关系不错，不仅是同僚，而且是"故旧"与"同舍"，似乎还是常来常往的文友。因此，诗之出言也比较轻松，甚

---

[1]新秦郡，今神木县，位于陕西省北部，秦晋蒙三省（区）接壤地带，唐开元十四年置新秦郡。

[2]榆林郡，领有榆林、富昌、金河三县，辖境约今之内蒙古自治区准格尔旗、土默特左旗、土默特右旗及托克托县。贞观四年废郡设置了胜州。天宝、至德时改胜州为榆林郡。

至比较随便，王维“戏”苑咸说：老朋友啊，你只要尽职做好现在的工作，就有位至三公的希望呀。

苑咸得诗，即以《酬王维》酬答，诗云：

莲花梵字本从天，华省仙郎早悟禅。
三点成伊犹有想，一观如幻自忘筌。
为文已变当时体，入用还推间气贤。
应同罗汉无名欲，故作冯唐老岁年。

诗前附序云：“王员外兄，以予尝学天竺书，有戏题见赠。然王兄当代诗匠，又精禅理，枉采知音，行于雅作，辄走笔以酬焉。且久不迁，因而嘲及。”苑咸盛赞王维在诗歌上的贡献与地位，非常欣赏他虔诚奉佛、淡泊名利的向善态度。王维“戏为之赠”；而苑咸则以“嘲”酬。二人的诗，均是调侃的口吻，然语调友善，很有分寸。虽然是“戏”是“嘲”，不失幽默，但是，互相之间的赞语却很真诚，也很恰如其分：王维夸苑咸“楚词共许胜扬马”；苑咸赞王维“当代诗匠”，“为文已变当时体”。二者的朋友关系，建筑在互为欣赏的基础上，各自充分肯定对方的技艺与成就，也毫不吝惜盛赞之词。王维赠诗，不要说是让苑咸敏感，一般人都会这么去想，这是一种“暗示”吧。故苑咸酬诗中把问题挑明，似也暗示对方愿出援手。

于是，王维又有了《重酬苑郎中》，其诗云：

何幸含香奉至尊，多惭未报主人恩。
草木岂能酬雨露，荣枯安敢问乾坤。
仙郎有意怜同舍，丞相无私断扫门。
扬子解嘲徒自遣，冯唐已老复何论。

诗前也有一段小序：“顷辄奉赠，忽枉见酬，叙末云：‘且久不迁，因而嘲及。’诗落句云：‘应同罗汉无名欲，故作冯唐老岁年。’亦解嘲之类也。”此诗调侃味更浓，可以想见赠酬二者的关系，也可见二者各自的性情、品格以及艺术造诣。王维重酬之诗，句句含有“解”意：我能够在君王身边混到个言官，已非常知足了，时常为没能尽职报恩而深感惭愧。至于说我不能升迁则是我自己的能力问题，岂敢抱怨朝廷而怨天尤人呢！非常感谢阁下对我的同情与送官美意，丞相却是不徇私情而禁绝请托的，何况扫雪相门这种老脸厚皮的事，我是做不出来的。我赠诗阁下，纯属私人交谊，是艺术上的交流与切磋，朋友归朋友，工作是工作。今又有此"重酬"诗，也无非是解嘲而已，已老冯唐还有什么升迁奢望呢？王维之重酬，格调高雅而洒脱，表述委婉而周密，"中间意绪转折太多，约略一篇文字数百言尽于五十六字中，此等诗最高品也"（顾可久《唐王右丞诗集注说》）。读其诗而思其人，堂堂正正，不卑不亢，更无意于投机取巧，奔竞钻营。真没有为了谋取一官半职而不断诗文干谒的低三下四。送上门来的好事，王维也完全可顺得其引而要得官来，但是他却不领此送"官"者的情而婉言拒引。这在唐诗中是极其罕见的，故乃诗之"最高品也"。然而，王维虽羞于要官，更不屑于跑官，但不等于不想仕进。因此，其赠诗苑郎中，绝非没有一点援引之想的，只是不露声色耳，或说没有这么露骨罢了。王维与中书舍人兼郎中苑咸之间的酬答诗，是研究王维思想、人品以及其当下状态的可靠资料。

天宝七载（748），王维官品由库部员外郎而迁库部郎中。王维此迁，似乎多少与苑咸有些关系。俗话说轮到生日就吃面。"且久不迁"的王维之此迁，乃在情理中，就算是按部就班也该轮到他了。而从六品至从五品，他也只是进步了一点点。如果苑咸真给以全力，王维虽没取悦李相，亦未结恶李相，那就也不应是这个结果了。

王维是个很讲原则的人，选良为朋、择廉为伴，而处事不将私弊夹杂其间。丘为是王维的挚友，天宝初年进士及第，累官至太子右庶子，由前左散骑常侍致仕，寿终96岁。丘为初试落第，王维既深表同情，又有不能援手的自惭，其《送丘为落第归江东》诗云：

怜君不得意，况复柳条春。为客黄金尽，还家白发新。
五湖三亩宅，万里一归人。知祢不能荐，羞称献纳臣。

诗人自谓"献纳臣"，意谓自己有向皇帝进谏和举荐贤良之责。诗的开头一个"怜"字，可谓诗眼，中间两联，分工到位，一句写一怜，将朋友的不得意写得尽情尽状。尾联二句，痛自引咎。"知"字呼应了篇首的"怜"字，并与其因果。末句再接以一"羞"字，情绪由怏怏惜别，转为深深的内疚，再转为郁闷不平，甚至是慷慨激愤。王维把丘为的落第失意，归咎于自己。首句以"怜君不得意"起笔，最后以"羞称献纳臣"接应，而生成识贤却不能荐贤的羞惭与自愧，诗中反用孔融荐祢衡的典故。因此，其诗所表达的不仅仅是惜别之情，还含有内疚、自责、惋惜，并具有对贤才遭弃之政治的愤慨与诅咒。

王维还有一个好友叫綦毋潜，也是个多年交的朋友。开元九年（721），王维才21岁，即写过《送綦毋潜落第还乡》。那诗写得委婉尽致，“反复曲折，使落第人绝无怨尤”（《唐诗别裁》）。结尾“吾谋适不用，勿谓知音稀”二句，译成白话就是：你的才华未被主考官赏识，那是因为没有遇到赏识你的知音。诗人深为友人的落第而深感惋惜与同情，也暗含有对不能任人为贤的社会政治的批判。开元十四年綦毋潜进士及第，天宝初（742）弃官还归江东。于是，王维又有《送綦毋秘书弃官还江东》诗：

明时久不达，弃置与君同。天命无怨色，人生有素风。
念君拂衣去，四海将安穷。秋天万里净，日暮澄江空。
清夜何悠悠，扣舷明月中。和光鱼鸟际，澹尔蒹葭丛。
无庸客昭世，衰鬓日如蓬。顽疏暗人事，僻陋远天聪。
微物纵可采，其谁为至公。余亦从此去，归耕为老农。

全诗二十句，所包含的感情非常复杂，表达也极其宛转蕴藉。诗人摆入自我，拉近心理距离，仿佛是将心比心，劝慰中夹杂着自责与自解。诗中有三处，很值得玩味。起句“明时久不达，弃置与君同”。意谓：我与阁下的遭遇差不多，久官而不得顺迁，都是遭弃置之人。暗含之意：阁下你怀才不遇而忿然东归，我爱莫能助也。中间又云：“顽疏暗人事，僻陋远天聪。”意谓：我愚钝刻板，学不会官场的那种政治权术，尤不擅处理人事，虽在官场而处于僻远，更不懂如何高攀而走近皇上。暗含之意：我自顾不暇，无能力以助人。最后“余亦从此去，归耕为老农”二句，意谓：我自己也想如阁下那样，辞官归耕而做一老农。暗含之意是：虽身在“昭世”，却无公正可言，不是我不出援手，我所能够做到的就是归耕务农，以此来表示对您的声援与赞助。整个一诗，如怨如慕，无奈无聊。总的一句话是：我自身难保，希望阁下多多理解。

綦毋潜临行前，王维又赠诗《别綦毋潜》。诗中“盛得江左风，弥工建安体”二句，对朋友予以极高评价，前句写其人风流倜傥，后句说其诗学崇尚。最后“荷蓧几时还，尘缨待君洗”二句，意谓：老友呵你此归隐居几时回还，（此归也好）在京师嚣尘之地沾污的帽带也正需洗涤。

读王维的这些诗，总感到他有一种别样的痛苦，而且仿佛是在忏悔什么，仿佛是在洗刷自己。王维为什么要反反复复地自解自责呢？他是深怕朋友怨于己而罪于己吗？在别人眼中，王维此时官左补阙，虽职位不高，却也出入

于中央机关，在宰相、尚书身边工作，似乎举人一官半职也没有多大的困难。也就是说，王维举人客观上也是可能的。然而，王维是个随缘任运的人，明哲保身，不懂钻营，清高自守而不善求人，“应同罗汉无名欲”，自己对自己的政治前途尚且不负责任，要叫他为别人的升迁而有太大的作为，那也是不实际的。这是王维自身个性所决定的。故而，王维便多主观上的自责了。应该说，王维待朋友是极其真诚的。储光羲也是王维的好友，二人的关系更非一般。储光羲《同王十三维偶然作十首》诗中自写其为人道：“见人乃恭敬，曾不问贤愚。虽若不能言，中心亦难诬。”储光羲是开元十四年（726）的进士，与崔国辅、綦毋潜同榜；其诗上承陶渊明，下开范成大，堪称古代三大田园诗人之一。苏辙之孙苏籀说其诗“高处似陶渊明，平处似王摩诘”（《栾城遗言》）；明人胡应麟说“储光羲闲婉真至，农家者流，往往出王、孟上”（《诗薮》）。储光羲仅小王维约五六岁，却谦称门生，其诗酬王维云：“门生故来往，知欲命浮觞”（《答王十三维》）。王维也非常爱重储光羲，其《待储光羲不至》写道：

重门朝已启，起坐听车声。要欲闻清佩，方将出户迎。
晚钟鸣上苑，疏雨过春城。了自不相顾，临堂空复情。

储光羲要来家作客，主人大早就做好了一切准备而迎候在堂前，忽起忽坐，焦躁冲动，一有动静即迎出户外，然左等右等而不见客至，在坐立不安中白等了一天，等来的是“晚钟”，等来的是“疏雨”。晚钟声声，敲打出诗人的惆怅；疏雨霏霏，打湿了诗人的热情。自知朋友今天肯定不会光顾，却依然空守于堂前而深陷于枉自多情的等待中。王维就是这样待朋友的。王维存诗四百余首，写朋友关系的几占半数，其诗中对朋友的真诚，千载之下，犹感人至深也。

当代诗匠，似以诗取友也，工作归工作，朋友归朋友。

十

巅峰时段

天宝改元至安史之乱前，是王维诗歌创作的巅峰期。

辋川庄应该是在这个时候经营完成的。王维造就了辋川庄，辋川庄也造就了王维。王维的大批山水诗精品就诞生于辋川庄。

这个时段，王维的日子过得很滋润，没有什么生活上的不快以挠心，也没有什么政治上的麻烦而缠身。

在这个时段里，王维的生活内容不外就是应制、豫游与访友，极其安闲，高度从容。

人道是诗乃闲出来的。闲适雍容的王维，创造出中国特有的山水诗。其诗中的山水禅趣兼具画境，构成恒久艺术魅力的两维，也使中国山水诗进入哲学的层面，创造出高度成熟的诗歌意境，完成了中国诗歌由质实向空灵的趣味转变。

❶ 忙于侍奉与应制

在这段时期，王维有一个特忙的事，那就是应制，其应制诗似乎也集中在此时期，或者说，天宝年间是王维应制诗的丰收年，其存诗中近20首应制诗，绝大多数写于此时期。

天宝元年（742）至天宝四年（745），王维任左补阙；天宝五载（746）

至天宝八载（749），迁库部郎中。742年到749年，由七品上至从五品，基本上属于亦步亦趋的平稳升迁，王维也已经48岁了。因为王维的工作性质，应制诗也成为其工作的一项重要内容。而他的工作性质与他的这些应制诗，无非说明了王维在当时的政治地位与社会影响。

宇文所安说："诗歌是京城名流广泛实践和欣赏的一种活动。"唐代有君臣唱和的风气，诗人中官位高的，差不多人人都有应制诗写作的经历。因为应制诗是君臣之间的文字酬答，其措辞立意，自有其特殊要求。此类诗词藻吉祥，声调响亮，对仗精工，富有富贵气象，而含有颂扬、祝贺、箴规的意义，一般的说，此类诗很难应付，也很少有杰作。而王维则在应制诗的写作上，表现出不同凡俗的诗才。可以非常肯定地说，唐人的应制诗，几无人出其右也。王维娴熟而高超的应制诗写作技巧，也充分验证了宇文所安所说的他自小经受过严格的宫廷诗写作的训练。

所谓"应制"是一个封建政治语词。皇帝的命令，称为"制"或"诏"。唐代皇帝多擅诗，常常在令节宴会的时候作诗首唱，命诸大臣和作，因此，唐代诗人集中有不少"应制"或"应诏"的诗。应制诗的题目，往往标以"奉和"或"奉和圣制"，表示这是和皇帝之作的诗，那是何等的荣耀。也许是因为应制的需要，王维成为天宝年间朝廷重大活动的参与者，在这些活动中充当了侍宴豫游的角色。玄宗几乎每年十月都要游幸温泉宫，百官随行，岁尽方还。王维曾多次扈从唐玄宗前往骊山温泉宫。王维在骊山所作《和太常韦主簿五郎温汤寓目》的唱和，描写笼罩于万道霞光中皇家离宫的壮观和气派。王维因为经常扈从而侍宴侍游，对长安宫苑非常熟悉，其诗中频繁出现大明宫、兴庆宫、望春宫、九成宫、华清宫、曲江等皇家宫苑，诗人多借宫苑美景以颂圣，让我们领略到唐代皇都长安非凡的宏伟。他的这些诗，现场感特别强，叙事雍容严谨，描摹细腻周详，诗中洋溢着盛世气象与骄傲心态。如《大同殿生玉芝龙池上有庆云百官共睹圣恩便赐宴乐敢输即事》诗描写二祥瑞之事，一是兴庆宫大同殿的殿柱上生出玉芝，一是龙池上出现五彩祥云，而天光云影之下，玄宗与侍臣、百僚同庆共欢。王维有几首写三月三的应制诗。三月三，上巳节，重要的祭祀日，也是游春的日子，唐朝极其重视这个节日。王维五排诗《三月三日曲江侍宴应制》写于天宝元年："万乘亲斋祭，千官喜豫游。奉迎从上苑，祓禊向中流。草树连容卫，山河对冕旒。画旗摇浦溆，春服满汀洲。仙籞龙媒下，神皋凤跸留。从今亿万岁，天宝纪春秋。"诗写曲江宴饮的场面，皇帝亲临斋祭，文武百官随从，游赏曲江，舟上摆宴欢庆，场面十分壮观，气氛非常热烈。“祓禊”是个祭祀的仪式。《后汉书·礼仪志》：“是月上巳，官民皆絜于东流水上，曰洗濯祓除去宿垢疢为大絜。”而其《奉和圣制上巳于望春亭观禊饮应制》《三月三日勤政楼侍宴应制》《奉和圣制与太子诸王三月三日龙池春禊应制》等多首，多是描摹皇家春禊活动的雍容气派与长安城四面的风物景致，洋溢着大唐君临天下的豪情。王维应制之作，语多颂圣礼赞之辞，热情而由衷地讴歌那个全盛的时代，再现了风华绝代的盛世皇都，使千年之后的读者仍然能够感同身受，重拾长安宫殿旧日的繁华。

应制诗一般用五七言近体诗作，或律或绝或排，偶尔也有古体歌诗，甚至还有骚体诗，如王维的《奉和圣制天长节赐宰臣歌应制》：

太阳升兮照万方，
开阊阖兮临玉堂，俨冕旒兮垂衣裳。
金天净兮丽三光，彤庭曙兮延八荒。
德合天兮礼神遍，灵芝生兮庆云见。
唐尧后兮稷契臣，匝宇宙兮华胥人。
尽九服兮皆四邻，乾降瑞兮坤降珍。

像这种骚体应制诗是极少见的。王维用骚体诗记录了天长节皇宴活动的盛大场面，表现出盛唐盛世的恢弘气势，也传达出参与者身为大唐臣子的自豪与满足。入谷仙介赞曰：“王维应制诗，正是在贵族社会瓦解之前开放的贵族文学的最后之花。”他主要是从此诗的典故运用来说的。他认为是诗遵循的贵族文学的“规则”，即“文学的问题只能用文学的方法来对待。不能把典故的政治含义、用典者的品行作为问题提出来。对于用典，只能从是否贴切优美的角度来评判。这样的‘规则’，在唐代前半的贵族社会中是得到普遍认可的。”他的意思是，王维此应制诗中所用的典故，是容易被人从政治上来“曲解”的，譬如开篇的两句，典用曹植《洛神赋》“望之皎若太阳升朝霞”与宋玉《神女赋》“极服妙彩照万方”，这是“不适合于挑剔文字的政治高压环境”[1]的。

王维应制诗的代表作《奉和圣制从蓬莱向兴庆阁道中留春雨中春望之作应制》，沈德潜极为推崇，说其“应制诗应以此篇为第一”（《唐诗别裁》卷

[1]入谷仙介：《王维研究》，第315-318页。

十三）。其诗云：

渭水自萦秦塞曲，黄山旧绕汉宫斜。
銮舆迥出仙门柳，阁道回看上苑花。
云里帝城双凤阙，雨中春树万人家。
为乘阳气行时令，不是宸游重物华。

潇潇春雨中漫步于从大明宫通向兴庆宫的阁道上，王维扣住题目中的“望”字去写，写“雨中春望”，写由阁道中向西北眺望所见的景象。回笔写“春望”，才以“回看”而“出题”，而有“銮舆迥出仙门柳，阁道回看上苑花”之描写。诗视线越过长安城，而复将城北地区的形胜尽收眼底，描写由远景渐变至近景，诗笔由宫苑延伸至民居。其中最精彩的是颈联：“云里帝城双凤阙，雨中春树万人家。”这两句仍为“回看”之景：帝城之内高高翘起的凤阙，因为云遮雾绕的作用，仿佛在凌空盘旋；攒聚的万家与茂密的春树，在茫茫的春雨中，显得生机无限。好一幅春雨长安立体图啊！一切都在春雨中，一切也妙在春雨中，雨帘雾障，给所有的景象罩上了盎然之春意和氤氲之瑞气，也把诗题的“雨中春望”写足了。帝城宏伟，街市繁盛，风调雨顺，百姓安居，百业昌盛。诗人以壮观明丽的构图，展示出盛世帝都长安的神采，典型的八世纪中期的大唐气象。诗到结尾时才出现了“奉和圣制”的命意：“为乘阳气行时令，不是宸游重物华。”意思是说，这次天子出游，本是因为阳气畅达，顺天道而行时令，并非为了赏玩景物。赵殿成按曰：“结句言天子之出，本为阳气畅达，顺天道而巡游，以行时令，非为赏玩物华，因事进规，深得诗人温厚之旨，可为应制体之式。”[1]这是一种所谓寓规于颂的作法，把皇帝的春游，说成是具有政治意义的活动。从收束看，诗人放收自若，从容于规矩，使本来不易写好的应制诗，化古板为灵动，富丽瑞祥而意趣淋漓，诗意饱满而意象飞扬，跳出了一般性歌功颂德的“应制奉和”的套路，独创新格。

应制诗，应该归入“歌德”类的文学。长期以来，人们对应制诗的印象不好，存有认识上的偏见。事实上，应制诗在内容上也的确多歌功颂德，甚至有庸俗攀附之嫌；形式上也多声色缀饰，有虚浮臃肿之病。但是，王维的应制诗，虽然亦属于歌功颂德、点缀升平的颂歌，但摆脱了初唐应制诗的局限，成为一种真正意义上的抒写性情的体裁，描写生动，境界阔大，寓意深远，气象

[1]《王右丞集笺注》，第174页。

高华，往往从大处发意，笔走龙蛇，极其自在，扩大了应制诗的表现领域，赋予了此种诗歌以丰富的表现内容，生动地反映了盛唐君臣际会的盛况，描述了大唐极盛时期重大国事活动的盛貌，具有艺术和史实的双重价值。因此，对于其应制诗的研究，不仅仅是诗歌艺术的研究，诗人经历的研究，也关涉到了历史、文化和政治的研究。

能够写应制诗的诗人，不是一般地位的诗人。能够把应制诗写好的官员，更不是一般内涵的官员。

❷ 邀游天机清妙人

王维存世仅有的一篇山水散文，是写给裴迪的信，题为《山中与裴秀才迪书》：

近腊月下，景气和畅，故山殊可过。足下方温经，猥不敢相烦。辄便往山中，憩感配寺，与山僧饭讫而去。北涉玄灞，清月映郭。夜登华子冈，辋水沦涟，与月上下，寒山远火，明灭林外，深巷寒犬，吠声如豹。村墟夜舂，复与疏钟相间。此时独坐，童仆静默，多思曩昔，携手赋诗，步仄径，临清流也。当待春中，草木蔓发，春山可望，轻鲦出水，白鸥矫翼，露湿青皋，麦陇朝雊，斯之不远，倘能从我游乎？非子天机清妙者，岂能以此不急之务相邀！然是中有深趣矣，无忽！因驮黄蘗人往，不一。山中人王维白。

据陈铁民先生考，此函笺写于天宝三载到安史之乱间，这似乎太宽泛了点。我们以为当在天宝五载时为好。文章约300字，随性所至，记游写景，充满诗情画意。文章的大意是：今我独自前往山中，因您正在温习经书，准备应考，不敢打扰。可是，山中景色实在太美，月光、水色与远火互明灭，犬声、夜舂和疏钟相交响。我独坐静观，情不自禁地想起与您携手同游、临流赋诗的日子。过不了多久，冬去春来，草木萌发而虫鱼活跃，那景色就更加的诱人了。明春还不知道阁下能不能与我同游而观赏这些景色呢？如果阁下不是那种天性清妙的人，我也不会因为这个无关紧要的事而特别相邀的。那实在是因为其中旨趣妙不可言啊！

此信的中心意思是邀请好友裴迪前来同游。何以要邀裴迪呢？何以独独邀裴迪呢？何以明明知道裴迪在“温经”还硬是要邀他呢？从信中可见，邀还是不邀，王维心里很矛盾，但最终还是发出了这封邀请函，那是因为王维唯恐一人独享了这胜景而希望裴迪来分享，那是因为王维觉得只有裴迪“天机清妙”而可以解得“是中深趣”。换言之，非“天机清妙”者，是识不得其中深趣的；非“天机清妙”者，王维也是不邀的。王维不邀他人而独邀裴迪，说明“天机清妙”者也不易寻见。推而言之，裴迪绝非一般人，至少王维是这么认为的。也就是说，王维对裴迪的审美素质与悟性很欣赏，裴迪与他有着相同的心性兴趣以及发现自然美、理解自然趣味的灵性。

裴迪（716-？），也是河东人，其官至蜀州刺史及尚书省郎。王裴之交长达二十多年，成为文坛佳话。裴迪曾居辋川、终南山，与王维过从甚密，也深受王维的影响。王维《赠裴迪》诗云：“不相见，不相见来久。日日泉水头，常忆同携手。携手本同心，复叹忽分襟。相忆今如此，相思深不深。”二人甚为契合，王维爱裴迪如子，而裴迪敬王维如父。在王维的存诗中，与裴迪赠答与同咏的诗最多，多达30余首；《全唐诗》里裴迪所存诗28首，全都是与王维的赠答同咏之作。

王维何以对裴迪特别爱重呢？这没有详尽的文字记载。我们或可从王维的诗文中求解。

王维的《辋川闲居赠裴秀才迪》诗，也是此时期的作品。诗云：

寒山转苍翠，秋水日潺湲。倚杖柴门外，临风听暮蝉。
渡头馀落日，墟里上孤烟。复值接舆醉，狂歌五柳前。

首联和颈联写景，描绘辋川山水田园的深秋暮色；颔联和尾联写人，刻画诗人和裴迪二隐士的闲适情态。“倚杖柴门外，临风听暮蝉”二句自写，以“倚杖”而“听蝉”二细节动作自画，突出神态之安逸，闲情之潇洒，意思是：他已是今之陶潜，或者说是，他与陶潜已无多少距离。“复值接舆醉，狂歌五柳前”二句写裴迪，闲听暮蝉的王维，遇到醉酒的裴迪，正“狂歌”于“五柳前”，便立时想到楚狂接舆的典事。春秋时楚国的隐士接舆，好闲养性，佯狂避世，曾经狂歌嘲笑孔子：“凤兮凤兮，何德之衰！”规劝孔子隐退。王维用接舆比裴迪，是对朋友淡宕闲适、轻慢功名之心性的褒奖与赞赏。

王维与裴迪，是一种欣赏与被欣赏的互为关系，是精神知音，也是无话不谈的挚友，从王维的《酌酒与裴迪》诗看，他们不是一般关系。诗云：

酌酒与君君自宽，人情翻覆似波澜。

白首相知犹按剑，朱门先达笑弹冠。
草色全经细雨湿，花枝欲动春风寒。
世事浮云何足问，不如高卧且加餐。

看来是裴迪是遇到了什么不爽的事，无法排遣，而恭谨请益。王维则置酒相劝，开诚布公，推心置腹。全篇除了颈联外，句句是劝慰语，不外是要裴迪自宽，不要往心里去。世态炎凉，人心险恶，不如高卧加餐。王维的“老于世故”的经验之谈，是因其一生沉浮宦海，阅人无数，人情翻覆看得够多，世态炎凉也感受够深，而其人生经历形成了他的处世哲学与处事智慧。虽然是洞彻世态之论，毕竟有厌弃尘世之思。董乃斌先生评曰：“你可以责怪王维思想消极，但你不能否认他所揭示的世情很真实，而且这世情并不限于古代，是不是呢？”（《王维集》）诗的颔、颈、尾三联，全皆理语，虽然句句在理，精辟深刻，前后错综成文，但毕竟理过其辞。颈联“草色全经细雨湿，花枝欲动春风寒”二句，《王孟诗评》解曰：“‘草色’‘花枝’固是实景，然亦托喻小人冒宠、君子颠危耳。”此评似也不穿凿，从全诗所表达的内容来看，确实启发人作此想。从章法上说，五六句化实为虚，气格清健；而七八句则发语凄怆，托意甚深。

王维不仅邀请裴迪来他的辋川别业豫游，还经常与裴迪一同外出走访朋友。

桃源一向绝风尘，柳市南头访隐沦。
到门不敢题凡鸟，看竹何须问主人。
城外青山如屋里，东家流水入西邻。
闭户著书多岁月，种松皆老作龙鳞。

诗的题目是《春日与裴迪过新昌里访吕逸人不遇》，裴迪有同咏《春日与王右丞过新昌里访吕逸人不遇》。新昌里，即新昌坊，在长安朱雀街东第五街，近长安外郭之东门（延兴门）。王维与裴迪走访的是一个“绝风尘”的高人。然所访之人不遇，诗中便大写被访之人的居住环境。也许是爱屋及乌吧，他们对所访之人居住的环境发生了浓厚的兴趣和羡情，怎么看怎么好。因此，访友不遇，却一点也不懊恼，相反写得兴高采烈、兴致勃勃。诗人所要得到的东西得到了。访人者与被访者，都是淡泊名利的人，气味相投，互相欣赏。

寺庙是王维豫游的重要场所，他的不少诗是写寺庙的。王维有《过感化寺昙兴上人山院》，裴迪同咏《游感化寺昙兴上人山院》，他们是携手同游的。王维诗云：

暮持筇竹杖，相待虎溪头。催客闻山响，归房逐水流。
野花丛发好，谷鸟一声幽。夜坐空林寂，松风直似秋。

王维从官场来，从尘世来，走入清静幽寂的山水中，感受到无比的新鲜和爽快，身心极其自由与宁静，其笔下的山水，具有了超越现实的空灵，同时也参透佛理，蕴含着对宇宙和人生真谛的理解。王维的“闲居净坐”，一般都带有禅定、禅观的目的与觉悟，“松风直似秋”之悟，余味无穷，让人寻绎不尽也。王维有一首古体《游感化寺》，正面写寺庙，且用了不少的佛典语象。此诗写寺而不从本寺落笔，且全诗无一字直言寺，也无一句佛家语汇和佛教事典，却让人感到字字写“空”，句句言禅。

西安市城东南的青龙寺，又名石佛寺，是唐代的密宗寺院，也是王维他们常去的地方。游青龙寺，王维一行数人，不仅有裴迪，同去者还有其弟王缙、好友王昌龄等，所到场的皆有同咏，王维诗《青龙寺昙壁上人兄院集》云：

高处敞招提，虚空讵有倪。坐看南陌骑，下听秦城鸡。
眇眇孤烟起，芊芊远树齐。青山万井外，落日五陵西。
眼界今无染，心空安可迷。

王维此诗前有一段序，收尾时写道：“时江宁大兄持片石命维序之，诗五韵，座上成。”其“持片石”诸注本均未见解。唐人张鷟《朝野佥载》卷六：“信曰：‘惟有韩陵山一片石堪共语。’”庾信非常自负地说，只有温子昇“韩陵片石”可与他的文章相提并论。此中之“片石”，乃北魏温子昇所撰《韩陵山寺碑》。“韩陵片石”，后用以比喻少见的好文章。亦有片石参因果、一花释宿缘之说，如“法照以愿力能就，泣于佛前，因持片石，乞词以示后”（刘禹锡《夔州始兴寺移铁像记》）。王维用此典赞王昌龄的诗。他们的诗均按五韵作，五韵十句，属于五排诗。王维诗的首联与尾联都是理语，中间六句写景，描写的是傍晚时分的场景。“眼界今无染，心空安可迷。”因为眼界没有被世俗尘浊所污，心境空灵而不会迷失，看到眼中的自然都这么的美好，这么的安静祥和。换言之，人的烦恼也是由内心不静而引起，故不必迁怒于外物。“心空”即心性虚空。心空则心地广大无边，一切世间万物皆可包容于内，而且不受世俗浮华的遮蔽，朗然澄澈而如天地之鉴。这也是王维的当下境界，正是佛教禅宗的“空”观之助，王维能够比较轻易地入定凝神，真正体验到自然山水之禅机，从而生成自性、物性、佛性融合为一的体验，实现精神上的解脱与超越而进入禅寂境界，从而也诞生了许多既富有哲理深意而又无比优美的艺术意境。王维的《蓝田山石门精舍》诗，也是一首纪游诗，描写游蓝田山石门佛寺的经过。精舍，是对寺庙的美称。诗云：

落日山水好，漾舟信归风。探奇不觉远，因以缘源穷。
遥爱云木秀，初疑路不同。安知清流转，偶与前山通。
舍舟理轻策，果然惬所适。老僧四五人，逍遥荫松柏。
朝梵林未曙，夜禅山更寂。道心及牧童，世事问樵客。
暝宿长林下，焚香卧瑶席。涧芳袭人衣，山月映石壁。
再寻畏迷误，明发更登历。笑谢桃源人，花红复来觌。

同时代的殷璠在《河岳英灵集》中评论说：“维诗词秀调雅，意新理惬，在泉为珠，着壁成绘，一句一字，皆出常境。”他特别举例“落日山水好，漾舟信归风”“涧芳袭人衣，山月映石壁”等句以证之。《文苑英华》中则将此诗分为两首，前八句为一首，押东韵。似乎也有道理。全诗二十四句，八句一层，依次写来。第一层：“漾舟”而“信风”，乘兴辗转，曲径通幽，傍晚时分寻来石门精舍。第二层：“舍舟”登岸，“轻策”健步，山寺乐土，早参晚诵，连牧童与樵夫都受到了佛法的感化。第三层：“暝宿”而“明发”，先是留宿山寺，感受清幽，古木山月，芳香袭人，再写依依惜别，做好记号，相约明年。王维把蓝田石门精舍当做桃花源来写，写成了王维的精神家园，一切皆清寂静谧，绝无物欲尘累的天籁，含蓄地表达了向佛出世的人生理想。

王维的山水诗，一般都是截取某一侧面，选取某一点来横式构图，而像这样写成了记游诗的比较少。这首诗以山水游记的写法，按照时间与行程的顺序，依次逐层叙写其游踪。第一层重写景，第二层重写人，第三层人与景兼写。而在每一层里，穿插景致与心情描写，因为表现手法的巧妙，画面生动，意境幽美，而避免了记流水账式的呆板乏味。这种敷陈其事的写法，为纪游诗开拓了新领域。读此诗，让我们很自然地联系到韩愈的那首知名度极高的《山石》。韩愈以“山石”为题，却非咏山石，而叙写游踪。全诗二十句，一韵到底，按照行程的顺序逐一写来，叙写从“黄昏到寺”“夜深卧寺”到“天明别寺”全过程里的见闻与感想。这篇诗体的山水游记，被说成是韩愈“以文为诗”的代表作。韩愈《山石》的写法，与王维的《蓝田山石门精舍》如出一辙，其写作的时间是唐德宗贞元十七年（801），而王维此诗则写于天宝十载左右，约在750年，相距50年矣。

此期间与王维携手同游的，主要就是裴迪、储光羲、崔兴宗与卢象几个。《春过贺遂员外药园》《与卢员外象过崔处士兴宗林亭》《冬日游览》《过崔驸马山池》《问寇校书双溪》等，是王维主动出访的记录。《临高台送黎拾遗》《酬虞部苏员外过蓝田别业不见留之作》《赠刘蓝田》《林园即事寄舍弟紞》等，则是友人来访辋川庄的记录。从这些诗中可见，此时期的王维比较休闲，精神状态比较好，四处走动也很活跃。

③ 高产辋川庄

辋川庄是诗的田园。王维山水诗的高潮与巅峰，是在辋川庄实现的。辋川庄造就了王维，也造就了中国最杰出的山水诗。

王维辋川诗的写作时间难以确考，因为这些诗写得太简约，绝去背景交代，纯是灵感瞬间闪灭的捕捉。王维得宋之问辋川别墅，若定在天宝初年，而到公元756年安史之乱前，也有十余年的时间。王维公余闲暇或休沐之时，多在辋川庄游憩。其丁忧三年，更是终日守孝于辋川山水中。

《旧唐书·王维传》曰："维得宋之问蓝田别墅，在辋口。辋水周于舍下，别涨竹洲花坞。与道友裴迪浮舟往来，弹琴赋诗，啸咏终日。尝聚其田园所为诗，号《辋川集》。"此前多有研究者认为，王维与裴迪等道友豫游唱和，包括王、裴唱和的《辋川集》形成，当在王维丁母忧时。理由是，此时段王维才有这等闲情。我们则大不以为然！我们以为，此说大悖常理，更有违于王维至孝的历史形象。王维丁母忧，确实曾长居辋川，时在天宝九载到天宝十一载，即750年正月至752年3月。我们以为，唐书所记载的这段美好时光，约于天宝五载前后为好，官在长安而隐在蓝田，而绝不会在其丁母忧时。

托名王维的画论曰："肇自然之性，成造化之功。"（《山水诀》）这是论画，也可移用于论其辋川庄的创构。王维的绘画天才，人所共知，古来公认开南宗画派，乃"文人画"祖。以"画品"论，唐代画圣吴道子的画也没有王维的高。苏轼说过这样意思的话[1]。钱锺书也在其《中国诗与中国画》中表达过类似的意思。钱锺书还说："苏轼论诗似乎到头来也倾向神韵派，和他论

---

[1]苏轼：《王维吴道子画》："吴生虽妙绝，犹以画工论。摩诘得之于象外，有如仙翮谢笼樊。吾观二子皆神俊，又于维也敛衽无间言。"

画很早就倾向南宗，标准渐渐合拢了。”[1]王维画在当时就享有盛誉，朱景玄《唐朝名画录·妙品上》云：“慈恩寺东院，（维）与毕庶子、郑广文各画一小壁，时号三绝。”因为其画名盛而画界地位崇高，他的画多以壁画的形式出现在长安大慈恩寺和大荐福寺里。据说通常是由王维先勾勒好形状线条，然后再指挥工人涂色。王维有一篇《为画人谢赐表》，写于乾元元年（758），肃宗还长安，“令写功臣”，即将诸功臣之像画于“麒麟阁”上。王维奉诏而上表感恩说：“臣猥以贱伎，得备众工”；又说“臣得舐笔麟阁，继踵虎头，频蒙奖教之恩，益用精诚自励。”看来，有此美差还是一种特殊荣誉呢。此表虽短，却融入不少画史典事与绘画理论，譬如“乃无声之箴颂，亦何贱于丹青”之说，喻丹青为“无声之箴颂”，诗画与共，二者兼通。这不仅说明王维在画界具有极其崇高的地位，而且说明他在画论上具有非常卓绝的创见。因此，关于王维画的神奇传说也多。《丹青记》《琅嬛记》中都载曰：王维曾为岐王画石，其信笔涂抹，自有天然之致。忽然风雨大作，雷电俱来，拔石而去，不知所之，而但见空轴。宪宗朝，高丽遣使进贡一奇石，说是某年月日，大风雨中，神嵩山上飞来一奇石，下有王维字印，知为中国之物。上命群臣以维手迹较之，无毫发差谬。宋人秦观说他病患腹泻，久治无效，而在好友高苻仲那里一看王维《辋川图》，即马上不药而愈。其实，王维的画，宋代就已看不到真品。而辋川是一张偌大的画布，王维也把辋川山水作为素材，经营山庄别业，如同其绘画构图，其作为天才艺术家的艺术细胞全被激活，而辋川也让王维的园艺天才得以天才地展示。其《辋川集·序》云：

> 余别业在辋川山谷，其游止有孟城坳、华子冈、文杏馆、斤竹岭、鹿柴、木兰柴、茱萸沜、宫槐陌、临湖亭、南垞、欹湖、柳浪、栾家濑、金屑泉、白石滩、北垞、竹里馆、辛夷坞、漆园、椒园等，与裴迪闲暇，各赋绝句云尔。

《辋川集》二十首五言绝句，分别写辋川的二十个景点，一诗一景象，组成了一帧风景画的长卷，新鹭与泉涧齐飞，修竹与槐柳竞秀。从组诗可见，王维把辋川的自然景观按照园林美学巧妙经营，峰、峦、冈、岭、坡、谷、垞、滩、湖、涧、竹、树，再建以亭台池馆，蓄以珍禽奇兽，形成了巧夺天工而独特美妙的园林景观，集中表现了王维的浪漫情怀、人文意趣及审美理想，也表现出诗人的思想意识、文化信仰与人生品位。

[1]钱锺书：《七缀集》，上海古籍出版社1996年版，第25、26页。

王维的造园艺术，充分体现了他的美在自美、妙在因借的美学观。从诗中可见，辋川庄给人的总体印象是：群山环抱，辋水四绕。别业四周，山高谷深，岭横坞凹，参差相映，错落有致。非常难得的是，辋川水系特别发达，水类俱全，除了湖、池等类型较大的水体外，还有以溪、泉、滩、涧等水体的分布和流通构成全园的体系。因此，辋川庄随山形水势而构筑，既倚山之骨骼而坚实俊逸，又得水之血脉而生气灵动。而各种动植物也各得其所，顺其自然而合其天性，与自然、与建筑、与人形成和谐的关系，与蓝田所特有的峰峦山谷、湖池滩泉相映衬，实现了生态功能与生态效益的最大化，形成了仪态万方而绮丽绚美的艺术效果。

出现在《辋川集》诗中的别业建筑不多，也写得很虚，只有靠读者去想象了。诗中所写到的建筑如文杏馆，临湖亭和竹里馆等，皆有“巧于因借”的艺术特点，充分利用了原有山水地势的生态，独体建筑与整体环境相和谐，自成天然之趣。譬如《文杏馆》：“文杏裁为梁，香茅结为宇。不知栋里云，去作人间雨。”文杏馆因借文杏为屋梁，而以香茅铺屋顶，建构富有乡间山野趣味，与周围的自然山水和谐一体，又出没于山岚云气之中。又如《临湖亭》：“轻舸迎上客，悠悠湖上来。当轩对樽酒，四面芙蓉开。”亭在园林别业中具有聚览景观、标胜引景和吐纳生气的多种功能，亭缘水而建筑，荷因水而开遍，诗人与轻舟迎来的客人置身水中央而悠然从容。再如《竹里馆》：“独坐幽篁里，弹琴复长啸。深林人不知，明月来相照。”竹里馆修建于竹林深处，成为诗人独享无人所知之孤独的自足世界，助长了诗人人性深处的虚静精神，弹琴与长啸自写，表现出诗人主体人格的绝对自由。而《辛夷坞》里涧水旁建有居室却无人居住，可视为留白。《宫槐陌》里没有写到建筑，“应门但迎扫，畏有山僧来”，将落满槐叶的仄陌打扫干净以迎客，暗示仄陌深处必有华堂。《白石滩》则是“家住水东西，浣纱明月下”的暗示，浣纱近处想必有人家，抑或就有临水而筑的房舍。《鹿柴》《木兰柴》也只是写了辋川庄的两处胜景，但我们总感到周边有什么建筑。柴，通“寨”或“砦”。在驯养鹿的地方，在木兰遍植的地方，肯定是有些什么建筑的。华子冈，是王维观景的好处所，诗人在秋天落日时分，于其上坐观山鸟返林，这里估计也有建筑，譬如亭台之类。什么地方应该有什么建筑，什么地方应该怎么建筑，王维都有精心设计，因地制宜，动静顾盼，虚实得体。

辋川庄，成了一帧韵味幽远而意境恬淡的山水画长卷，自然美与人工美统一，自然性与人文性互衬，王维巧妙地借大自然的种种声息来衬托恬适与闲和，极大地渲染了山庄的幽邃与僻静，充分表现出山庄主人的自然趣尚。王维以其高远思致而融诗、画、乐艺术所造之辋川庄，为中国园林美学提供了极为珍贵的范本。这种造园思想与艺术实践，对中国古典园林艺术的建构与发展，乃至对唐宋写意山水田园风格的形成和发展也发生了重要影响。

宋代张戒《岁寒堂诗话》论曰：“摩诘心淡泊，本学佛而善画，出则陪岐薛诸王及贵主游，归则餍饫辋川山水，故其诗于富贵山林，两得其趣。”[1]王维的《辋川集》诗，也最能够体现“富贵山林，两得其趣”的艺术特征。王维的这些诗空明澄澈而澹静深远，极富象征性色彩，充满了一种诗性的生存智慧与随任旷放的自由精神，诗人并不注重于实际意义上的自然人世，而着重于心理主体的建设，站在终极意义和审美超越的高度，闲成“独与天地精神相往来”的状态，寄畅山水，境随心转，或泛舟欹湖，或独步仄陌；或登上华子冈看飞鸟归巢，或下到辛夷坞观花开花落；或漆园怀庄子而婆娑自在，或竹林仿阮籍而长啸弹琴。全然是一种自放山水的高致雅兴，一种心平气和而闲适满足的精神状态。虽然诗中也流露出淡淡的人世沧桑、人生无常的怅惘，却给人一种生气勃发、生机外溢而掩饰不住的感觉。诗人爱美，爱生活，爱山水万物，尤其爱清朗明净、恬静平和的生活环境。王维辋川诗作的情绪是乐观的，思想是开朗的，格调是健康的，他在诗中热情歌颂美，歌颂生活，歌颂理想，歌颂美政。可以肯定地说，诗中所表现出来的恬适绝不是王维丁忧期间的情绪，也绝不像是诗人的暮年之作。

清人施补华赞云：“辋川诸五绝，清幽绝俗。”《辋川集》创造了影响深远的一景一咏的组写模式。从唐代到近代，从中国到东亚其他国家，诗人竞相模仿“辋川集”的作法，唐人钱起、姚合、皇甫冉、顾况、韩愈与宋之苏氏兄弟等，都有值得一提的嗣响之作。

辋川成为诗的田园，辋川造就了王维，也造就了王维的山水诗。王维大批山水诗的精品就诞生于辋川。《辋川集》的出现，标志着王维创作进入到他的巅峰期。《山居秋暝》是王维山水诗中的扛鼎之作，应该也是写于辋川庄的，应该也是写于这个时期的。其诗云：

空山新雨后，天气晚来秋。明月松间照，清泉石上流。

---

[1]张戒：《岁寒堂诗话》，丁福保辑《历代诗话续编》，中华书局1983年版，第460页。

竹喧归浣女，莲动下渔舟。随意春芳歇，王孙自可留。

这是王维代表作中的代表作，诚可谓诗中之诗也，其艺术性与思想性都达到极致。诗是理想化的，充满了浪漫气息，是王维的“桃花源记”。诗以“空山”开篇，其妙无比，却不太为论者与读者所关注。王维诗中多用“空”，读者或许会从诗人的般若空观上解，“空山”之空，有静幽净虚等诸多意义。而从艺术上说，“空山”是第二自然（或第二意境）之再造，新雨后之空山，其山之“空”，非视觉上空无的空，乃胸中脱去尘浊而对自然静观后的认知，空而不空，不空而空，空的是心，不空的是境。“空山”于新雨之后，于高秋之傍晚，那是怎样的一种万物清馨的情境啊！中间四句两联，集中写景，写非空之“空”，笔法错综精致，极尽变化之能事而巧夺造化，诚可谓出神入化。诗取松、竹、莲，还有月与泉的物象，物象的本身就含有“比德”的象征性，而诗人则调动也沟通各种感官，从视觉、听觉乃至触觉来感受、体验与描写，心空则外物湛然空明，意闲则兴象禅悦深微，获得兴会神到的机缘，也生成意境再造的机制。松青如盖，月白如水，泉响如乐，林静如洗。月光静静地洒在林间，月光仿佛有知；泉水潺潺地流于石上，清泉仿佛有情。幽篁如琴，塘水如歌，竹林深处笑语喧哗，那是洗完衣裳的姑娘们踏芳归来；亭亭如盖的荷叶纷纷向两旁披分，那是捕捞收获了的渔舟顺水而下。山水与田园相谐，劳作与休闲一体，天籁与人籁默契，真个是万物霜天竞自由的勃勃生机。“空山”不空而“空”，一切都妙在“空”中，这是风雅备极的色相俱空。空而美甚，空而适合人居，空而可以久留。诗意也就从自然美过渡到社会美，在深层次上象征了没有纷争竞斗的社会理想。因此，“空”是一种境，“空山”是一种象征，是诗意居住的生态理想，是盛世面影的生动写真，是生命与自然一体后而生成自由与欢欣的艺术情境，蕴涵了诗人对生活、人生、自然和社会特殊理解的深意。虽然春花早已凋落，然秋天同样美丽，王孙用不着回去了。王维在为自己庆幸，庆幸找到了一方净土，找到了可以诗意生存的“空山”。

正因为王维擅长在物理世界之外建构一个独特的“第二自然”，亦即是诗中所特别推崇的意境，其诗才获得了“诗中有画”的美誉。意境的成熟，使中国山水诗进入哲学的层面，这也是王维对中国山水诗的最杰出的贡献。王维的这类山水诗，境随心转，景情互发，情融于景，而余味深长，人是自然的人，自然是人的自然，生命无论安顿于何处而无不适意也。

十一

丁忧前后

王维的孝是出了名的，新旧唐书里皆有记载。新旧唐书的“本传”中记人以孝，似乎不多。

王维丁母忧期间，柴毁骨立，万念俱灰，日常生活内容不外是诵经念佛，参悟回想，人也散淡惯了，似已没有多少复出之念了。

王维复出服阙后，已厌倦官场生活，每每有“将因卧病解朝衣”的想法，但仍与当朝各级官员有着频繁的往来，甚至还与他们虚与委蛇，迎来送往成为他生活中的重要内容。

不思进取的王维，在政务上没有什么表现，也说不出什么业绩，倒有点像当下的“专业作家”。

这个时期，王维诗中思考与表现得最多的，是关于人生的终极关怀。

❶ 丁母忧柴毁骨立

天宝九载（750）正月，丁母忧，王维离朝屏居辋川。

是年冬，杜甫预献《三大礼赋》，皆投延恩匦以献[1]。杜甫《奉留赠集贤

[1]杜甫的《三大礼赋》即《朝献太清宫赋》《朝享太庙赋》《有事于南郊赋》。献赋时间，史有三说：天宝九载冬、十载、十三载。南宋重臣蔡兴宗《重编杜工部年谱》中首作天宝九载冬预献三赋说。南宋葛立方先同意旧说天宝十三载献赋，后亦赞同蔡说。

院崔于二学士》诗开头便叙献赋之事："昭代将垂白，途穷乃叫阍。气冲星象表，词感帝王尊。"一二句说得悲悯，三四句说得豪迈。意谓：我虽生活于盛世明时，但头发都白了还没混得一官半职，在无路可走的情况下投延恩匦而期冀以词感帝王。我的那《三大礼赋》艳词壮采直冲霄汉，让玄宗皇帝阅后大为感动。献《三大礼赋》，是杜甫一生中最引为荣耀的事，他在流落成都后还作《莫相疑行》云："忆献三赋蓬莱宫，自怪一日声烜赫。集贤学士如堵墙，观我落笔中书堂。往时文采动人主，此日饥寒趋路旁。"

是年春，四十七岁的高适以封丘尉的身份送兵往青夷军。

《旧唐书》载，王维"居母丧，柴毁骨立，殆不胜丧"。史载特别强调王维在"守制"时痛不欲生、悲不自持的形态，突出了王维对其母的深挚感情，表现了他天性至孝。"百善孝为先"，中国古代以孝治天下，唐玄宗作为一国之君，亲自为儒家经典《孝经》作注，以孝来教化天下。"丁忧"，是古代官员必须恪守的一种尽"孝"的祖制。丁忧制源于汉代，终于清代，在中国存在和沿袭了数千年。这种制度充分体现孝治的基本国策，以制度的形式把孝道固化下来。古代朝廷官员如父母丧故，无论此人现为何官现任何职，必须回到祖籍为过世的父母守孝三年（实数二十七个月）。丁忧者如因特殊原因被强招为官在职，那叫做"夺情"。一般而言，夺情的情况十分罕见。武将丁忧不解除官职，而是给假100天，大祥（丧后两周年祭礼）、小祥（丧后一周年祭礼）等忌日另给假日。凡官员有父母丧，须报请解官，服满后起复，由太常礼院掌其事。匿丧不报者，处以不孝罪而被革职。"丁忧"已经不仅是一种制度，而成为一种习俗，一种伦理，一种文化。丁忧守制期间，丁忧者不仅必须离职，而且必须按礼持丧，三年间不得行婚嫁之事，不预吉庆之典，也不能外出应酬，停止一切娱乐活动，也不能丝弦豫游。严格者，禁酒，素餐，禁声色，不洗澡，不剃头，不更衣，甚至要求丁忧者不住家里，而要在父母坟前搭间简易小屋而"寝苫枕砖"，即睡草席，枕砖头块。

《旧唐书》特别说到王维"事母崔氏以孝闻。"其母卒，王维之悲伤定然胜于常人，虽然没有具体记载，而"柴毁骨立，殆不胜丧"八个字，却高度概括，也非常传神，让人可以丰富想象王维的哀伤程度。王维《请施庄为寺表》中也有其至孝的表达，说是购置营建蓝田别业，主要是为方便其母学佛修行，其至孝之心，感人至深矣。

王维大雅人格，其行止皆按节而动，起息俱按律而行，定然不会在丁忧期间癫狂行乐而有悖伦理与世情的。因此，旧唐书说他与道友裴迪“浮舟往来，弹琴赋诗，啸咏终日”，绝不会发生在其丁忧时。丁忧时的王维已经五十多岁，“居常蔬食，不茹荤血，晚年长斋，不衣文彩”（《旧唐书·王维传》），过着僧侣般的生活。抑或是因为母亲过世而太过悲伤，抑或也同时因为其太过恪守守丧之礼制而至于“柴毁骨立，殆不胜丧”。王维早年有一首名为《送崔三往密州觐省》的诗，其中写道：“南陌去悠悠，东郊不少留。同怀扇枕恋，独解倚门愁。”诗用“扇枕恋”典，古人“事亲色养，夏则扇枕席，冬则以身温被”（《晋书·王延传》），自己也想与崔三同归而事奉母亲，以消释母亲盼子回家的“倚门”之愁。其《观别者》诗云：“青青杨柳陌，陌上别离人。爱子游燕赵，高堂有老亲。不行无可养，行去百忧新。切切委兄弟，依依向四邻。都门帐饮毕，从此谢宾亲。挥泪逐前侣，含凄动征轮。车从望不见，时时起行尘。余亦辞家久，看之泪满巾。”诗人作为一个旁观者，见贫士临行恋母情状，竟然动情以至于泪满衣襟，定然是因为感同身受的结果。“不行无所养，行去百忧新”，“行”抑或是“不行”很矛盾，处于二难之中，也正是王维出仕时的矛盾心态。从这些诗中可见，王维有一种不能尽孝而侍守慈母的负罪感，时常以不孝自责。事母至孝的王维，丁忧期间，不可能不按礼守制。因此绝不可想当然式研究，凭主观推断，认为王维丁忧在家正好游乐，正好创作。

然而，非常令人不解的是，王维存诗中竟无一首哀母之思的诗，也没有表达哀思的悼词碑铭。王维写有不少悼亡诗，也写过不少碑铭文，为什么就没有为自己的母亲写篇这类文字？这也是我们所无法解释的。而其丁忧期间，更加潜心于佛，而为其母诵经祈祷，这在其诗中是可感受到的。其诗《秋夜独坐》云：

> 独坐悲双鬓，空堂欲二更。雨中山果落，灯下草虫鸣。
> 白发终难变，黄金不可成。欲知除老病，惟有学无生。

诗人更像是个僧徒，坐禅，诵经，入定，似有因其母离世而引发关于生老病死的思考。诗中“雨中山果落，灯下草虫鸣”二句，传神入化，倍受赞赏。当代新儒学大师钱穆先生称此二句诗乃是“一部中国哲学史”。在一个秋天雨夜，诗人独坐于山中空堂，他从雨声的淅沥中，感受到山果成熟而扑扑掉地；他从灯下虫鸣里，感受到秋意渐深而凄厉入心。诗人的沉思，从人生转到草木昆虫，生成隐隐的伤逝之痛，猛然顿悟人生，而产生了觉悟的禅悦。诗人否定神仙方术之事，认为炼丹服药祈求长生虚妄而不可靠，而只有信奉佛教之“无生”。万物有生必有灭，人与万物都是短暂的，只有无生，才是永恒，即从心灵中清除七情六欲，从根本上消除生老病死的人生四苦。《唐律消夏录》曰：“上半首沉痛迫切，下半首直截了当。胸中有此一首诗，那得更有余事？须知右丞一生闲适之乐，皆从此‘悲’字得力也。”我曾将此诗判在王维陷贼之后作。细玩此诗，似乎放在其丁母忧时更好。

王维的《秋夜独坐怀内弟崔兴宗》似乎也是写在丁忧时，诗云：

夜静群动息，蟪蛄声悠悠。庭槐北风响，日夕方高秋。
思子整羽翰，及时当云浮。吾生将白首，岁晏思沧州。
高足在旦暮，肯为南亩俦。

诗写秋夜独坐人的感受。秋夜独坐，万籁俱寂，诗人独坐空堂，心念澄寂空明，视听感觉特别灵敏，也特别的敏感与伤感，亲人纷纷离世，内弟崔兴宗也将出仕，不肯陪自己同隐了。王维曾有《崔九弟欲往南山马上口号与别》诗：“城隅一分手，几日还相见。山中有桂花，莫待花如霰。”诗的前四句，感受到天地自然界的生命气息，其中自有无限深意。后六句对比着写，感受到双鬓渐白的时间流逝，感受到这种流逝而生成的凄凉与无奈。参禅闲坐，应该是王维丁母忧时生活的主要内容和重要形式。

《酬诸公见过》诗自注：“时官出在辋川庄。”“官出”的意思即指离职。这就明确告诉人诗作于守制期间，居母丧将毕，有好几个朋友同来辋川看望他，诗人感慨系之：

嗟予未丧，哀此孤生。屏居蓝田，薄地躬耕。
岁晏输税，以奉粢盛。晨往东皋，草露未晞。
暮看烟火，负担来归。我闻有客，足扫荆扉。
箪食伊何，副瓜抓枣。仰厕群贤，皤然一老。
愧无莞簟，班荆席藁。泛泛登陂，折彼荷花。
静观素鲔，俯映白沙。山鸟群飞，日隐轻霞。
登车上马，倏忽雨散。雀噪荒村，鸡鸣空馆。
还复幽独，重欷累叹。

诗用四言，是其比较少用的形式。全诗情绪低沉，开篇用“嗟”“哀”，结语用“欷”“叹”，字里行间充溢着深重的叹息。首二句意谓：可叹的是我竟然尚活在世间，可哀的是我却孤独无依。“予未丧”而老母与爱妻皆丧。可以肯定的是，王维三年守制丁忧，饱受着巨大悲痛的折磨，也沉浸于极度哀伤之中，可谓“殆不胜丧”，故而“柴毁骨立”，绝对不可能在这个期间“浮舟往来，弹琴赋诗，啸咏终日”。

王维于辋川别业守制三年，每日不外是诵经念佛，参悟回想，人也散淡惯了，且已渐入老境，早已没有多少复出之念了。然丁忧期满，不得不走离辋川，其《别辋川别业》是最能表现他临行前的那种依依不舍的沉痛与惆怅的。诗云：

依迟动车马，惆怅出松萝。忍别青山去，其如绿水何。

四句二十个字，包含了不愿别，无法别，非别不可，别而不能等诸多无可奈何的情感，诗人将其眷念深情渲染到了无以复加的地步。辋川呵，那是怎样一个神圣而不可替代的心灵栖息地哟！而今却不得不做出离开辋川的选择，然而，即便是痛下狠心而与青山作别，却实在与绿水无法分舍。诗中的言外之意极其丰富而不可凑泊，生动反映了诗人困顿而矛盾的心理冲突。

天宝十一载（752）三月，王维丁忧期满服阕，拜吏部郎中，时五十二岁。是年吏部改文部，王维仍守此职。此后的王维，仕途倒是颇顺的，事业上却没有什么建树，也没再有出使之差，基本上是人在朝廷，于长安与辋川两地走动。公元755年，安史之乱前夜，王维五十五岁，转给事中，正五品上。

❷ 天下朋友皆胶漆

服阕后的王维，迎来送往成为他生活中的重要内容。

王维写于此时的《送秘书晁监还日本国》，极负盛誉。姚合《极玄集》以此压卷，作为选本的首篇。《极玄集》选诗共百首，作者二十六人，其中除王维、祖咏为盛唐人外，其余均乃中唐人。“姚合编选《极玄集》，以王维诗居首，称为‘诗家射雕手’，后面选的大抵都是王维一派诗人的作品。”[1]选本所选者“此皆诗家射雕手也”，那么王维就是高手中的高手矣。

王维身在官场，与同在大唐为官的日本友人晁衡友谊深厚，是一种互为欣赏的文友关系。这个叫晁衡的日本人，原名阿倍仲麻吕，开元五年（717）

[1]王运熙、顾易生：《中国文学批评史》，上海古籍出版社1985年版，第330页。

随日本遣唐使来中国留学，留居神州三十七年，在玄宗朝任秘书监，秘书省长官，从三品，掌邦国经籍、艺文图籍之事。天宝十二载（753），玄宗准晁衡回国探亲。临行前，玄宗、包佶等人都作诗赠别，王维即以此诗相赠。晁衡亦有《衔命还国作》回赠。晁衡以唐朝使者的身份随日本访华使者藤原清河等人分乘四条船回国，在琉球附近遇风暴，当时误传晁衡遇难，李白还写下了《哭晁卿衡》："日本晁卿辞帝都，征帆一片绕蓬壶。明月不归沉碧海，白云愁色满苍梧。"其实晁衡等漂流到安南驩州（治所在今越南荣市）一带，天宝十四载（755）辗转回到长安。王维在这首送别诗里写道：

积水不可极，安知沧海东。九州何处远，万里若乘空。
向国惟看日，归帆但信风。鳌身映天黑，鱼眼射波红。
乡树扶桑外，主人孤岛中。别离方异域，音信若为通。

此五排十二句，平分为三个层次。开篇四句，突兀而起，极言大海的辽阔无垠和东渡的渺远难及，以一种惊讶之神情来夸张东渡之难于上青天的难度。中间四句，则设想友人东渡的情景，不仅写出了航海归人不畏艰险的意志品格，也写出了诗人对航海归人安危的忧虑，以丰富的想象力将对航海人构成严重威胁的险象夸张到无以复加的地步。最后四句才点"送"题，写友人东渡后天各一方的思念。前二句，设想晁衡战胜艰难险阻，平安回到孤岛日本。含有友人思我的意思。后两句意谓：我们从此身非一域，天各一方，如何才能互通音讯呢？侧重于我想友人的意思。这属于东渡的补写。诗中找不到一个写情感的概念性的语词，纯以景胜，避实就虚，抒写了一种惜别、悬念、怅惘、忧愁以及祝愿、期冀等杂糅交织的复杂情感。

这首诗前有一段序，长达七百余言，骈文写法，这在王维诗中是绝难见到的。想必是诗人觉得用诗无法意传，才动用文序，以至于诗序互补。读此序能够帮助我们更加深刻地解读其诗。从写"送别"的角度，我们以为序中有两段文字特别值得一读。其一是大海景象描写：

琅邪台上，回望龙门；碣石馆前，夐然鸟逝。鲸鱼喷浪，则万里倒回；鹢首乘云，则八风却走。扶桑若荠，郁岛如萍。沃白日而簸三山，浮苍天而吞九域。黄雀之风动地，黑蜃之气成云，淼不知其所之，何相思之可寄。

王维显然没有过航海的经历，甚至没有见过暴怒的大海，而这段描写极富想象力，比诗具体而形象，让人如临其境而深受震慑。这让人读出了诗人对朋友安危的深深忧虑。序诗互补，强化了诗的表现力，极为充分地表现了与日本友人之间至真至诚的深情厚谊。

晁监东归尚未起步，诗人却有如此周详的设想，不仅为友人渡海而担忧，而且为友人一别后的音讯无通而生愁。王维与本国的其他同僚之间的关系，也是通过他的送别诗来展示的。李峘出守睢阳，王维作诗送之，题为《送李睢阳》。李岘出守魏郡，王维作诗送之，题为《送魏郡李太守赴任》。这类诗还有诸如《送熊九赴任安阳》《送缙云苗太守》《送李太守附上洛》《送高道弟耽归临淮作》等，都写得一往情深，牵心挂肠。此时边关多事，唐军屡屡败绩，王维诗送友人赴边地的，如《送平淡然判官》《送韦评事》《送宇文三赴河西充行军司马》《送张判官赴河西》《送刘司直赴安西》等，在前文王维问边时已提及，都是些情深意切、激扬奋贲之力作。王维最脍炙人口的是《送元二使安西》，公认为唐诗中第一等名篇，胡应麟等更是誉为唐诗“压卷之作”。此诗为当时的梨园乐工广为传唱，纳入乐府三叠而成为“阳关曲”。

渭城朝雨浥轻尘，客舍青青柳色新。
劝君更尽一杯酒，西出阳关无故人。

送别诗便于对话，便于表现人类最纯真的情感而感人至深。可是，送别诗也最容易沼淖于情绪低调、境界局促的抒情里。王维此诗的高明之处，即在其剪裁而截取临行送别时的一瞬，而以遥想展开，集中表现“故人”之间的关系，将无从说起的千言万语，凝成一句：喝下这杯离别的酒吧！再喝一杯酒吧！别情依依，惜意涟涟，所有的关怀、安慰、鼓励、惦念、祝福等情感皆融进这一杯酒中。“我”之所劝，真可谓语重心长。诗人直面现实人生，寄慨于送别，在表现人我之间关系的过程中，使题旨超出了一般性的私我层面而得以充分地开拓和升华，境界奇高，情韵悠长，具有令人震撼的艺术感染力。

《送元二使安西》写“劝”，《相思》也写“劝”。《相思》诗一题为《江上赠李龟年》，据说此诗专为李龟年所作，成为梨园弟子最爱唱的歌词。天宝之乱后，著名歌者李龟年流落江南，经常为人演唱它，听者无不动容。诗云：

红豆生南国，春来发几枝。劝君多采撷，此物最相思。

应该说，这也是一首送别诗，或也可以作送别诗看。诗人借咏红豆而寄相思，其知名度极高，乃五绝之上乘佳品！全诗四句，围绕红豆说事，句句不离红豆。虽然浅语白话，却话中有话，语出双关，言外有指。看起来似乎没有

什么微言大义，却有一种言在此而意在彼的暗示性，引人遐思，让人感到别有深意。在宋人编《万首唐人绝句》中，此句中的“多”作“休”，即为“劝君休采撷”。因为“此物最相思”，故而，“劝君休采撷”于诗意上也是合理的，只是情味大异，偏于言相思之苦，而不敢相思，甚至是不愿正视现实的意思。意思是，不要自找麻烦，惹愁上身，而弄得不可收拾。因为“此物最相思”，故而才“劝君多采撷”的。诗中因果倒置，先说结果，再以结句来作理由补充解释。于是，诗以点题收束，呼应首句的“红豆”，深切相思之意旨。诗人的红豆之托，至此也完满收关，把相思之情表达得入木三分，红豆从此也成为两情关系的最脍炙人口的一种象征。

王维的《山中送别》也写得极其简洁，所送之人不明朗。诗云：

山中相送罢，日暮掩柴扉。春草明年绿，王孙归不归。

诗妙在不写离亭饯别的情景，而选择在别后下笔着墨，一个“罢”字将“相送”的一系列场景和过程全都暗场处理了，写送后的心态。而其心态全在一“掩”字上，一个“掩柴扉”的动作，心灵动作化之为诗的可感的知觉形态，表现朋友走后的迷茫无措的神情和寂寞无聊的心态。诗中没有话别的场面，也没有惜别的情怀，只是漫不经心的一“问”，自言自语的一问，自问自答的形式。然妙即妙在此一问，不是问在相别之际，也不是问在久别之后，而是问在刚刚分离不久之时，还才分离，就迫切地要知道其归日，盼其早归，又恐其久而不归，这种“遥想”式的记挂，从当前跳接未来，身在此地而思接彼地，时在今日而想他日，使诗被浓浓的离思所笼罩。王维情商特别高，他的此类诗，最后在画面中出现的，不是被送之人，而是王维自己，这也是其送别诗所以格外感人之处。

天宝末年前，王维还留下一些送别诗篇，如《送友人归山歌二首》《送丘为往唐州》《送贺遂员外外甥》《同崔兴宗送衡岳瑗公南归》等，弥漫着一种心灵慰藉的爱意。以《送贺遂员外外甥》为例：

南国有归舟，荆门泝上流。苍茫葭菼外，云水与昭丘。

樯带城乌去，江连暮雨愁。猿声不可听，莫待楚山秋。

此诗正是王维送别诗中的常见思路，诗中想象被送之人溯江而上时的情景，虚想情境，寓意言外。被送之人已远而不见，但是，诗人依然还在为旅人之行惴惴不安，心随樯帆而远去，愁如烟雨而俱生，从送别的角度来遥想，情在景中，景随情化。诗到最后才有一句“莫待楚山秋”的关照，也全是景语，别意离情全以境出之，胜过直接出语之千百。猿声不可听，尤其不能于秋时听，其中隐含着祝愿和盼归的丰富内涵。施补华说王维的这类诗：“所谓语短意长而声不促也，可以为法。”（《岘佣说诗》）非深于情者，而不能有此语；而非长于情者，不可体此性。

王维存诗中，送别诗约占比六分之一，这也是他诗中的精华部分，其天宝时期写作的送别诗，更加老到，也更加情笃，直抵人肺腑之至深处，读后有一种灵魂被熨帖过了的温煦感。

❸ 归来才及种春田

天宝十一载（752）李林甫卒，玄宗以不学无术的杨国忠为相。安禄山想当宰相的美梦未圆，对杨国忠极为不服，两人交恶。天宝十三载（754），安禄山入朝，加左仆射；杨国忠进位司空。安禄山反兆日见明显，朝中有言其反者，玄宗不信，反将其人缚送安禄山处置。自是朝中无人敢言其反也。而边关告急，朝廷出兵，屡屡败绩。是年，伐南诏前后死者约二十万。大唐帝国气息奄奄，日薄西山，已是不堪一击的脆弱，眼看着一场灭顶之灾就要到来。

王维身在官场，且属于内官，其对时局的不祥预感不会一点儿也没有的。他早年游宦两京，大唐帝国那是怎样的一种气象？而从他对政治仕进的态度看，复出后的王维似乎更加的麻木不仁了，过着亦官亦隐的日子，这或与其淡泊名利的生性有关，抑或是真的勘破了世事。然而，复出后的王维官运还算不错，在文部郎中任上两年，转给事中，正五品上。给事中即给事于中，侍从左右，官通内外，是门下省的要职，分判本省日常事务，掌宣达诏令，行使封驳权，驳正政令奏章之违失，其事权甚重，地位十分显赫。他的《酬郭给事》诗或许就是写于其得官给事时。其诗云：

洞门高阁霭余辉，桃李阴阴柳絮飞。
禁里疏钟官舍晚，省中啼鸟吏人稀。
晨摇玉佩趋金殿，夕奉天书拜琐闱。
强欲从君无那老，将因卧病解朝衣。

从题上看，是郭给事先赠诗王给事，抑或是因王维转给事而赠的贺诗。王维接过郭给事的话头，友好地“反唇相讥”。诗的前六句写郭给事，将对人

物的颂扬寓于景物描绘中，状物造境而委婉表述，从而达到了避俗从雅的艺术效果。末两句作了一个急转的处理而自写，别开生面，而写其不敢相从的归隐思想。意思是，我虽然也想勉力追随阁下，无奈年老多病而将辞官归田。也许王维身体真有些什么，其《冬日游览》中也这样说：

步出城东门，试骋千里目。青山横苍林，赤日团平陆。
渭北走邯郸，关东出函谷。秦地万方会，来朝九州牧。
鸡鸣咸阳中，冠盖相追逐。丞相过列侯，群公饯光禄。
相如方老病，独归茂陵宿。

诗末二句自写，说自己身体不好，也想如司马相如退官隐居。非常耐人寻味的是，诗中却浓墨重彩地铺叙“弹冠相庆”的热闹，烟尘滚滚，冠盖相逐，迎送拜访，觥筹交错。意思是，热闹是人家的，我只有独寞，只想隐退。王维真是十分厌倦官场生活了，身体有病也可能是事实，而主要是心病心累，其“将因卧病解朝衣”也真不纯是一句玩笑话，他疲于官员间的频繁应付，反映了他不欲恋栈而全身远害的思想。

王维诗中往往表现出一种强烈的对于家园的特殊眷念。王维所眷顾的家园，既含有具体家园的实体指向，也有精神家园的喻旨，是哲学意义上的家园。因而，当他离开家园久了的时候，就生成一种怀归的焦躁和盼归的渴望，譬如他的《早秋山中作》诗云：

无才不敢累明时，思向东溪守故篱。
岂厌尚平婚嫁早，却嫌陶令去官迟。
草间蛩响临秋急，山里蝉声薄暮悲。
寂寞柴门人不到，空林独与白云期。

王维诗中经常用“无才”之类的词汇评判自己。而此诗起笔即言“无才”，通篇均围绕“无才”开展。前四句议论，后四句写景，反其道而行之，也是为了凸显“无才”的诗旨，突出因为无才而欲主动归隐却不能脱身的懊恼。首句中一“累”字，成为引发其仕隐矛盾的导火线，使他处于欲罢不能的精神挣扎中。第二句的“思向”，是说自己早想好了归隐路向。因此，在其眼里，尚平不嫌早，而陶令但觉迟。后四句则写自己终于归隐山中而拥有了安然淡泊的心情。隐于山中，孤独寂寞，远离尘嚣，但听秋虫，与迟暮的白云和萧瑟的空林为伴。颈联合掌互文，攫取“蛩响”与“蝉声”，其寓意丰赡，可以多向解读，似含有“蟪蛄不知春秋”（《逍遥游》）之意味。深谙庄禅经义的王维之目中，时间之短暂与时间之流逝只是物体觉知的假象，一切都在即现即灭中。诗人人性深处的这种近乎“先验”的归返意念，让他在归隐的精神过程中得到应验与强化。

然而，王维笔下的园田，总是那么温馨，那么美丽，那么脉脉含情，而具有浓厚牧歌情调与乌托邦色彩，属于超现实的象征性写法。此间，王维创作了大量的反映辋川田园生活的诗歌，如《归辋川作》《辋川别业》《辋川闲居》《积雨辋川庄作》《戏题辋川别业》《别辋川别业》《春中田园作》《春园即事》《田园乐七首》《山居即事》《山居秋暝》《早秋山中作》《泛前陂》《山茱萸》等。

回到田园，王维忘乎所以，有了一个好心情，形成了人与自然高度和谐的自然情怀。王维的《田园乐》是由七首六言绝句构成的组诗，一作“辋川六言”，都是写作者隐居辋川别墅与大自然亲近的乐趣，诗人或采菱渡头，或策杖林西，或日午犹眠，或抱琴倚松，或酌酒临泉，或南园折葵，或东谷夜舂……一句一景，甚至一句数景，而这些景与景之间又彼此关联，画面与画面之间有着一种情韵的弥漫，一种气息的流动，其中的人物以及人物活动的描写，也无不画意生动。

为了充分突出山水的自然资质和状态，王维自觉地发挥汉语言的直观优势，且密切地并列多种意象而使画面叠加，类似蒙太奇的排列组合，产生了强烈的视觉性效果，极大地扩展了诗意的空间。宇文所安高度评价说：“除了楚辞体，王维还试用了六言诗，在这种窘迫的诗体上获得了或许是所有中国诗人中的最大成功。”[1]说其为“窘迫的诗体”是因其全是双音节的词组，而缺少一个单音节词的调节，故而在节奏与表现上容易机械呆板，或者六言，或者二四式，或者四二式。因此，古代诗歌以五言、七言为主体，六言诗自古不多，好诗更少，王维的六言诗达到了别人难企及的高度。

王维回到田园，就像李白来到高山，心情特别好，他这个时候写的田园诗，情调欢快，节奏流畅，风格异常热烈而浓艳，生动地反映了诗人“相欢语笑”的喜悦心情。

不到东山向一年，归来才及种春田。
雨中草色绿堪染，水上桃花红欲然。

[1]宇文所安：《盛唐诗》，第45页。

优娄比丘经论学，伛偻丈人乡里贤。
披衣倒屣且相见，相欢语笑衡门前。

诗题为《辋川别业》，似为七律，却多处失粘也失对。许是久别而归，太过激动，而失诸随意。抑或是故意为之，一任自然，以显示“相欢语笑”的人际关系，显示一无机心的自在。才离开辋川一年，而一旦回到辋川，便有久别重逢的兴奋，简直是狂喜。让人去想象他在阔别辋川一年间那种度日如年的难熬。雨中草色越发浓绿，其色足可染物；水上桃花更加火红，简直快要燃烧。一般僧人，在他眼里成了精于经论的佛陀；驼背老人，在他的笔下则为庄子寓言的贤人。真个是看景景美，看人人好。诗人心情一好，见什么都好，见花是好花，见人是圣贤。最后二句写人际关系。一向闭关掩扉的王维，一反常态，特别希望与乡邻交往，主动招呼左邻右舍，表现出异乎寻常的热忱。简直让人不敢相信这是王维，不敢相信这是王维的诗。王维的《辋川闲居》也是这种表现：

一从归白社，不复到青门。时倚檐前树，远看原上村。
青菰临水映，白鸟向山翻。寂寞於陵子，桔槔方灌园。

诗人一上来就说对官场的厌倦。诗人一旦获得这种不在官的“闲适”体验之后，就再也不愿意过那种忙忙碌碌且战战兢兢的官场生活了。收尾二句诗人写道：我要效法於陵子，或者说我现在就是於陵子了，从事提水灌园的农业劳动。典故里楚王听说於陵子贤德，派人聘他为相，他却逃往别处替人浇灌园子。王维以於陵子自比，不仅写其归隐的思想，也写其归隐后的状态，享受着休闲的当下。诗中的所有物象，皆被其享受当下的愉悦之光所照亮，物皆著“闲”色，皆作“闲”态，皆具“闲”情。“时倚”与“远看”，生动再现了诗人无所用心也无所事事的神态，表现了安逸洒脱、怡然自乐的闲适心情。王维的这种以自然情怀为情怀的休闲状态，使他的精神绝对放松，人的意志高度自由，比较起魏晋风度来，是一种真正的潇洒，是摆脱了社会压力而以极度自由为高蹈形式的人生境界，是消解了内心愤世嫉俗、消解了精神负荷的生命享受，故而，通过仕隐比较后而才有“一从归白社，不复到青门”的感慨。故而，他虽未解朝衣而身心俱在园田矣。

诚然，王维只是个隐士，是个田园景致的欣赏者，而不是农民，不是亲历农事的泥腿子。正因为如此，他对田园与农事，也只是抱着欣赏的态度，也止于欣赏而已。也许这与其宿世前身的书画家素养有关，他十分专注于自然的声色形相。这些在一般人眼中很一般的田园风光，却能够引起他莫大的兴趣。于早春雨后，他穿着轻便的木屐，裹着旧袍，冒着料峭的春寒，还带来鹿皮小凳，静坐于蓬蒿里观赏，一直到日暮天黑。这就是他《春园即事》诗中所写到的：

宿雨乘轻屐，春寒著弊袍。开畦分白水，间柳发红桃。
草际成棋局，林端举桔槔。还持鹿皮几，日暮隐蓬蒿。

应该说，诗中这样写是很真实的，很像王维这个具体的人，也很合乎王维此在的具体状态。假如是陶潜就不这么写了。陶潜在归隐后，很快便寻找到了农民的感觉，寻找到了一种和谐的人际关系，并且在躬耕中直接体验和领略到大自然美的本身。因此，他默守静观着的永远是他脚下的那一片土地，其情感心性全维系其上。在王维的这些田园山水诗中，我们真切感受到的是一种天人合一的天地秩序，自然风光按照诗人的自由意志而得以重塑，呈现出的特定的赏心悦目的色相。尤其是，诗人以极其休闲状态而慢生活于其间，没有任何的身心压力，也消解了社会生活中的精神负担，自然也淡化了仕途官场的人格压抑。

回归田园的王维，喜欢用“闭关”来与世隔绝，王维的几首“掩柴扉”的诗，其“掩”的动作都发生在诗末，而《山居即事》诗劈头一句就是“掩”。

寂寞掩柴扉，苍茫对落晖。鹤巢松树遍，人访荜门稀。
绿竹含新粉，红莲落故衣。渡头灯火起，处处采菱归。

此诗八句皆景。落晖满山，鸟鹊还巢，采菱人归，柴扉反掩，诗中还采用类似现代科技拍摄的“慢镜头”，借助绘画艺术表现“瞬间动态”的技巧，描写满含新粉的绿竹与故衣旁落的红莲，其中“含”与“落”二传神字眼，无数倍地放大了落晖中物象的运动，生态活泼，情韵饱满，给人以强烈的生生不息的生命美趣。而此诗的整幅画面中，充满了缥缈迷幻的神秘色彩，光色彩象的转瞬即逝与恍惚不居，以及这种寂寞与温暖、苍茫与生机的交互感，又恰恰契合与传达了佛理禅性的虚无性。王维有山水田园诗约百首，出现斜阳意象的竟有四十首之多。中国古代诗人最普遍的创作动机及其诗作最动人的主题，便是时间。天地万象，无一不可引动对于时间的感慨。王维写暮色，是物色之美的感召，是特别欣赏暮色斜阳的那种光与彩。王维笔下的日落时分，光线精彩富丽，具有一种神秘感，而笼罩于氤氲暮色中的万物，则弥漫着宁静温馨的诗画气息。王维的《积雨辋川庄作》诗写的是晌午时分的景象：

积雨空林烟火迟，蒸藜炊黍饷东菑。
漠漠水田飞白鹭，阴阴夏木啭黄鹂。
山中习静观朝槿，松下清斋折露葵。
野老与人争席罢，海鸥何事更相疑！

赵殿成按曰："诸家采选唐七言律者，必取一诗压卷。"他排解众人观点而认为七律"莫过右丞《积雨》"！且强调曰："取以压卷，真足空古准今。"[1]一般人读此诗，注意点集中在颔联二句上。"漠漠水田飞白鹭，阴阴夏木啭黄鹂"二句，极尽写物之工。二句在描写上分工明确，出句取姿态，写其闲静潇洒的意态；对句取声音，写其自由抒发的情趣。出句以"漠漠"状物，水田愈发广大，视野苍茫，画面显得开阔而明丽；对句以"阴阴"摩拟，夏木更加葱茏，茂密蓬勃，境界顿时浏亮而深邃。诗加二叠字，积雨天气的氛围愈出，空濛苍茫，绿意欲滴，更富有境界感。二句在物象的搭配上非常讲究，出句以水田托白鹭，广漠空濛的平畴上，雪样的白鹭翩然起舞，时远时近，时起时落；对句以夏木衬黄鹂，蔚然深秀的密林中，金色的黄鹂动情唱和，忽高忽低，忽扬忽抑。此二句之间也形成了声色比照，出句偏于轻盈而明丽，对句偏于婉转而深郁，不仅在视觉上自有色彩浓淡的差异，且在听觉上给人以丰富跌宕的音乐快感。诗之旨趣落在尾联上，前面六句只是写诗人的隐居环境与隐居生活，尾联化用《庄子·寓言》典，意谓：我已是个与人融洽而与物无争的野老了，为什么海鸥还要猜疑我呢？诗的收尾，表述含蓄，颇有深意，看来一定是有谁无端猜忌他了。也因为这猜忌，破坏了他的好心情，而生出无端的烦恼来。树欲静而风不止，回归园田，满以为可以彻底免除尘世烦恼的。

车尔尼雪夫斯基说："那些为生活所折磨，厌倦了跟人们交往的人，是会以双倍的力量眷恋着自然的。"王维久在官场，虽说仕隐应付自如，毕竟心累，心理不堪负荷的紧张与压迫，因而以双倍的力量眷恋自然，总希望有一个世外桃源的归宿和家园，可以容身，可以全性。然而，王维对于山水园田，却是一种都城倦客的惊羡打量，或者说是一种历尽沧桑后的返观，而多浪漫与超然的想象。

---

[1]参见赵殿成笺注《王右丞集笺注》卷十，第188页。

十二

陷贼之灾

安史之乱，王维陷贼罹难，可谓灭顶之灾。

晚岁时危，益见臣节。王维以其“仁者之勇”，忍辱偷生，死里逃生，也终得全其臣节。

王维被大唐迎回，朝廷虽然没有责罪他，他却自陷于自我救赎的精神深渊。

王维似乎患有节义之洁癖，其律己程度几近残酷。在陷贼问题上，王维自己不肯轻易放过自己。自感无地自容的王维，被一种犯罪意识所苦苦折磨，使他不断地在自我审判中寻找与灵魂的对话。

忏悔是一种深层的精神情怀，中国历史上为数不多的文化精英才有这种忏悔自觉，王维是其中非常突出的一个。

❶ 乱中的不俗表现

天宝十四载（755），王维五十五岁，转给事中，正五品上。是年十月，安禄山于范阳叛乱，河北诸地尽陷。天宝十五载（756）六月，安禄山攻陷潼关，占领长安。

安史之乱起，李白由宣城流亡到郯中，后隐居庐山，旋入永王幕。永王李璘分领天下节制，手握四道大兵，封疆数千里，盘踞东南，于江陵公开招募

兵勇数万人，企图与新皇肃宗分庭抗礼，不仅不听肃宗号令，且在平安史叛军的关键时刻起兵相抗。李白以为一遂“东山情结”的时候到了，幻想“长风一扫胡尘净，西入长安到日边”（《永王东巡歌》）。然而永王不堪一击而兵败被杀。李白亡走彭泽，后被捕下在浔阳监狱。其间好在有人为之奔走营救出狱，最终还是以附逆之罪“长流夜郎”。

乱起之后，杜甫带着家小由奉先往白水，又由白水向陕北流亡，逃至鄜州（今陕西富县一带），八月间得知新皇肃宗即位，便把家小安置在羌村，独身一人离开鄜州，北上延州（今陕西延安），欲出芦子关（陕西横山县附近）而投奔灵武。行走途中为叛军所获，被押解到长安。幸亏杜甫当时没有什么地位，名声也不大，没被胡人重视，行动比较自由，而得以逃脱，颠沛流亡至肃宗皇帝所在地凤翔。杜甫的忠诚感动了皇上，被授予左拾遗。

乱起，同样被叛军俘获的王维，因为已是正五品官员，加之“禄山素怜之”，而无法逃脱。尽管王维以自残来抵抗，也还是被软禁在洛阳菩提寺。《旧唐书·王维传》：“禄山陷两都，玄宗出幸，维扈从不及，为贼所得。维服药取痢，伪称瘖病。禄山素怜之，遣人迎置洛阳，拘于普施寺，迫以伪署。”就这段史载文字而言，饱含怜悯之情，也属公允评价，没有苛责王维。闻一多先生是个很讲气节的学者，他把王维、李白与杜甫三人放在安史之乱的重大事件中来考论说：“李、杜、王都同时经历了安史之乱，他们处乱的态度正足以代表各人的诗境。”闻先生以为：“太白在乱中的行动却有做汉奸的嫌疑，或者说比汉奸行为还要坏”；杜甫“他爱君的热忱，如流亡孩子回家见了娘”；王维却似他诗中曾写的息夫人，“想不到三十多年之后诗人自己也落到息夫人这样的命运，在国难中做了俘虏，尽管心怀旧恩，却又求死不得，仅能抱着矛盾悲苦的心情苟活下来，这种态度可不像一个反抗无力而被迫受辱的弱女子么？”[1]闻一多对王维陷贼的评价，也只是说到王维具有懦弱的性格缺陷。其对王维是饱含同情的，看不出一丝的谴责之意。充其量也只有哀其不幸，而绝无怒其不争。

王维于长安被安禄山的将领张通儒俘虏，解押至东都洛阳，拘于菩提寺中。面对逆贼，王维成了个反抗无力而备受侮辱的弱女子，没有什么壮烈表现，史载其反抗的记录，一是自残，一是“潜为诗”。《旧唐书·王维传》：

---

[1]闻一多：《唐诗杂论》，中华书局2009年版，第278-279页。

“禄山宴其徒于凝碧宫，其乐工皆梨园弟子、教坊工人。维闻之悲恻，潜为诗曰：‘万户伤心生野烟，百官何日再朝天？秋槐花落空宫里，凝碧池头奏管弦。’”裴迪当时未居官，冒死来探王维，并将其潜为之诗带出，为肃宗“闻于行在”。因此，真正救王维命的是裴迪，或者说，能够使王维免于起诉而逃过罪责之一劫的，裴迪之功大甚。

“潜为诗”，是王维在乱中最出色的表现。读此诗，总感到有些蹊跷，诗才二十八个字，题目却三十九个字：《菩提寺禁，裴迪来相看，说逆贼等凝碧池上作音乐，供奉人等举声便一时泪下，私成口号，诵示裴迪》。题目非常具体，类似诗序，类似创作现场的描绘。题中“私成口号，诵示裴迪”，已明言此诗乃口占式创作，哪来如此长题？《旧唐书》中题为《凝碧诗》，显然是取诗中之“凝碧”二字为题，是否可理解为此诗“无题”呢？而且，这个长题，凸显“潜为诗”之创作“动因”，具有非常鲜明“表白”与“邀功”的色彩。这些都让我们有诗与题非原配的感觉。

那么，为什么要将题目这样做呢？不言而喻，为王维雪冤消谤提供证据。这是谁做的呢？最合适的“制造者”首当裴迪。何以说就是裴迪做的呢？一则，可以肯定的是，此诗包括诗题，是裴迪根据回忆而形成的文字，这是最重要的事实。二则，题中让“裴迪”两次“出场”，想必是裴迪以突出自己的“在场性”，强化“潜为诗”的可信度。三则，题中“逆贼”二字夺人眼球，而此表述真要是为逆贼所获，那就不是帮王维了。据此，我们判断，此诗让肃宗“闻于行在”，当在王维于逆贼手中被救出时。

这样的思考，是否可以说明题目就是裴迪事后“做”的呢？不过，我们总感到有“做”的痕迹。至少可以这样认识：王维也许表达过类似的意思，而由裴迪最后“加工”而成。我们宁可相信题目是裴迪“做”过的，笃信王维的挚友，具有这样的救助王维的情义与智慧。作为文臣弱儒的王维潜为诗言志，而作为朋友的裴迪豁出命来帮朋友，一个“忠节盖世”，一个则“义贯白日”，王裴之交，“垂名竹帛”[1]矣。

诚然，也有人认为，这长题乃王缙所为，是王缙受命于代宗皇帝而整理王维诗稿时加上去的。这与王维的命运与名义也就没有太大关系了，有什么必要再做呢？还有一个“新版本”，否定诗由裴迪带出说。宋之王说《唐语林》

[1]移用，语出王维《与工部李侍郎书》。

卷二曰："长安菩萨寺僧弘道，天宝末，见王右丞为贼所囚于经藏院，与左丞裴迪密往还。裴说：贼会宴于太极西内，王闻之泣下，为诗二绝，书经卷麻纸之后。弘道藏之，相传数世。其词云：'万户伤心生野烟，百官何日更朝天？秋槐叶落空宫里，凝碧池头奏管弦。'又云：'安得舍尘网，拂衣辞世喧。傥然策藜杖，归向桃花源。'"[1]这种"私藏"说法，忽略了一个为肃宗"闻于行在"的史实，而对于诗人之忠心可鉴则没有什么作用了。

凝碧诗写于非常时期。时王维身陷魔窟，唐朝已名存实亡，唐朝已经让人看不到一点希望，玄宗出逃，政府流亡，数十万部队土崩瓦解，数十位大唐名臣悍将销声匿迹，数以百计的官员纷纷降敌，大唐旧相陈希烈与玄宗之婿张垍都投敌做了安禄山的宰相。李亨虽在灵武称帝，其手下唯郭子仪和李光弼尚拥有数万人马。据计有功《唐诗纪事》载：安禄山叛唐攻下洛阳，大会于凝碧池，逼使梨园弟子奏乐。而众乐人欷嘘泣下拒绝演奏，其中有雷海清者，掷弃乐器，破口大骂叛军贼首。安匪残酷地将雷海清肢解于试马殿上。凝碧诗取此题材，放笔纵写安史乱军蹂躏之地的百姓苦难，写百官重见天日的渴望，写诗人对局势的深深忧虑。诗人之忧国忧民，亦不减老杜矣。故宋之阮阅《诗话总龟》将此诗列入《忠义门》。[2]清人赵殿成也悲愤评曰："普施拘禁，凝碧悲歌，君子读其辞而原其志，深足哀矣。"[3]细读而"原其志"，这是一首政治诗，是一种拼着掉脑袋的危险写出来的抗争诗，"有无限说不出处，而满腔悲愤俱在其中，非摩诘不能为"[4]。凝碧一诗，令人动容，其凛然大节足以感召天地矣。

诗在唐朝，魔力无限矣，一诗让人生，一诗让人死。明人唐汝询评曰："内史以燕泥致死，右丞以凝碧得生，非不幸之幸耶？"[5]清人陈仅也是比较而言的，"太白、摩诘皆受从贼之谤。摩诘'凝碧池头'之诗俱在，少陵已为昭雪。惟太白从永王璘起兵，璘之叛当亦借讨贼为名，故太白悮从耳。但苦无确证。"[6]李白浩歌"但用东山谢安石，为君谈笑净胡沙"（《永王东巡歌》），若非有人积极相救，脑袋都搬家了；而王维如果"失节"罪成立，最

[1]王谠著，周勋初校正：《唐语林校正》，中华书局1987年版，第122页。
[2]阮阅著，周本淳校点：《诗话总龟·前集》卷一，人民文学出版社1987年版，第4页。
[3]赵殿成：《王右丞集校注·序》，上海古籍出版社1984年，第1页。
[4]李沂：《唐诗援》，转引自陈伯海主编《唐诗汇评》，浙江教育出版社1995年版，第355页。
[5]唐汝询：《唐诗解》卷二十六，河北大学出版社2010年版，第485页。
[6]陈仅：《竹林答问》，《清诗话续编》，上海古籍出版社1983年版，第2261页。

轻处分也当像李白一样被流放。呜呼，王维于乱中，虽不能算是可歌可泣的英勇，但至少也没有什么可让人说三道四的劣迹。

❷ 共传归“庾信”

天宝十五载（756）七月十三日，太子李亨在灵武（今属宁夏）继位成为大唐的新皇，史称肃宗，改元至德。唐肃宗灵武即位后，不仅要对付安史叛军，还要对付其弟永王李璘。

然在唐室大厦将倾时，天降战神，郭子仪横空出世。子仪开元年间以武举登第，才华绝世，满腹韬略，精于谋划，善于治军，用兵如有神，平定安史之乱其功居首。《旧唐书·郭子仪传》载：天宝十七年十月，郭子仪入朝，“天子遣兵仗戎容迎于灞上，肃宗劳之曰：‘虽吾之家国，实由卿再造。’”郭子仪还曾救过代宗皇帝的命，故代宗从不当面直呼其名。大历十四年（779），德宗继位，郭子仪被尊为尚父，加封太尉兼中书令。两年后，郭子仪去世，享年85岁。《太平广记》中高度评价郭子仪，说其“权倾天下而朝不忌，功盖一代而主不疑，侈穷人欲而君子不罪。富贵寿考，繁衍安泰，终始人伦之盛无缺焉。”

相传郭子仪和李白有一段恩恩相报的交情。晚唐裴敬所撰《翰林学士李公墓碑文》曰：“（白）客并州，识郭汾阳于行伍间，为脱免其刑责而奖重之。后汾阳以功成官爵，请赎翰林。上许之，因免诛，其报也。”是记于唐武宗会昌三年（843）。《新唐书·李白传》亦载：“安禄山反，转侧宿松、匡庐间，永王璘辟为府僚佐。璘起兵，逃还彭泽，璘败，当诛。初，白游并州，见郭子仪，奇之。子仪尝犯法，白为救免。至是子仪请解官以赎，有诏长流夜郎。”宋人乐史《李翰林别集序》亦有同记：“白尝有知鉴。客并州，识汾阳王郭子仪于行伍间，为脱其刑责而奖重之。及翰林坐永王之事，汾阳功成，请以官爵赎翰林，上许之，因而免诛。翰林之知人如此，汾阳之报德如彼。”郭李的这段传奇，《旧唐书》中却无此记。虽然野史传说有时包含了更大的真实性，但我们还是对其真实性表示怀疑，凭郭子仪的救唐之功以及显赫地位，如果真是施以援手，李白于至德三年（758）出狱后而不至于长流夜郎。李白能够出狱，比较可靠的记载是崔涣与宋若思的作用。李白在狱中曾多方投书以自救，《送张秀才谒高中丞并序》诗投高适，这位平乱的功臣竟然没有理会他昔日的老友。后来李白得知崔涣以宰相之尊充任江淮宣慰使，便接二连三地投诗崔涣。宋若思时为御史中丞，其乃太白早年好友宋之悌之子，亦行次浔阳。崔宋二人合力一起救出李白。出狱后的李白，一度为宋中丞的幕府而参与军事。

当时的杜甫受审而被韦陟等人营救，则是确凿的事实。杜甫获罪与安史之乱则是间接关系。至德二年（757）五月，“宰相房琯请兵万人，自为统帅以讨贼，帝素重琯，许之。兵及陈涛，为贼所败，丧师殆尽。”（《旧唐书·郭子仪传》）杜甫因上疏为房琯辩护，触怒肃宗，罢左拾遗，推交三司审讯。主审法官是韦陟，冒死上书解救杜甫，加之时为宰相的张镐也出面疏救，杜甫才幸免入狱。翌年六月，杜甫被贬为华州司功参军。

王维出狱，据说其弟王缙有相救之力。至德二年十月，大唐的军队收复东京洛阳，接受伪官的三百余人被押往西京长安受审。其中高官如陈希烈等被关押在大理寺或京兆狱，一般文官被关押在宣阳里杨国忠旧宅。两个月内，惩处“叛徒”的条例公布出来，按罪行大小分为六等。罪大恶极者处死；次之者赐其自尽；再次者重杖一百；最轻的也要贬谪或流放。那么王维为什么没有被判罪呢？《旧唐书·王维传》曰：“维以《凝碧诗》闻于行在，肃宗嘉之。会缙请削己刑部侍郎以赎兄罪，特宥之，责授太子中允。”也就是说，王维得以免罪，除了有其“潜为之”的诗赢得了肃宗好感，还有就是其弟“请削己刑部侍郎以赎兄罪”的救赎，故而被“特宥之”。安禄山叛乱时，其弟王缙为太原少尹，与李光弼共同驻守太原，因功加授刑部侍郎，正三品。

至德二年，李白杜甫和王维，都曾经面临一死，而都有死里逃生的险情，然李杜二人从此却彻底诀别了朝廷，而王维却从此仕途看好。

王维出狱，李遵即派车来迎请。李遵，何许人？皇族宗子，唐太祖景帝七世孙，因平定安史之乱有功，封郑国公，翌年加特进，授工部尚书，正二品。他没有嫌弃王维，没有觉得王维是个被释放的犯人，是个有污点的文士，相反却以最隆重的礼仪来迎请他，祝贺他否极泰来而安全出狱。王维的《与工部李侍郎书》有记载：

> 一昨出后，伏承令从官将军车骑至陋巷见命，恨不得随使者诣舍下谒。才非张载，枉傅玄以车相迎；德谢侯生，辱信陵虚左见待。古人有此，今也未闻，所以竦踊惕息，通夕不寐。维自结发，即枉眷顾，侍郎素风，维知之矣。宿昔贵公子，常下交布衣，尽礼髦士，绝甘分少，致

醴以饭，汲汲于当世之士，常如不及，故夙著闻望，为孟尝平原之俦。

于此书中可见，王维非常感动，而将李遵比作傅玄、信陵，简直就是当代的孟尝、平原。于此书也得知，二人的关系非同一般，乃结发之交；且王维一直受李遵眷顾。书中“侍郎素风，维知之矣”，亦可这么推解：“维之为人，遵亦知之矣。”看来，王维出狱，李遵等人似亦有幕后助力也。

王维归来，杜甫把王维比作南北朝的庾信。其《奉赠王中允维》诗云：“中允声名久，如今契阔深。共传收庾信，不比得陈琳。一病缘明主，三年独此心。穷愁应有作，试诵白头吟。”诗中盛赞王维的忠心，突出他的气节和意志，也非常欣赏王维“独此心”的忠义观，从政治角度为王维正名。诗以庾信比，庾信奉梁元帝萧绎之命出使西魏，被强留北方，官至车骑大将军、开府仪同三司。庾信虽身居显贵，却为身仕敌国而羞愧，深念故国乡土，常使用比兴手法自悲身世，其诗赋如《拟咏怀》与《枯树赋》《哀江南赋》。然而，庾信没像王维那种自残以抗节，也没能像王维实现回归愿望而老死北国。杜甫诗以“中允”相称，分明写在王维出狱而被证明清白之后。诗“共传收庾信”句，意思是王维归来不是我杜甫一人高兴，大家为之而额手相庆，奔走相告。诚如刘克庄崇高评价说：“右丞不污天宝之乱，大节凛然。”[1]

然而，讲存天理、去人欲的大理学家朱熹则说：“王维以诗名开元间，遭禄山乱，陷贼中不能死，事平复幸不诛。其人既不足言，词虽清雅，亦萎弱少气骨。”[2]元代吴师道也说：“维文词清雅，风度高胜，超然山林间，疑其非世之人。而居位显荣，污贼不能死，适累是图，惜哉。”[3]他们同一逻辑推导：陷贼者皆当以死来尽忠，不死者不忠；王维陷贼不死，故王维不忠；王维既然不忠，其诗虽清雅而无气骨。清人李绂则从信仰上来解释王维陷贼未死的原因，他指出：“（维）心未尝忘君，惟未能引决耳。欧阳公谓老氏贪生，释氏畏死，然则其不能引决，亦学佛之误也。”[4]而清代顾炎武则甚至认为《凝碧池》是王维欺世的幌子，他尖锐地批判说：“古来以文辞欺人者，莫若谢灵运，次则王维。”[5]

[1]刘克庄著，王秀梅点校：《后村诗话》，中华书局1983年版，第190页。

[2]魏庆之：《诗人玉屑》，上海古籍出版社1958年版，第315页。

[3]吴师道：《吴礼部文集》卷十七，北京图书馆古籍珍本影印。

[4]《王右丞集笺注·附录》，第565页。

[5]顾炎武：《日知录》卷十九，《文辞欺人》，见《日知录集释》，上海古籍出版社1985年版，第1458-1459页。

其实，关于王维的气节问题，是无须辩驳的。即便是对王维作极苛刻的考量，也不能说王维节义上有什么大碍。如果王维的“失节”罪成立，最轻也当判流放。然而，肃宗皇帝不仅未加任何罪责，反而用作近臣。《旧唐书·王维传》载：“代宗常谓缙曰：‘卿之伯氏，天宝中诗名冠代，朕尝于诸王座闻其乐章。今有多少文集，卿可进来。’”代宗皇帝对王维诗的编辑非常满意，“优诏褒赏”；在其“旰朝之后，乙夜将观”后，而于《答王缙进王维集表诏》中诏曰：“卿之伯氏，天下文宗。位历先朝，名高希代。抗行周雅，长揖楚辞。调六气于终篇，正五音于逸韵。泉飞藻思，云散襟情。诗家者流，时论归美。诵于人口，久郁文房。歌以国风，宜登乐府。”（《全唐文》卷四十六）此属极评，古今罕见。王维如果真有什么“失节”的政治问题，岂能为代宗所推崇备至呢？或言之，王维真有什么问题，也不至于是事关政治名节的“致命”问题。

古人对王维陷贼事件虽也有些“微词”，但基本上不属于歪曲与诋毁，更非信口雌黄。而蒋勋则全然不顾历史事实，“戏说”性质地虚构说：“王维是一个音乐家，当时是乐臣，管音乐的。安禄山要做皇帝，登基的时候，命令王维为他谱乐。在这种情况下，只有两种可能，一个是不写，然后死亡；一个是写。王维写了，因为他想活下来。皇帝登基的时候，王维写的音乐在演奏，他在旁边哭。在标准的儒家道德看来，这是叛国。”[1]真可谓善者见善，恶者见恶也。有个叫江弱水的学者说，王维要来找蒋勋拼命。他在《东方早报》等媒体发表文章指出：“我从来没有见识过这样不严谨的写作，比所有的‘戏说’和‘大话’都强，几乎算得上‘穿越’了。如果说这是中文世界的三聚氰胺或者塑化剂，不算是过于严厉的指控吧？”用“三聚氰胺”比喻蒋说，真是太贴切了。蒋说误人不浅矣！蒋勋在台湾的声誉很高，他的书在大陆也卖得很火，还不知道有多少青少年，包括不明事理的读者，喝了这种加入了三聚氰胺的文学之奶也。

王维是不会来拼命的。王维的洁好几达洁癖程度，即便人家不泼脏他，他仍不断洗刷自己。

[1]蒋勋：《蒋勋说唐诗》，北京中信出版社2012年版，第54页。

❸ 自陷忏悔深渊

抑或是王维患有节义之洁癖，严以律己，几近残酷。

王维最最不能宽恕自己的是其陷贼遭遇，虽然朝廷没有开罪他，同僚没有歧视他，朋友更没有冷淡他。人家不计较他，他则自己计较自己，自己跟自己过不去，自以为是污点，不断地清算自己。

朝廷越是不计较，王维越是深刻不安，不断强化他内心深处的罪恶感，十分耿耿于怀地清算自己，形成了沉重的“自卑情结”，这一点，似也与庾信同。在经历安史之乱后，王维被一种犯罪意识所苦苦折磨着，不断地在自我审判中寻找与灵魂的对话。他在《与工部李侍郎书》中说：

> 及乎晚岁时危，益见臣节。草莽之中，乘舆播越，列郡或弃车走林，畏贼顾望，贡献不至，莫有斗心；侍郎慨然，枕戈泣血，奋不顾命，捍卫圣主。杨奉之以兵奉迎，萧何之运粮致馈，曹洪之以良马济，赵衰之以壶飧从。收合亡骑，缮完弃甲，喻以大义，慰而勉之。然后以剑率卒，执戈前驱，浃辰之间，六军响振，以成兴复之业，岂非侍郎忠节盖世，义贯白日，垂名竹帛，为一代宗臣？诚可爱也。或曰：宗子与国同休，不得不尔也。夫仁弱自爱者，且奔窜伏匿，偷延晷刻。穷蹙既至，即匹夫匹妇自经于沟渎，安能决命争首，慷慨大节，死生以之乎？而能不邀宠于上，不干功于下，不怠邦政，不受私谒。时与风流儒雅之士，置酒高会，吟咏先王遗风，翛然有东山之志。善矣！维虽老贱，沉迹无状，岂不知有忠义之士乎？亦常延颈企踵，响风慕义无穷也。

这一段文字极言颂美李侍郎，着重表现其高尚的德行与雅志，最后以自己来反衬，意思是说，我也懂忠义，也知廉耻，也是个向往风范、渴求德义的人。其中隐含着洗白自己却很难洗白的内疚与痛苦。王维对自己在“晚岁时危”中的表现很不满，感到很羞愧，甚至厌恶自己也痛恨自己。王维的《谢除太子中允表》，对自己鞭挞更猛烈：

> 臣维稽首言：伏奉某月日制，除臣太子中允，诏出宸衷，恩过望表，捧戴惶惧，不知所裁。臣闻食君之禄，死君之难。当逆胡干纪，上皇出宫，臣进不得从行，退不能自杀，情虽可察，罪不容诛。伏惟光天文武大圣孝感皇帝陛下，孝德动天，圣功冠古。复宗社于坠地，救涂炭于横流。少康不及君亲，光武出于支庶，今上皇返正，陛下御乾。历

数前王，曾无比德。万灵抃跃，六合欢康。仍开祝网之恩，免臣衅鼓之戮，投书削罪，端衽立朝。秽污残骸，死灭余气，伏谒明主，岂不自愧于心？仰厕群臣，亦复何施其面？跼天内省，无地自容。且政化之源，刑赏为急，陷身凶虏，尚沐官荣。陈力兴王，将何宠异？况臣夙有诚愿，伏愿陛下中兴，逆贼殄灭，臣即出家修道，极其精勤，庶裨万一。顷者身方待罪，国未书刑，若慕龙象之俦，是避魑魅之地。所以钳口，不敢萌心。今圣泽含弘，天波昭洗。朝容罪人食禄，必招屈法之嫌。臣得奉佛报恩，自宽不死之痛。谨诣银台门，冒死陈请以闻。无任惶恐战越之至。

不仅没有追究陷贼之罪，而且依然封官近臣中允！这为王维所始料不及！这也让王维愈发惶恐愧疚！此表辗转陈述的中心意思是：维是罪人，罪不容诛，“免臣衅鼓之戮”已是再生之恩；而“仰厕群臣”之中，则让我更是“无地自容”。表之最后“陈请”说：朝廷为我昭雪洗刷，已让我感恩不尽，而再为官食禄则怕辱礼屈法也。恳请皇上准我“出家修道”，以遂我报恩赎罪的愿誓，而聊宽我不死之痛。这种自责，在王维的后期诗文中时常或明或暗地出现，如“没于逆贼，不能杀身，负国偷生，以至今日”；“贪冒官荣，荏苒岁月，不知止足，尚忝簪裾”（《责躬荐弟表》）。诗人严苛自责，而自陷悔罪泥淖也愈发深矣。

王维陷贼后，其名望似未受到任何影响，人家不计较他，他自己计较自己，不断地清算自己，他在几乎所有能够申言洗白的场合，借题发挥，而发表自己对于“食君之禄，死君之难”之节义观的看法。譬如他为韦斌作碑铭。《旧唐书·韦斌传》载曰：“（天宝）十四载，安禄山反，陷洛阳，斌为贼所得，伪授黄门侍郎，忧愤而卒。及克复两京，肃宗乾元元年，赠秘书监。”韦斌与其兄韦陟都是王维多年的好友，而韦斌陷贼的经历和性质也与王维非常相似。王维在《大唐故临汝郡太守赠秘书监京兆韦公神道碑铭》起笔的一段议论，非常耐人寻味：

坑七族而不顾，赴五鼎而如归，徇千载之名，轻一朝之命，烈士之勇也。隐身流涕，狱急不见，南冠而絷，逊词以免；北风忽起，刎颈送君，智士之勇也。种族其家，则废先君之嗣，戮辱及室，则累天子之姻，非苟免以全其生，思得当有以报汉；弃身为饵，俛首入橐，伪就以乱其谋，佯愚以折其僭，谢安伺桓温之亟，蔡邕制董卓之邪，然后吞药自裁，呕血而死，仁者之勇，夫子为之。

王维认为，士人临难而于生死之际有三种表现：一是“烈士之勇”，二是“智士之勇”，三是“仁者之勇”。而韦斌属于“仁者之勇”，这也是王维最欣赏的。其中“吞药自裁”之典，似为信手拈来，却暗喻自己临难而“服药取痢，伪称瘖疾”之事。尤其是，碑文中有一段描写，记叙他与韦斌的那段难友经历，更是别有用心：

君子为投槛之猿，小臣若丧家之狗。伪疾将遁，以猜见囚。勺饮不入者一旬，秽溺不离者十月；白刃临者四至，赤棒守者五人。刀环筑口，戟枝叉颈，缚送贼庭，实赖天幸，上帝不降罪疾，逆贼恫瘝在身，无暇戮人，自忧为厉。公哀予微节，私予以诚，推食饭我，致馆休我。毕今日欢，泣数行下。示予佩玦，斫手长吁，座客更衣，附耳而语。指其心曰：“积愤攻中，流痛成疾，恨不见戮专车之骨，枭枕鼓之头，焚骸四衢，然脐三日。见子而死，知于此心。”

这哪里是在写韦斌，分明是在写自己，是以韦斌来衬托自己，提升自己。这里详述了王维自残的经历，而似未被人多关注，这却是一则非常有说服力的确证其“节臣”的材料。王维自残后，病得不轻，十天勺饮不入，十个月尿屎在身。碑文中说，若不是韦公照顾，也许我也活不到今天了。而非常重节操的韦斌，所以这样悉心照顾我，是因为他欣赏我的节义之举，即“公哀予微节”意。然而，韦斌却没等到平定安史之乱的那一天，就“忧愤而卒”也。碑铭文写韦斌临死前的 个细节，“示予佩玦，斫手长吁，座客更衣，附耳而语”，指其心而死，身在匪营，而心在大唐也。这一段文字写活了两个人，两个具有“仁者之勇”的忠臣，他们在同陷贼的危难关头所表现出来的节义与友谊，可谓感天地而泣鬼神也。

王维在此碑文的最后写道：“皇帝中兴，悲怜其意，下诏褒美，赠秘书监，天下之人谓之赏不失德矣。”意思是说，朝廷对于韦斌的处理是英明的，而社会舆论也没有什么“失德”的指摘。隐含有韦斌在天之灵亦可得以告慰的意思。这个收束，味外有味，也是在暗喻自己。自己陷贼中的表现与韦斌相同，当然也是一种“臣节”表现。另一层意思是，朝廷为我昭雪，甚至还加官进爵，这样的处理也与对韦斌的处理相同。最终的意思是，希望于其中得到“自赎”，而有仰不愧而俯不怍的心安理得。

王维不放过这些“碑文”及“赞文”的机会，来讨论“道德”问题，也是洗刷自己而得以精神慰藉。他在《裴右丞写真赞》中也言及“仁者之勇”的概念，认为裴右丞陷贼而能自守节操以致历险脱身，是“仁者之勇，义无失忠”。王维毕生的处世方式与行为判断，基本上是儒家传统思想立场。而他所笃信的佛禅也并非畏死，只是不轻易以死取义，讲究向死而生。

我们实在没有理由苛求王维，而要其放弃对生活的深刻眷恋，表现以“引决”的“烈士之勇”。而王维的这种自我清算式的忏悔，在中国古代思想史上非常罕见，也尤为珍贵；他对自身的自觉清算，也使他的人格人品更加纯美而高尚。

忏悔是一种深层的精神情怀，意味着对过去事情的追索、检讨、内省、负疚、反悔、懊恼等。王维于“安史之乱”后，大部分时间消磨在忏悔里，自我闭关，很怕与外界接触，朋友也就主要局限于几个人，这种封闭和半封闭性的环境和状态，反过来又助长了他的自我否定的心理倾向。尤其是在他生命的最后时期，一直以忏悔而作灵魂的拯救。沉重的负罪感以及由此而生成的“自卑情结”，压弯了他的脊梁。然而，赦罪昭雪与升官之褒荣，以及友朋频繁交往之快慰，也给他注入新的生命的血液，带来焕然一新的精神面貌。王维《既蒙宥罪旋复拜官伏感圣恩窃书鄙意兼奉简新除使君等诸公》诗写道：

忽蒙汉诏还冠冕，始觉殷王解网罗。
日比皇明犹自暗，天齐圣寿未云多。
花迎喜气皆知笑，鸟识欢心亦解歌。
闻道百城新佩印，还来双阙共鸣珂。

诗作于乾元元年（758）初春，诗题很具体，写明其创作的缘起。因为赦罪且复官，又适逢几个新任命刺史的官员来看他。他简直感到如在梦中，不敢相信这是真的。故金圣叹评点说：“前此惊魂一片，后此衔感万重，所有意中意外如恍如惚，无数情事，不觉尽出。”（《金圣叹选批唐诗》卷三上）三四句感恩颂德，皇上的恩泽明亮比太阳还要温暖；皇上的福寿即便与天齐平也不能说多多。人逢喜事，花皆含笑；物在佳节，鸟亦解歌。始料未及的望外之喜，几让王维心神颠倒。这个很能够节制的儒雅高人，也不能矜持，大有不禁手之舞之足之蹈之的抃跃鼓舞也。

十三

向善而终

王维晚景，非常凄惨，饱受着忏悔的精神折磨，同时承受着孤独的情感凌迟。

也许王维本不该走得这么匆忙的，肃宗上元元年（760）夏，王维转尚书右丞，第二年七月辞世。而非常不可思议的是，王维走时竟然那么从容。临终之际，索笔作别，然后“舍笔而绝”。

诗传写到王维向善而终，刚好“十三章”。笔者不由得一愣，怎么是个“十三”的数字？

呵，这可是个刻意难求的吉数，抑或是偶然，似有其必然，仿佛有什么谶验似的。

❶ 含章之人其词大

“守正之人其气高，含章之人其词大”（《京兆尹张公德政碑》），这是王维评价张去奢的话，用于自评，也是没有什么不妥的。王维笃守正道，含美于内，故有“荣光外映，秀色内含”的佳作，如其晚年的诗《和贾舍人早朝大明宫之作》。

这是一篇和作。缘起于贾至的《早朝大明宫呈两省僚友》。贾至文才出众，地位显赫。其父即中书舍人贾曾，为睿宗作传位册文。四十四年后，同是

中书舍人的贾至则为玄宗作传位册文。玄宗曾不胜感慨地对贾至说："二朝盛典，出卿父子之手，可谓继美。"（《新唐书·贾至传》）意满志得的贾至，以大明宫为题材写了一首七律遍赠两省僚友，时两省僚友，和者甚众，岑参、杜甫等都参加了唱和。文学史上四首并提，即原唱与王维、岑参、杜甫三首。然《唐诗三百首》只选王维和岑参两人之作，此选家真够苛刻。杜甫虽然精于七律，然他的这首和作实在不敢恭维。而王维的和诗则技高一筹而在诸篇之上，古来已有定评。其诗写道：

绛帻鸡人报晓筹，尚衣方进翠云裘。
九天阊阖开宫殿，万国衣冠拜冕旒。
日色才临仙掌动，香烟欲傍衮龙浮。
朝罢须裁五色诏，佩声归到凤池头。

此和作，不和其韵，只和其意。和诗意象伟丽，言辞堂皇，格调谐和，境界异常高阔。贾至原诗写其沾沐皇恩而洋洋自得，王维和诗则取意帝王威仪和大国隆盛。以立意比较，贾诗远逊王诗矣。以立意胜，也是王维应制诗决胜天下之卓绝处。和诗首联写早朝前，凸显宫廷中庄严、肃穆的特点，制造出煊赫威势与肃穆气氛。中间四句正面写早朝，气象极为高华。诗人以概括叙述和描绘摹写相结合的笔法，表现早朝场面的宏伟庄严和上国君王的尊贵，勾勒出气势非凡的"大明宫早朝图"，给人一种亲临其境的现场感。诗中"九天阊阖开宫殿，万国衣冠拜冕旒"二句尤其著名，巍峨的宫殿大门层层叠叠，如九重天门迤逦打开，以突出气象之伟丽；庄肃的万国使节整整齐齐，拜倒丹墀，以夸张声势之威武。"万国"与一"拜"，互为关系，形成了数量上众寡和位置上卑尊的对比，突出了大唐帝国的威仪，反映了大唐仪态万千的气象，艺术地再现了真实的历史背景。钱基博曾经指出："论王维诗者，多称其清微淡远，罕道其雄奇苍郁；喜言其萧散旷真，不知其精整华丽；是所谓知其一不知其二。"[1]王维和贾舍人的诗，雄奇之至，精整之至，华丽之至，是王维诗清微淡远、萧散旷真的另一方面，足见其诗风的多样性。

王维复官后，也不把官当官来做，落得个悠闲自得，他的《左掖梨花》诗云：

闲洒阶边草，轻随箔外风。黄莺弄不足，衔入未央宫。

---

[1]钱基博：《中国文学史》，中华书局1993年版，第325页。

左掖：指门下省。唐代的门下省和中书省，分别设在宫禁（帝后所居之处）左右两侧。位于大明宫宣政殿左侧的庭院里，梨花盛开。公事之余，王维信步闲庭，置身于纷纷扬扬的落英之间，花通人性，莺解人意，俞陛云亦评曰：“鸟衔花片，虽诗人偶咏及之，其实为事理所稀有。右丞殆借以为喻，以梨花喻京朝官：倘推毂无缘，则亦飘飏于阶前帘外耳；一旦汲引有人，忽蒙前席之召，犹花被莺衔入未央宫里。当是见同官中遇意外之荣，故借题寓意耳。否则虚构此景，果何谓耶？”[1]（《诗境浅说》）此乃比附历史、牵合政治的传统解法，似也能够自圆。其《红牡丹》似也可这样来解。其诗云：

绿艳闲且静，红衣浅复深。花心愁欲断，春色岂知心。

《唐诗别裁》云：“五言用长易，用短难，右丞工于用短。”王维晚年的诗，越发地短小了，非常凝练，极其浓缩，然极具审美的爆发力。这几句诗的表面意思是：牡丹艳丽因绿叶映衬更加闲逸宁静，红色衣瓣由淡而渐深。而其内在却愁肠欲断，春色哪里知道其心情呢！诗人以花写人，写他自己。牡丹通常用来写富贵，写喜悦，而此诗则用来写愁苦之情。如果也用牵合政治的解法，“红衣浅复深”则暗示其职位的变化。唐太宗贞观四年始，朝官按一定的服色区别贵贱，以紫、绯、绿、碧分品秩。三品以上紫色，四品深绯，五品浅绯。王维原为给事中，正五品上，著浅绯；而官尚书右丞，正四品下，著深绯。官服的颜色虽然都是红色的，则由浅红而变为深红了。人但见我官职又有升迁，而不知我内心愁苦、肝肠寸断啊。

由于王维的名气、地位与人缘，加之其休闲的生活态度，不断有同僚来访，接待访友便成为他晚年活动的重要内容。《晚春严少尹与诸公见过》是写严武等同僚来访的诗。严武（726-765），英年早逝，官至吏部尚书，封郑国公。《全唐诗》介绍严武，说其“最善杜甫，其复镇剑南，甫往依之”。《新唐书·严武传》亦有“最厚杜甫”之说；《新唐书·杜甫传》载：“武以世旧，待甫甚善”，然“（甫）尝醉登武床，瞪视曰：‘严挺之乃有此儿！’”杜甫醉酒羞辱其父，激怒了性本“暴猛”的严武，差点被斩杀。严武来访王维，似乎是诗交，主要是出于对王维这个“当代诗匠”的钦仰。唐时京兆尹，从三品；少尹，从四品下。时严武为少尹，官职与王维近乎持平。王维诗云：

松菊荒三径，图书共五车。烹葵邀上客，看竹到贫家。

[1]俞陛云：《诗境浅说》，北京出版社2003年版，第124页。

鹊乳先春草，莺啼过落花。自怜黄发暮，一倍惜年华。

诗的前六句都是寒暄语，说自家寒舍僻静，很少有人来访，只有几卷旧书，加上几丛修竹，也没有什么高档的东西拿出来招待贵客。诗到尾联才见意格。最后二句，显然是有针对性的，是一种答词。肯定是严少尹与诸公们来访时说了点什么慰问的话，而让王维有此“一倍惜年华”之语。故结处答其意，自怜暮景，省却了许多非诗的交代，诗至此，也算是切题了。

王维的《酬严少尹徐舍人见过不遇》诗也是写严武来访的，从题目上可见，同来的还有徐舍人。徐舍人是指徐浩，刚从襄州刺史任上召回，拜中书舍人，正五品上。看来严武还不止一次地来访，还引荐其他高官来访。

公门暇日少，穷巷故人稀。偶值乘篮舆，非关避白衣。
不知炊黍谷，谁解扫荆扉。君但倾茶碗，无妨骑马归。

王维为朋友释疑说：衙门公事缠身而很少有闲日，家中一般也没有什么朋友来访。偶然碰到外出有点小事而让你们扑了个空，真不是有意避而不见。真不好意思，因为不在家中而有所怠慢，还不知家人有没有热情招待贵客。你们就在寒舍喝了杯茶水，骑马回去一路上没有什么要紧吧。诗之出语能够这样直率，说明关系很不一般。诗人没有虚情假意地赔多少的不是。

严武始终非常敬重王维，他任职河南尹后，也常到王维家中来探视。上元二年初春，严武来京办事，又顺便来看王维，好像还在王维家住了一宿。王维时已六十一岁，以《河南严尹弟见宿弊庐访别人赋十韵》诗赠。诗中云：“贫交世情外，才子古人中。冠上方簪豸，车边已画熊。”王维夸严武有古人之风，不忘贫贱之交，虽然已经官从三品，还是不忘旧情而来看望他。诗的最后写道：“为学轻先辈，何能访老翁。欲知今日后，不乐为车公。”此四句似可想见二人执手泣别的情景。王维伤感不已，洒泪话别：为学者大凡看不起先辈，谁还来看我这老头子呢（实赞严武，反衬也）！要想知道今日分别后的我吗？我会因不能见到阁下而郁郁不乐的（自写，突出严武走后的孤独难耐）。

晚年的王维，亦官亦隐，意欲闭关而却需要不断应酬访客。因此，他的这类应酬诗比较多。其《酬张少府》也是一首可以了解王维晚年思想的重要作品。诗云：

晚年惟好静，万事不关心。自顾无长策，空知返旧林。
松风吹解带，山月照弹琴。君问穷通理，渔歌入浦深。

少府的地位比较低，是辅佐县令工作的副职，唐时称县令为明府。张少府且是个晚辈，他赠诗王维，是来讨教的，向王维请教有关穷通之理的问题。王维诗题为“酬”，却未直接回答，似乎还有点答非所问的游离。诗从自身晚年状态说起。“松风吹解带，山月照弹琴”二句，最令人唱咏不已，玩味不尽。这是摆脱了现实政治的种种压力之后的诗意生存的状态，表现出“返旧林”后而志满意得的深深陶醉。最后两句，才用一问一答的形式，照应题目，而又妙在以不答作答。穷通之理，真不是能够轻易说透的，何况见解也因人而异。王维的回答，真可谓大智慧者也。诗以景结句，渔浦深处，渔歌袅绕，让读者进入恍惚缥缈的意境，获得寻绎不尽的理趣。故古人评赏曰：“意思闲畅，笔端高妙，此是右丞第一等诗，不当于一字一句求之。”（《唐诗援》）这首酬诗，通篇看似闪烁其词，然句句是酬对，其中是有很多的艺术经验让我们汲取的。

当时还有一个少府级别的官员叫钱起，成为王维的一个亦徒亦友的诗友。裴迪离王维远了，去蜀地做官了。钱起在这个当口插入，填补了裴迪走后王维的落寞。钱起《东城初陷，与薛员外、王补阙暝投南山佛寺》诗反映安史之乱中钱起与王维他们几个栖身于佛寺中，靠佛禅真谛之觉悟而处变不惊，视乱象如同镜中之象，化苦难亦即镜中之象，绝去生灭之想，实现了内心的超脱与宁静，这是他与王维成为好友的心理基础，他们也似乎只相信自己的内心。钱起欲归田园，王维大加赞赏，赠诗《春夜竹亭赠钱少府归蓝田》：

> 夜静群动息，时闻隔林犬。却忆山中时，人家涧西远。
> 羡君明发去，采蕨轻轩冕。

此诗可与王维的《山中与裴秀才迪书》比照。诗写对隐于山中那些美好时日的回忆。末句借用伯夷、叔齐隐居首阳山采蕨而食的典故，表露出诗人对钱少府弃官退隐的歆羡，也流露出自己渴望早日归隐的愿望。诗幽景远情，无穷兴味。也许是兴致未尽，王维写于同时的还有一首送别诗，题为《送钱少府还蓝田》：

> 草色日向好，桃源人去稀。手持平子赋，目送老莱衣。
> 每候山樱发，时同海燕归。今年寒食酒，应是返柴扉。

此诗写一种“遥想”。首联二句，先从对方家园写起，遥想此时已是草长莺飞而春意盎然，然而这一片桃源美景却寥落冷清，因主人在外而无人欣赏。颈联二句，则纵情想象，遥想归人回家时，正值山樱花开、燕子南归。尾联二句则进一步遥想，估计今年寒食节时钱起已抵家，享受诗酒田园之乐也。只有颔联的二句是写送，一句一典，饱含盛赞，钱起成为诗人心目中那个写《归田赋》的张衡，成为春秋时的楚国隐士、行孝娱亲的老莱子。

亦官亦隐的王维，已到晚境，归意越发急迫矣。

❷ 惜别大有离世之恸

乾元二年（759），唐军与叛军处于拉锯战。四月，史思明杀安庆绪还范阳，自称大圣燕王。著名的相州之役，唐军贻误战机，六十万大军溃败而不可收拾。九月，史思明重陷东京洛阳。十月，李光弼大败史思明于河阳。

是年，李白在白帝城遇赦东归，回舟江陵，南游岳阳。诗人复萌用世之意，多次求人荐引而终未果。

是年，杜甫弃官赴秦州，至同谷，入蜀。从此开始了他十余年“青衫老更斥，饿走半九州”（王安石《子美画像》）的漂泊生涯。

是年，王维仍官给事中。虽然不像李白杜甫那样居无定所，四处流浪，但兄弟朋友纷纷因公而离去，王维却在饱受孤独的煎熬。

《旧唐书·王维传》说王维“闺门友悌，多士推之”。他在《偶然作》（其三）、《山中示弟》等诗中也说，不是因为“小妹日成长，兄弟未有娶”，他早就随性隐居。换言之，他“日夕见太行，沉吟未能去”，以至于“几回欲奋飞，踟蹰复相顾”，就是因为家庭之重负。

王维与其大弟王缙的关系特别密切，二人既为骨肉，又是挚友，还是诗侣。王缙是王维自小带出来的。王维陷贼构罪，王缙则不惜自降以赎保。王维兄弟二人都是赫赫有名的大才子。《新唐书》说王缙“少好学，与兄维俱以名闻。举草泽、文辞清丽科上第”。史有“朝廷左相笔，天下右丞诗”的说法。据史所载，宝应元年（762），玄宗崩，王缙撰哀册，名动京师。王缙擅长官样文章，似乎更擅长碑铭祭文。野史传说：王缙好与人作碑铭，有送润毫者，误叩其兄门，维曰：“大作家在那边。”可惜王缙的作品留存不多。散文只有表、碑、册等体，意义不大。诗作平淡清新，成就不可与其兄颃颉也。

王缙的德行更是远不如王维，然其做官办事却很有一套，比其兄强。

《新唐书》载：王缙历侍御史、武部员外郎。禄山乱，擢太原少尹，佐李光弼，以功加宪部侍郎，迁兵部。后拜黄门侍郎、同中书门下平章事。即官至宰相，正二品。王缙晚年佞佛，走火入魔，做什么都证之以因果报应说，以至于影响代宗，“帝信愈笃”而“群臣承风，皆言生死报应”。其任宰相时，大兴佛教之风，使大历年间佛教盛极一时，寺庙云集，穷极瑰丽，僧徒横行，寺庙成为藏污纳垢之所，导致刑政失修，政治腐败。新旧唐书上历数他的劣迹，主要是贪婪。王缙晚年一任权臣元载专断骄横，而多附和。大历十二年（777），元载获罪受诛，王缙也被贬为括州（今浙江丽水）刺史。后被召归，为太子宾客、分司东都，直到去世。

王维的《别弟缙后登青龙寺望蓝田山》写于758年冬后，因缙外放蜀州刺史。此时王维已到老境，为爱弟送行，特别伤感。诗云：

陌上新别离，苍茫四郊晦。登高不见君，故山复云外。
远树蔽行人，长天隐秋塞。心悲宦游子，何处飞征盖？

诗写别弟后深重的落寞与失望。全诗蒙上了悲凉而怅惘的“晦”色。深秋迟暮，陌上别离，行者远去，苍茫一片。诗人复登高极目，远树长天，重为蔽隐。别情与云山俱远，离忧与山水同深。“心悲宦游子，何处飞征盖”，明明知道其弟之所去，还是用“何处”以动问。今日一别，何日再聚，从此二人之间天高地远。诗人似乎自感时日不多，而遭遇此骨肉分离，则大有离世之大恸矣。虽然诗中没有写到执手垂泪的现场，然那生离死别的哀伤可以想见。

爱弟走后，王维饱受孤寡独寞的精神折磨。自言“晚年来阒然孤独，迥无子孙”（《责躬荐弟表》）。老来无依，鳏寡孤独，尤易生落寞感。同年秋天，韦陟也离京外任去了。韦陟与王维虽非亲兄弟而胜过亲兄弟。韦陟离开长安去洛阳任职，以礼部尚书充东京留守。唐代皇上或居长安或居洛阳，而皇上不在洛阳时以大臣充任。好友韦陟属于重用，然王维为其送行而心情非常不好。其《送韦大夫东京留守》诗开篇四句很有意味，“人外遗世虑，空端结遐心。曾是巢许浅，始知尧舜深。”似乎是在检讨自己。大意是：自己仿佛是个世外之人，多生不切实际的虚幻之想，曾因一己之私而推崇巢父许由避世隐居，如今看来这是多么的浅薄啊！现在始知，像尧舜那样为天下谋利益，那才是功德无量而品行高深。中间部分大写天子盛德，意在要韦大夫不失天赐良机，创“穷人业宁”“逆虏遗擒”之奇功，然后再有拂衣东山的退隐。最后的六句又写自己：“给事黄门省，秋光正沉沉。壮心与身退，老病随年侵。君子从相访，重玄其可寻。”大意是：我虽仍在门下省担任给事中，但已日薄西山而没有多少出息，昔年雄心已泯，且又年迈多病。日后再也不能与阁下亲密接触而求道访游了。结尾很伤感，情绪消沉，衰惫之气顿出，而大有离世之恸。

王维老矣，日渐年迈，体衰多病，而兄弟至友纷纷走离，其《和陈监四郎秋雨中思从弟据》诗中将这种悲情表现得很沉痛。此为五排，共十六句，前八句写情境，后八句则直抒胸臆：“忽有愁霖唱，更陈多露言。平原思令弟，康乐谢贤昆。逸兴方三接，衰颜强七奔。相如今老病，归守茂陵园。”王维排列的几个典故，写自己的此在心情与状态，他愈发地孤独而不堪忍受也。

王缙此一走就是两年，久在蜀州刺史任上而不归。王维终于忍无可忍了，上元二年（761）春他上表朝廷：

> 臣之五短，弟之五长，加以有功，又能为政。顾臣谬官华省，而弟远守方州，外愧妨贤，内惭比义，痛心疾首，以日为年。臣又逼近悬车，朝暮入地，阒然孤独，迥无子孙。弟之与臣，更相为命，两人又俱白首，一别恐隔黄泉。傥得同居，相视而没，泯灭之际，魂魄有依。伏乞尽削臣官，放归田里，赐弟散职，令在朝廷。臣当苦行斋心，弟自竭诚尽节，并愿肝脑涂地，陨越为期。葵藿之心，庶知向日；犬马之意，何足动天！不胜私情恳迫之至。（《责躬荐弟表》）

此表情词恳切，几以泣血。真个是一报还一报。其弟曾降职救兄，其兄如今则乞望尽削己官而荐弟归京。不久其弟得授左散骑常侍，正三品下，得还京师。上元二年五月，王维上表致谢，其《谢弟缙新授左散骑常侍状》开头这样写道：“臣之兄弟，皆迫桑榆，每至一别，恐难再见。匪躬之节，诚不顾家；临老之年，实悲远道。”王维卒于是年七月，其临终之际，望眼欲穿，却终于没能见上爱弟一面，悲乎哀哉！

王维已到垂暮之时了，特别易于伤感，也特别易动善心。他有一首《冬晚对雪忆胡居士家》诗，是一首写雪的杰作，其中写雪堪为千古绝笔，潘德舆评曰：“大抵能诗者无不知此妙”（《养一斋诗话》卷二）。

> 寒更传晓箭，清镜览衰颜。隔牖风惊竹，开门雪满山。
> 洒空深巷静，积素广庭闲。借问袁安舍，翛然尚闭关。

读此诗，读者的注意力全在对诗中写雪妙笔的欣赏上，而忽略了理解作者的此在心情。一切写雪之笔墨，都浸渍着一种悯情，都是写一种牵挂。诗人无心赏雪，见雪怀人，写雪正是为了怀人。末二句卒章破题，照应“忆”字。王维所怀的胡居士，既贤且贫，深谙佛理。从王维《胡居士卧病遗米因赠》《与胡居士皆病寄此兼示学人》等诗看，胡居士与王维过从甚密，常受王维之接济。虽然雪好，却因恻隐心动，而自扫赏雪之雅兴。此诗流露出一种物伤其类之思，王维在为别人忧伤，也是在为自己而忧伤。

王维老矣，王维生命的最后时刻，是在极端孤独中痛苦度过的。

❸ 观世从今得无生

上元二年（761），史朝义杀史思明后，在洛阳即位，改元显圣。二月，李光弼兵败邙山，河阳。怀州皆陷。《资治通鉴·唐纪》载：七月，癸未朔，日有食之，既，大星皆见。

是年春，李白由洞庭返江夏，秋至寻阳，再登庐山，决意游仙学道以度余年。

是年，杜甫在严武等朋友的帮助下，于成都西郊浣花溪畔建成草堂，度过了他生活相对稳定的四年时光。

是年夏，王维转尚书右丞，正四品下。左丞管理吏、户、礼三部，右丞管理兵、刑、工三部。尚书右丞，这也是王维做得最大的官，故世称王右丞。

王维似乎冥冥之中感到自己不久于人世了，他此前此后一段时间里所做的一些事情，似乎有处理后事的感觉。他向皇帝上表，将自己最为钟爱的辋川山庄施作僧寺。其《请施庄为寺表》的后半部分这样写道：

> 又属元圣中兴，群生受福。臣至庸朽，得备周行。无以谢生，将何答施？愿献如天之寿，长为率土之君。唯佛之力可凭，施寺之心转切。效微尘于天地，固先国而后家。敢以鸟鼠私情，冒触天听，伏乞施此庄为一小寺，兼望抽诸寺名行僧七人，精勤禅诵，斋戒住持。上报圣恩，下酬慈爱。无任恳款之至。

别业献给国家，以作寺庙用，祈福天下群生。王维平素喜行慈善之道，有利济苍生之志，周济穷苦，布施粥饭。王维还不止一次上状，恳求朝廷允许自己将所得的职田献出，作为周济穷苦、布施粥饭之用。如果说他施献别业还主要是“上报圣恩”的话，那么他施献职田则是为了“下酬慈爱”。正如他在

《请回前任一司职田粟施贫人粥状》里所云：

右。臣比见道路之上，冻馁之人，朝尚呻吟，暮填沟壑。陛下圣慈怜愍，煮公粥施之，顷年以来，多有全济，至仁之德，感动上天，故得年谷颇登，逆贼皆灭，报施之应，福佑昭然。臣前任中书舍人、给事中，两任职田，并合交纳，近奉恩敕，不许并请，望将一司职田，回与施粥之所。于国家不减数粒，在穷窘或得再生，庶以上福圣躬，永弘宝祚，仍望令刘晏分付所由讫，具数奏闻。如圣恩允许，请降墨敕。

看得出这是他的第二次呈表请施了。第一次请施失败，皇上从怜爱王维的角度而“不许”并施。然王维执意欲施，再上表请施一处司职田。王维曾任中书舍人和给事中，按照唐朝的禄制，这两职均为五品上，五品官六顷田。这一次单献，终于如愿，也可聊慰其仁爱之心了。虽然其献中也许带有自我救赎的成分，但却表现出王维正直善良、清高自洁的人格精神，不像其弟贪财，更不像当下贪官贪污动辄上亿。

经历了安史之乱的大劫难，晚年的王维更是苦行斋心，笃信佛教，与僧人、居士广为交往。山水田园不足以疗救其心伤的，还需要通过遁入空门来救赎自己，故潜心于佛教修持。他在《叹白发》诗中说：“宿昔朱颜成暮齿，须臾白发变垂髫。一生几许伤心事，不向空门何处销。”虽官至四品高位，王维仍然过着清贫的生活，身在家而心出家的清修生活。《旧唐书》王维本传载：“维弟兄俱奉佛，居常蔬食，不茹荤血，晚年长斋，不衣文彩。……在京师日饭十数名僧，以玄谈为乐。斋中无所有，唯茶铛、药臼、经案、绳床而已。退朝之后，焚香独坐，以禅诵为事。”这非常真实地记录了王维晚年生活的基本内容，其《饭覆釜山僧》诗可与互证。诗云：

晚知清净理，日与人群疏。将候远山僧，先期扫弊庐。
果从云峰里，顾我蓬蒿居。藉草饭松屑，焚香看道书。
燃灯昼欲尽，鸣磬夜方初。一悟寂为乐，此生闲有馀。
思归何必深，身世犹空虚。

此诗中写其施饭覆釜山僧人而获得的顿悟。开头的四句，是自写，写自己饭僧前的忙碌。饭僧成为王维晚年生活的一个重要组成部分，而今日其所迎乃远道而来的高僧，故而特别的殷勤而隆重。中间六句，写“云峰里”走来的高僧们。覆釜山的这些高僧们果然不同凡俗，他们的物质需求极低，修佛则异常虔诚，佛事也异常专注，从早到晚而直至深夜，全都沉浸于诵经念佛看道书里。最后四句是写禅悟。诗人在与高僧们的交流中，享受空门、山林的幽寂之乐，参证了“凡所有相，皆是虚空”（《金刚般若经》）的禅宗要义，彻悟到真正的乐事乃寂灭与涅槃，明心见性，即事而真，达到了一种超现实的“湛然常寂”的境界。禅宗圆通静达的启悟，让王维除去了一切世俗妄念的执着，故而现实中的生命与物质便空幻虚无而显得不重要了，生成了“思归何必深”的处世遇物的生存智慧。《大般涅槃经》：“诸因缘合和法皆归老朽！”世界著名哲学家海德格尔在其名著《存在与时间》中说：“人是向死的存在。”每个实存主体的人，都单独地面临死亡，生死是一个人生命必然走向。生死的探讨也是个人不可逃避的精神挑战。王维以诗来探讨生死，类似谢灵运的诗拖出了个玄言尾巴。王维诗中也常有些这样的“尾巴”，因为他太想将自己的禅悟禅悦直白地表达出来而传达给世人。

也许真是一名成谶，王维一生居家修行，如在家菩萨维摩诘。他与僧人的交往越到老则越多，要么请到家中来，要么走入寺庙去。王维已经老态龙锺了，行动也不甚利索而蹒跚步履，但他还是经常出入名寺大庙，其《夏日过青龙寺谒操禅师》就是写他求释“义心”而冒着炎热前往青龙寺拜谒操禅师的。

龙钟一老翁，徐步谒禅宫。欲问义心义，遥知空病空。
山河天眼里，世界法身中。莫怪销炎热，能生大地风。

在拜谒操禅师之后，诗人的疑问烟消云散，豁然开朗，而有“山河天眼里，世界法身中”的体悟。天人之眼所观甚远，具有超常的视觉能力，整个山河大地尽在其中。法身横遍十方，竖穷三际，世界不能超出其外。若证明此义，炎热也不是炎热。不执炎热相，大地凉风自可骤然而起，销尽炎热。青龙寺在市内，香积寺在郊外，心诚则不避路远，其《过香积寺》写道：

不知香积寺，数里入云峰。古木无人径，深山何处钟。
泉声咽危石，日色冷青松。薄暮空潭曲，安禅制毒龙。

寻来香积寺，山道弯弯，不知何来，也不知何往，云里雾里，不知道走了多少山路，却依然在云雾中。但见古木参天夹道，而无人迹，初不知有山寺；忽闻钟声，方知附近有寺庙。然而，仍不知寺在何处，愈见林深。前四句妙不可言，形成盘旋之势，写尽幽远深奥之趣。最后二句，讲禅门行者以戒定之功、般若智慧之力，降服心中的贪、瞋、痴三毒和由此而起的种种妄想迷惑颠倒，独标禅门修行之宗要。这也是个谢灵运式的尾巴，“用以收局，不失释氏面目”（《唐诗选脉会通评林》）。看来，王维也不是一个真正安静的人，而是一个用很大力气让自己安静下来的人，就像“安禅制毒龙”，这是需要具有多么巨大的精神力量呀，这也反倒显得他特别有力量。

王维既去寺庙，也去道观。《和宋中丞夏日游福贤观天长寺之作》诗自注云：“即陈左相所施。”陈左相即陈希烈，官至左相兼兵部尚书。后因受安禄山伪相职，至德二载定罪赐死。而此观址乃其为相时所献山庄。王维和诗，所和的那个宋中丞，就是救李白出狱的宋若思。王维诗云：

> 已相殷王国，空馀尚父溪。钓矶开月殿，筑道出云梯。
> 积水浮香象，深山鸣白鸡。虚空陈伎乐，衣服制虹霓。
> 墨点三千界，丹飞六一泥。桃源勿遽返，再访恐君迷。

诗中将安禄山比喻为殷纣王，开篇即言及陈希烈相安禄山之事。从题目得知，陈希烈所献山庄被建成一观一寺，即福贤观与天长寺。此诗妙在寺庙与道观同写，似乎尚未见有这样写法的。诗自“钓矶开月殿”到“丹飞六一泥”，共八句四组，两两并置，皆为上句写寺，下句写观，每一句一个佛或道的意象。“墨点三千界，丹飞六一泥”二句，上句用佛典，出自《法华经·化城喻品》，意谓和尚修炼以永生；下句用道典，出自晋葛洪《抱朴子·金丹》，意谓道士炼丹以成仙。

佛法的三世因果轮回说认为，三界的众生都有生死轮回，天界之乐并非永恒之乐，只有出三界的涅槃才是常恒安稳不变的。而据说禅定修持到一定的深度，禅定中修行人能够激活“前世”潜意识，恢复前世的记忆，而体验到灵魂的存在。禅定可以开启“前世”的神秘，帮助人们了解“来世”与“前生”轮回的现象，了悟生灭因缘，妙契宇宙真理，成就无上正等正觉。王维的《题辋川图》诗，是否就是写其前生之悟的呢？诗云：

> 老来懒赋诗，惟有老相随。宿世谬词客，前身应画师。
> 不能舍余习，偶被世人知。名字本皆是，此心还不知。

王维人老疏懒，而其内心越发祥和安定，心无杂念。于是乎，其灵体也敏锐异常，可以随心即时到达世界上的任何地方，包括回溯前世。因此，王维发现了自己的宿世前身：“宿世谬词客，前身应画师。”他恍然大悟，他从眼前的自我，回到他的源起。原来前生就是诗人，前世就是画家。后四句写自己的心里忐忑，因为自己不能放弃宿世诗画“余习”，而被世人所发现。自己既然取名“维·摩诘”，就意味着彻底勘破放下，更不应该再追求诗人画家的浮名了，然而，自己心里对这些还却不明知。玩其诗意，这不是自诩，而是一种自责自惭。

王维晚年的诗，常常表现一种静坐禅观而入定的状态与心理，譬如《书事》诗：

轻阴阁小雨，深院昼慵开。坐看苍苔色，欲上人衣来。

人闲慵懒之极，白昼也懒得去开院门，万念俱息，闭关凝定，进而虚怀待物，逼生出一种幻境。于是，诗人轻而易举地进入与物冥一的高峰体验时刻；于是，诗人生成了不辨何为现实之真而何为想象之幻的交感；于是，诗人达到真作幻而幻亦作真的同一。是青苔色欲上人衣来，还是人心潜入苔色？诗人入定生出幻觉，赋予青苔轻盈而活泼的动感，赋予它上得人衣的动态。这是一个很典型的物我相生的艺术境界，这种超悟对象的智慧之光，暗合庄、禅理谛。王维把在特定场合里获得的虚幻的“情境”暗示，凝冻成“当下通向无限”的艺术玄妙，给人以积极而多向度的暗示。长期静坐参禅的人深入定境时，以心灵遇万物，与世界打交道，心灵的感悟能力就倍增。人的心灵一旦执着肉体与外物时，灵魂的能力便被遮蔽了；若运用禅定修行，减少对肉体与世界的执着，禅定的神秘经验便可开显。因此，据说静坐参禅可以帮助人们了解灵魂的存在。王维的《鸟鸣涧》即是写一种幻觉，一种飞鸟惊心的恍惚感：

人闲桂花落，夜静春山空。月出惊山鸟，时鸣春涧中。

万籁俱静，万物皆空。因为心闲，可观桂花落地之飘飘风仪；因为心闲，可闻桂花落地之款款音响。花落、月出、鸟鸣，化静为动，以物之动而显境之静，营造了一个宁静幽美、光洁素雅的意境，这一切全在乎于诗人的一份闲心，一双慧眼。只有息机静虑的人，弃绝凡尘，摒除俗念，才有这份逍遥自在，才有这份不为物累、不为俗缠的清闲轻松，于是，一花一山、一月一鸟，便如斯情趣盎然，生意无限。

王维的《杂诗三首》，一般是编在“未编年诗”中，寻绎诗意，当写于诗人晚年，写一种回家的渴望。陈贻焮先生认为：“这是一组描写男女爱人别后相思的诗。”（《王维诗选》）陈铁民先生也持此说。笔者不以为然，与其说是写人，不如说是自写；与其解读为写相思，不如说是写乡愁。

家住孟津河，门对孟津口。常有江南船，寄书家中否？

君自故乡来，应知故乡事。来日绮窗前，寒梅著花未？

已见寒梅发，复闻啼鸟声。愁心视春草，畏向玉阶生。

第一首“寄书”。见有家乡来船，生成寄书之念。然，却用“寄书家中否”的问句表达。也妙在用问句。非常有意思的是，自己问自己。寄过了没有？寄过了，似乎又没有寄。这种疑问，是自己对自己没有信心了，更是因为“常有江南船”至而不见家书反馈。这非常符合老年人的心理状态。此乃游子复杂而微妙的家园之思。诗人久居京城，怀念故土，然怀归不得，而生乡愁，连自己是否寄过家书都记不得了。这样的解读，此诗内涵会更加丰厚，而具有格外撼人心魄的魅力。

第二首问梅，其对于家园的断肠之思，凝练于一个“问梅”的细节上。看似一般性的寒暄，很寻常的询问之辞，却是一种精神煎熬后的过望大喜，是一种久处孤独后而急于消渴的情感冲动。见到故乡来人，生成一种惊喜状与探知欲！身在异地，久为异客，长期处于一种“失空”中，家乡的梅成为诗人心底最温馨的记忆，梅也具体为家乡的所有，具体为诗人所想问的一切。王维的急于要问，表现的是一种复杂难言的人生况味，流露出对于当下的厌倦，对于异乡的逃离。

第三首诗中一个“畏”字非常独特而微妙，写一种心理逃避，对现实的逃避。“寒梅”开过，“春草”又生，愁心如春草猛长，而生出“畏”来。诗人何“畏”之有？畏草木之零落，日月忽其不淹。诗人非常想定格于一个特定时空，让时光不再流逝，无生而无灭。显然，这种畏怯，源于一种人生无常而归之无归的莫名恐惧与深刻无奈。

王维在心中寻找，他似乎也只相信自己的内心了。人生谢幕前的王维，终日“端坐学无生”（《游感化寺》）。“无生”乃佛教语，即没有生灭，不生不灭。生命的真相，究竟如何？生从哪里来，死向哪里去？我是谁？谁是我？什么是老、病、死、痛苦、悲伤的原因？或者到底什么因素使我们会有老、病、死等遭遇？这些千古拷问，也折磨着千古的哲人。人们都在直接或间接地寻找，想要找到这个问题的答案。佛陀找到了答案，那就是“生”——是因为有“生”，所以才有老、病、死、痛苦、悲伤。人对死亡的恐惧，其实是由于对死亡的无知。人人终必有一死，生命从诞生的那一天起即是在一步一步地走向死亡。西方存在主义者把死亡规定为人的内在本质，人类存在的基本状态，死亡是人生不可缺少的自然阶段。人是有死者。只有人这个物种是在活着的时候就知道死是无法避免的。死亡的不可挽回性，也是人生难以接受的生命挫折，死即意味着人不仅将丧失生命还将丧失所拥有的一切。无论怎么说，死都是充满了悲剧感的。王维对死似乎并不恐惧，死也似乎可以让他从眼前的自我，回到生命源起的自我。人是有死者，这一点人人自明。但是，人中能够预知死日的，按传说，非大德高僧，即菩萨转世。据说，王维临终之时，正念分明，从容淡定。《旧唐书·王维传》载王维“临终之际，以缙在凤翔，忽索笔作别缙书。又与平生亲故作别书数幅，多敦厉朋友奉佛修心之旨，舍笔而绝。”

柏拉图曾经描写灵魂如何脱离躯体，如何从物理世界转化到另一国度。他给死亡的定义是：一个活人的非实体性的那一部分（灵魂）和物理部分（肉体）的分家。“死亡”是一种状态转化为另一种状态，也可解释为进入一个更高的意识或生命的状态，是人之实体突然得到所谓“通灵”的超能。这种观点与东方的佛教酷似，人在灵魂离开肉体之后，他的肉身就消失掉了。人的躯体就是灵魂的牢狱，而死亡正是灵魂的越狱逃亡，是解脱。上元二年（761）七月，王维平淡且平静地逝去，享年六十一岁。王维逝后，被埋葬在他生前热恋的辋川山庄，而与明月清风、松林山泉相伴长眠。也许，这就是王维的解脱，他的灵魂超出三界外，超出了生死轮回。

翌年，李白病逝于安徽当涂，葬于龙山之麓，享年也是六十一岁。人们总认为像李白这样的人应该是没有死亡的，宋人李纲说其“神游八极表，捉月初不死”（《读四家诗选》）。《警世通言》里则煞有介事地说李白骑鲸升天，归于星位。

八年后，代宗大历五年（770），杜甫五十八岁，穷死于湖南耒阳附近湘江上的一条破船上，暂葬于湖南耒阳。43年后，唐宪宗元和八年（813），杜嗣业将其祖杜甫灵柩归葬于洛阳偃师城西首阳山。

群星丽空的盛唐诗坛，三颗巨星先后陨落。他们的灵魂告别了他们的躯壳，而永远地活在他们的诗歌里。他们用他们无与伦比的创造力，打造了一个诗歌的黄金时代，修筑了一座岁月不能剥蚀的诗歌长安。

王维，这个旷世奇才，征服了一个时代，也终于落幕了，化为一种精神与风仪，而成为永远的王维。

古人说，王维的诗冰雪为魂，每于胸念尘杂时，取而读之，便觉神怡气静。这就是我们想推介王维而写作《王维诗传》的初愿吗？

在完成了一次跨越时空的精神漫游后，我们从盛唐走出来，回到了当下，回到了忙碌而浮躁的生存中，内心遭遇到一种从未有过的茫然。

法国伟大的启蒙思想家卢梭在《社会契约论》中悲怆地写道："人是生而自由的，但却无往不在枷锁之中。自认为是一切主人的人，反而比其他一切更是奴隶。"在人的异化、生命的悖论之面前，我们何为？

这也许就是我们当下读王维的最实际的意义。

我们沉浸于关于人生根本意义与终极关怀的追寻与思考中。

后　　记

本书让出版社感兴趣，主要是有“可读性”吧？

河北人民出版社的王静兄，是个很会抓“可读性”选题的编审，而且，我们在“可读性”问题上的认识也颇为一致。

那么，本书到底有什么“可读性”呢？

其一，可读性，是有东西可读。诗传应该说是学术的，而学术的更不应该是人云亦云的。我反问自己：王维诗传如何？我与王维耳鬓相磨已20余年，但还是发现很多研究没有到位，甚至还有不少地方没关注到；特别有感于学界在有些问题上至今没说清楚，或者是说错了，譬如犯案舞黄狮子的问题，公主援手的问题，“三次出使”的问题，一生分期的问题，辋川庄购置与经营的问题，等等。就这些问题而发表于众不同、也不同于自己之前的见解，算是些新“东西”吧？这应该是有“可读性”的。

其二，可读性，是从诗的角度来读，读其诗性人生。本书不是讲故事，或者满足于讲故事，更不是降低学术品位以迎合读者，或作哗众取宠式的戏说。王维最有可读性的是他的诗，是他的诗性人生。细读王维的诗，而对其诗其人有了些新感觉新认识与新思考，虽然有些问题没有史料以实证，或只能通过想象力来助解，或作比较性考察以推测，或只能存疑，但是，这样的解读尝试，充满了探险与开拓的新鲜感，抑或能够吸引读者积极参与，这肯定是一种“可读性”的。

其三，可读性，是语言的文学性。文学研究，绝不是材料的罗列堆砌，也不是简单地把事情说清楚了事，或故弄玄虚作高深状。我得益于散文诗写作，比较重视研究性文字的文学性，追求语言的个性化与抒情性。诗传也体现了笔者一贯的行文特点，语言散文化，不知这能否让人感到可读?

这三点是我对“可读性”的理解，也是我在“可读性”上的追求，抑或算是《王维诗传》的特点。

当我收到本书清样时，更有望外之喜，心中充满了被包装的幸福感。非常感谢王静兄的精致包装，势必也强化了拙著的“可读性”。

责编王岚严格把关，精益求精。这让我倍生谢忱。

而在书稿清样校对中，研究生吴莉莉将稿中所引文献，按照原文通校一遍；潘鸣则遵照我以批判眼光读清样的要求而细检苛评。潘鸣是董乃斌先生的博士，学殖深厚，也敏锐细致，提出了不少建设性的修改意见。这些都让我心生感动与敬畏。

我一直对自己的文字没有信心，总感到没有表达好，或总感到还有更好的表达。因此，我的文章也总是改了又改。书稿的不少部分，不只是修改，简直就是重写。然而，仍然不能说已不可再作斟酌，甚至不能说没有疏失悖谬之处，尚祈读者不吝赐教。

拙著出版，惊动诸大家，让我于心不安，也甚为感激。上海大学终身教授、著名文学史学家董乃斌先生题写书名；中国社科院文学所荣誉学部委员、中国王维研究会原会长陈铁民先生为序；中国王维研究会会长、著名歌诗专家吴相洲先生与厦门大学博导、著名文史专家吴在庆先生为跋。

傅璇琮先生如若未成古人，定然也有几句激励语的。傅先生握我热切，悉心呵护，曾序拙著《纵横论王维》。呜呼！憾甚！谨以此著而作微薄之祭献焉。

又是一部书出版了。内子讥嗔我说：“多一本书少一本书，对你来说有什么实际意义？”她常在我耳边絮聒：“像你这年龄，早该想着法儿去玩啦。”其实，我何尝不是在玩儿呢!

于王维，生活就是艺术，艺术也就是生活。我亦然否?

丙申初夏于三养斋